KB059358

彰義宮
龍洞宮
壽進宮
鄉校洞本宮
含春苑
芳林苑
上林苑
疾病家
鍾樓 太祖初創建世祖改築...

外各司
議政府
六曹 吏戶禮
共刑工
耆老所
漢城府
宗親府
忠勳府
儀賓府
敦寧府
中樞府
備邊司

四學 中南
東西
司諫院
司憲府
義禁府
漢城府
校書館
宗簿寺
軍器寺
軍資監
司僕寺
濟用監
歸厚署
弘文館
內需司
掌樂院
長興庫
義盈庫
平市署
司饗寺
司䆃寺
禮賓寺
典設司
內贍寺

司圃署
司畜署
令繕工
今戶曹

典獄署
造紙署
司畜署
司圃署
別營
別庫

典醫監
觀象監
宗簿寺
軍器寺
司僕寺
校書館
濟用監
歸厚署
兩氷庫 東西
慕華館
太平館
南別宮 符勑使

東平館 在南部
北平館

漢學
譯學
掌樂

禑壇 在東郊
正東郊

南壇 風雲雷雨
山川城隍居中

先農壇
先蠶壇
雩祀壇
馬祖
馬步壇
馬社
馬祖先牧
司寒壇

靈星壇
老人星壇
俱在南郊

都城 北漢山城附

北漢山城附

慶福宮太祖三年建
昌德宮在北部廣化坊
昌慶宮在昌德宮東舊壽康宮基址
慶福宮在北部廣化坊
宗廟在蓮花坊
永寧殿真廄
永寧殿在宗廟西奉安遠祖
社稷壇在仁達坊左社右稷配國社
大報壇在後園

自光熙門南邊南村家擁之
目設義門止肅淸右至光熙門
慶福宮城周一千八百十三步 高二十一尺
南光化門正門
北神武門
東建春門
西迎秋門

太祖五年築
世祖四年改修

正北肅靖門
正東興仁門
正西敦義門
正南崇禮門
西北彰義門
東北惠化門
東北弘化門
西南昭義門
興化門 東水門

九城門二門水門

三角山
道峰山

楊州開花山本曹定人候

잃어버린 풍경[1] 1920_1940
서울에서 한라까지

처음 펴낸 날 | 2005년 11월 15일

지은이 | 안창남 외
엮고쓴이 | 이지누

편집 | 홍현숙, 조인숙, 박지웅
펴낸이 | 홍현숙
펴낸곳 | 도서출판 호미

등록 | 1997년 6월 13일(제1-1454호)

주소 | 서울시 마포구 서교동 339-4 가나빌딩 3층
편집 | 02-332-5084
영업 | 02-322-1845
팩스 | 02-322-1846
전자 우편 | homipub@hanmail.net

디자인 | (주)끄레 어소시에이츠
필름 제판 | 문형사
인쇄 | 대정인쇄, 중앙 P&L
제본 | 성문제책

ISBN 89-88526-50-3 03810
값 | 11,000원

초미] 생명을 섬깁니다. 마음밭을 일굽니다.

잃어버린 풍경 [1] 1920_1940
서울에서 한라까지

안창남 외 지음 | 이지누 엮고 씀

[호미]

한 줄 글에서 되찾은 것들

 지난 2002년 늦가을, 나는 새롭게 사랑을 시작했다. 여느 많은 사랑이 그렇듯 처음부터 내가 그를 사랑하리라고는 생각하지 못했다. 하지만 나는 깊은 사랑에 빠지게 되었고 지금까지도 그에게서 헤어나지 못하고 있다. 당시는 「디새집」이라는 계간지를 창간하여 갖은 애를 썼지만 채 2년이 되지 않아 손을 놓을 수밖에 없었던 쓸쓸한 일을 겪고 난 후였다. 삶에 대한 수업료치고는 너무도 큰 것이었기에 정신적 공황에 빠져 허우적거리다가 잡은 지푸라기가 바로 그였다.

 그는 나라 안에서 발행되었던 오래 묵은 잡지들이다. 헌책방을 뒤져서 찾아 낸 서넛은 묵은 냄새를 물씬 풍겼으며, 더러는 도서관에서 그 실체를 찾은 것도 있었다. 혹은 인터넷을 통해 모니터 위에서도 읽었으니 그저 닥치는 대로 가리지 않고 눈을 혹사시킨 셈이다. 그 덕에 돋보기를 껴야 하는 신세가 되기는 했지만 대신 사랑을 얻었으니 그만한 대가는 흐뭇한 마음으로 치러야 하는 것이지 싶기도 하다.

 그는 아주 묘한 존재였다. 그와 만났다가 헤어지는 날이면 마치 하얀 쌀밥에 검정 콩물 배어들 듯 그렇게 여운이 남았었다. 그것을 떨치지 못해 다시 그를 찾아도 그가 내놓는 검정 콩물은 더 이상 짙어지지 않았다. 또한 옅어지는 법도 없이 늘 그만그만할 뿐이었다. 그것이 그의 매력이었다. 책장을 넘길 때마다 뿜어져 나오던 그 매력에 취해 내 피폐했던 정신이 평상심을 되찾자 그만 그를 덮어 버리고 말았다.

그렇게 헤어졌던 그와 다시 만난 것은 이듬해 늦봄이었다. 공부방을 정리하다가 먼지를 덮어 쓰고 있는 그를 본 것이다. 불쑥 책장을 들추자 그는 아무 일도 없었던 듯 환한 얼굴로 맞이했다. 그러나 그가 달라져 있었다. 군데군데 미처 내가 보지 못하던 모습들이 보였던 것이다. 잠시 헤어져 있는 동안 묵은 책이 새로 단장을 했을 리도 만무한데 말이다. 하지만 그는 분명 불과 몇 개월 전의 그가 아니었다. 문득문득 들추는 곳마다 아름다운 글로 넘쳐났으니 어찌 된 영문인지 알 수가 없었다.

그 까닭이 그가 달라진 것이 아니라 나에게 생긴 변화 때문이라는 것을 깨닫는 데 그리 오랜 시간이 필요하지 않았다. 분노를 다스리는 방법으로 택한 책읽기와 이윽고 제자리를 찾아 애증조차 털어 버리고 난 후에 읽는 책은 사뭇 다를 수밖에 없었던 것이다. 그를 처음 만난 당시에는 99일을 정해 놓고 날마다 책을 읽고 글을 썼지만 지금 꺼내 보면 그 글은 분노와 자조가 거칠게 타오르는 용광로와도 같아 부끄럽기 짝이 없다. 그러니 밝은 눈으로 톺아보지 못했던 셈이다.

그렇게 다시 만난 그가 선물처럼 베풀어 준 것이 이 책에 실린 기행문들이다. 떠돌아다녀야만 신명이 나는 묘한 삶의 구조를 지닌 나이기에 그 기행문들은 삼복더위에 코끝을 스쳐 가는 시원한 수박 향과도 같았으며, 늦은 가을날의 해거름, 마당 한쪽에서 태우는 낙엽 연기와도 같았다.

그들은 스멀스멀 나에게 배어들었지만 그 텁텁하며 구수한 냄새가 싫지 않았으며 부러 피하거나 떨치지 않았다. 오히려 책 속에 띄엄띄엄 있는 그들을 찾아 헤매느라 밤을 새우기 일쑤였다.

그토록 애타게 찾았던 그들은 모든 수식이 사라진 담박함 그 자체였다. 비록 화려하지 않고 매끄럽지 못하여 투박할지라도 그들이 지닌 진정성은 사람에 기초하고 자연에 근거할 뿐이었다. 어쩌면 그들이 지닌 것은 겨우 사람과 자연뿐인 듯 보이기도 했다. 그러나 생각해 보면 사람과 자연, 그 외에 우리에게 아쉬운 것이 또 무엇이 있을까. 그것만 넉넉하다면 한 세상 사는 데 무엇 모자람이 있겠는가. 그런데 그 글들 속에는 그것들이 푸지게 넘쳐나고 있었다. 일부러 그것을 찾아다닌 것도 아닌, 다만 일상의 기록일 뿐이었는데도 말이다.

그것이 고마웠다. 그리하여 내 글을 되돌아보는 기회도 되었으니 또 감사한 일이기도 했다. 부끄러운 일이지만 내 글을 그것에 견주어 보면 내가 도저히 갖출 수 없는 것들이 한둘이 아니었다. 그것은 내 글 속에 언제나 아쉬움으로 표현되고 마는 우리가 함께 잃어버린 것들이기도 했다. 그 탓에 이 책을 묶어야겠다고 생각한 것이다. 글이라는 것이 어찌 흉내낸다고 그와 같을 수 있을 것이며 내가 누리지 않았는데 어찌 그것에 대해 쓸 수 있겠는가. 하물며 그것이 기행문임에랴. 이제 그와 같은 글을 쓸 수 있는 시대는 다시 오지 않으리니 아쉬움에라도 책으로 묶어 나누어 읽고 싶었던 것이다.

그 글 속에는 흐드러졌지만 그새 우리가 함께 잃어버린 것은 무엇일까. 그 처음은 걷는다는 것이었다. 나로서는 걷는다는 것은 사람이 할 수 있는 가장 아름다운 행동 중 하나라고 믿고 있으니 그 기행문들을 읽으면서 눈이 번쩍 뜨였음은 말할 것도 없다. 종로에서 우이동까지, 독립문에서 구파발을 지나 진관사까지, 광화문 근처 내자동에서 자하문을 넘고 승가사를 거쳐 비봉을 오르는가 하면, 강화도의 초지리에서 강화도 전체를 걸어서 전등사며 마니산을 오른다. 그렇다고 해서 요즈음 사람들처럼 걷는다며 거창하게 뽐내거나 생색을 내지도 않는다.

그들에겐 다만 그것이 일상일 뿐이었다. 그것이 아름다웠다. 그러고는 꼼꼼하게 기록으로 남겼다. 하지만 요즈음의 기행문들처럼 대뜸 목적지에 대한 이야기만을 늘어놓지는 않았다. 그들의 목적은 떠난다는 것이었고 그 여정 전체가 기행문이 되었다. 그러니 흔히 목적지라고 일컫는 곳들조차 전체 여정의 일부분으로 헤아릴 뿐이었던 셈이다. 그러니 그들에겐 도중途中이 있었고 우리는 잃어버렸다. 그것은 그들에겐 자동차가 드물었고 우리에겐 자동차가 흔해진 까닭이며 그 탓에 서술 방법이나 속도 또한 달라진 것이다.

그 두 번째는 글쓰기이다. 그들의 눈은 아주 섬세했으며 표현은 적절했다. 길을 걸어 본 사람들만이 볼 수 있고 겪을 수 있는 일들에 대한 묘사가 빼어났다. 그러니 그림이나 사진이 곁들여지지 않은 글을 읽으면서도 그 정경이 머릿속에 그려지는 데 무리가 없었다. 그들은 글 속에 이미 이미지를 포함하고 있었던 것이다. 그러니 덕지덕지 사진으로 도배되어 있는 요즈음의 기행문들과는 많이 다른 것이다. 그것은 통쾌한 것이기도 했다.

비록 나 또한 사진을 찍기는 하지만 글이 할 수 있는 역할과 사진이 할 수 있는 것은 분명히 다르다. 글이 약하면 사진 또한 덩달아 약할 수밖에 없으며 사진이 글의 약함을 강화시킬 수는 없다. 왜냐하면 그 둘은 똑같은 텍스트이기 때문이다. 책 속에서의 글과 사진은 잉크가 뭉쳐 있느냐 아니면 해체되어 있느냐의 차이일 뿐 사고의 결과를 표현하는 입장에서 는 동등한 것이다. 그런 점에서 사진이나 그림이 흔해빠져 천덕꾸러기 신세가 된 요즈음, 혹은 주체할 수 없을 정도로 정보가 넘쳐나는 시대의 글쓰기와 서로 견주어 보면 우리가 잃어버리고 있는 것이 무엇인지 단박 에 눈치챌 수 있을 것이다.

그 세 번째는 속도이다. 그들은 결과보다 과정에 천착하고 있었다. 그 것은 어쩌면 문명이 발달하지 않은 시대의 산물인지도 모른다. 지금의 우리는 문명이 가져다 준 못된 선물인 속도를 제어하지 못 해 안달이다. 현실 사회를 살면서 버릴 수도 없으며 무작정 그것을 취하기만 할 수도 없다. 앞다투어 그것을 취하기만 하던 우리는 이제야 속도가 사람들을 앞질러 간다는 것에 대한 두려움의 반성을 하고 있지 않은가.

그에 따라 '느림' 이라는 명사가 귀한 대접을 받는 시대가 되었지만 이 책에 실린 글들 속에는 너무나도 자연스러운 '느림' 이 헤프게 넘쳐난다. 그들에게 '느림' 은 일상일 뿐 미학이라는 용어의 수식을 받을 만큼 거창 한 것이 아니었던 것이다. 그 일상의 반영이 글 속 곳곳에서 자연스럽다. 굳이 그것이라고 내세우지 않았지만 그들의 글은 부분으로서가 아니라 전체가 '느림' 이다. 그만한 글, 요즈음은 아주 드물게 만날 뿐 찾아보기 가 쉽지 않으니 그리운 모습들이다.

그러나 이 모든 것을 찾아가는 일이 쉬운 것만은 아니었다. 글은 주로 「개벽」과 「삼천리」 그리고 「별건곤」에서 골랐다. 널리 알려지지 않았으 면서도 글맛이 담박한 것들을 가려 뽑는 일도 수월하지 않았지만 정작 어려움은 그 뒤에 있었다. 지금과는 다른 국어 표기법에 더해 그것으로 표기한 영어와 일어 그리고 한문을 옮기는 것은 번역에 가깝다는 것을 미처 몰랐던 것이다.

원 문장의 뜻을 해치지 않고 요즘 사람들이 쉽게 읽을 수 있도록 매만지는 것을 만만하게 여겼다가 혼쭐이 난 셈이다. 그렇기에 더러 매끄럽지 못한 곳도 있다. 너그럽게 헤아려 주시면 고맙겠다. 묵은 책에서 고른 글 한 편으로 우리가 잃어버렸던 것들을 함께 되새기는 시간을 가질 수 있으면 더할 나위 없겠다.

책을 묶는 데 큰 힘이 되어 준 호미와 끄레의 많은 분들에게 감사의 말글 한 줄로 대신하며 마친다.

2005년 가을

李凧屐

차례

머리말 한 줄 글에서 되찾은 것들   이지누   4

하늘에서 본 경성과 인천   안창남   15

우이동의 봄을 찾다   차상찬   28

승가사와 진흥왕 순수비를 찾다   문일평   40

외국인 묘지 유감   함대훈   55

진관사행   신림   66

경성 근처에 이만한 산이 또 있을까   이병기   75

성경 들지 않고 예배당 순례   YYY   85

강화행   가자봉인   100

맑은 가을날, 소요산에 가다   박춘파   114

비 오는 날, 산골 마을에서의 세 시간　　　　김사량　　　124

논개야, 논개야. 초여름의 촉석루를 찾다　　　김동환　　　137

주왕산 탐승기　　　　　　　　　　　　　　정현모　　　149

해인사의 풍광　　　　　　　　　　　　　　나혜석　　　167

빡빡 깎은 중대가리 같은 돌집　　　　　　　권덕규　　　193

백제 궁궐터에는 보리만 누웠더라　　　　　이광수　　　217

바야흐로 두어 줄기 접시꽃이 피던 안심사　　한용운　　　230

군산 스케치 기행　　　　　　　　　　　　최영수　　　241

다도해를 찾아서　　　　　　　　　　　　최영수　　　247

한라산 모험기　　　　　　　　　　　　　DK생　　　265

잃어버린 풍경 ¹1920_1940
서울에서 한라까지

하늘에서 본 경성과 인천 | 안창남

개벽
1923년

스물세 살의 아름다운 청년, 안창남의 이 글은 서울 상공의 자유로운 비행이 금지되어 있는 요즈음에는 볼 수 없는 기행문이다. 더군다나 나라 안의 기행문을 통틀어 비행기를 타고 서울이나 인천을 내려다본 풍경에 대해 쓴 것은 이것이 처음이며 마지막일 것이다. 그는 비행 도중 창덕궁 위에서는 왕에게 예를 표하기도 했으며, 사람이 많이 모인 곳에는 전단지를 뿌리거나 곡예 비행으로 시민들을 즐겁게 했다. 그 마음 씀씀이가 너무나 고맙다.

경성의 하늘! 경성의 하늘!

내가 얼마나 그리워했는지 모르는 경성의 하늘! 이 하늘을 날 때 나는 그저 심한 감격에 떨릴 뿐이었습니다. 경성이 아무리 작은 시가라 하더라도, 아무리 보잘것없는 도시라 하더라도 내 고국의 서울이 아닙니까. 우리의 도시가 아닙니까. 장차 크고 넓게 발전할 수 있는 우리의 도시, 또 그렇게 만들 사람이 움직이며 자라고 있는 이 경성, 그 하늘에 비행기가 날아다니기는 결코 한두 차례가 아니었을 것입니다. 그러나 그 비행은 우리에게 어떤 의미로는 모욕이었으며, 아니면 위협의 의미까지 지닌 것이었습니다. 그러던 중, 이번에 잘하나 못하나 내가 날 수 있게 된 것을 나는 더할 수 없이 유쾌하게 생각했습니다. 참으로 일본에서 비행할 때마다 기수를 서쪽으로 향하고 보이지도 않는 이 경성을 바라보며 달려오고 싶은 마음에 몇 번이나 눈물을 흘렸는지 알지 못합니다. 아아, 내 경성의 하늘! 어느 때고 내 몸을 따뜻이 안아 줄 내 경성의 하늘! 그립고 그립던 경성의 하늘에 내 몸을 날릴 때의 기쁨과 감격은 일생을 두고 잊히지 아니할 것입니다.

경성을 찾은 첫째 날인 12월 10일은 의외로 날씨가 차서 추위를 막을 준비도 없는 불완전한 비행기로는 도저히 비행할 수 없는 일이었습니다. 그래도 날아 본다고 남대문 위를 넘어 광화문 위까지는 왔으나 북악산에서 내리치는 거센 바람에 비행기가 남으로, 남으로 흐르면서 기계가 얼었습니다. 프로펠러가 돌지 아니하여 기체는 중심을 잃고 좌우로 기우뚱 기우뚱 흔들리면서 떨어질 듯 위험한 형세라서 어쩔 수 없이 급히 경성 시가의 서쪽만 한 바퀴 돌고 곧 여의도로 돌아왔습니다.

두 번째인 12월 13일은 전날 밤에 늦게야 여관에 돌아왔습니다. 곤하게 자다가 이 날 일기가 제법 풀렸다는 말을 듣고 일어나 오후에 경성과 인천을 방문하기로 결정하였습니다. 오후 3시에 여의도를 떠날 예정이었으나 기계 고장으로 한 시간 이상이나 늦어서 경성 하늘을 날 수 있었으며 비행장을 이륙하기는 4시 10분이었습니다.

비행장에서 1,100미터 이상을 높게 뜨니까 벌써 경성은 훤하게 내려다보였습니다. 제일 먼저 눈에 띄는 것은 남대문이었습니다. 아무 때 봐도 남대문은 서울의 출입구 같아서 반가운 정이 솟아나지만, 비행기 위

안창남의 '고국 방문 대비행'에 관한 신문 기사 | 동아일보, 1922년 12월 8일

에서는 아물아물한 시가 중에 제일 먼저 또렷하게 보이는 것이 동대문과 남대문이라, 남대문이 눈에 보일 때 나는 오래간만에 돌아오는 아들을 기다리며 대문을 열어 놓은 어머니를 바라보는 것 같이 "오오, 경성아!" 하고 소리치고 싶게까지 반가웠습니다. 비행기 위에서 기쁨에 뛰노는 가

습을 진정하려 애쓰면서 나는 먼저 용산 정차장(용산역)과 남대문 정차장(서울역) 사이를 비스듬히 지나 만리재를 넘어 공덕리와 마포 방면을 한 바퀴 휘휘 돌았습니다.

한강의 물줄기는 땅에서 보던 것보다 몇 갑절이나 푸르게 보입니다. 위에서 넓게 내려다보면 그야말로 빛 고운 남색의 비단 허리띠를 내던져 놓은 것 같고, 그 곁으로 서강가(西江岸) 공덕리에 이르기까지 군데군데 놓여 있는 초가집은 겨울의 마른 잔디같이 보입니다. 마치 떼가 말라 버린 마른 무덤이 다닥다닥 놓여 있는 것같이 보였습니다. 우리의 주택을 마른 무덤 같아 보인다고 말하는 것은 뭣한 일이나 몹시 급한 속력으로 지나가면서 흘깃 내려다보기에는 언뜻 그렇게 보일 밖에 없었습니다. 그리고 공덕리 위를 지날 때에는 멀리 독립문 밖 무학재 넘어 홍제원 시냇물의 모래밭까지 보이는데 그 곳은 내가 보통학교에 다닐 때에 운동 연습으로 또는 원족회遠足會(소풍)로 자주 갔던 곳이라 마음에 그윽이 반가웠습니다.

거기서 경의선 철로의 중간을 끊고 새문(서대문, 곧 돈의문敦義門) 밖, 금화산金華山 부근의 하늘에서 어릴 때 세월을 보내던 미동보통학교가 불타고 없어진 옛 터나마 살피려 하였으나 그 부근에 신건축이 많은 탓인지 얼른 찾을 수 없었습니다. 여기서 바로 또렷이 보이는 것은 모화관 뒤 무학재 고개와 그 앞에 서 있는 독립문이었습니다. 독립문은 몹시도 쓸쓸해 보였고, 무학재 고개에는 흰 옷 입은 사람이 꼬물꼬물 올라가고 있는 것까지 보였습니다.

그냥 지나가기가 섭섭하여 비행기의 머리를 조금 틀어 독립문의 위까지 날아가서 한 바퀴 휘휘 돌았습니다. 독립문 위에 떴을 때 서대문 감옥에서도 자기네 머리 위에 뜬 것으로 보였을 것이지마는 갇혀 있는 형제의 몇 사람이나 거기까지 찾아간 내 뜻과 내 몸을 보아 주었을는지…. 붉고 높은 담 밖에서 보기에는 두렵고 흉하기만 한 이 감옥이 공중에서 내려다보기에는 붉은 담에 에워싸인 빛 바랜 마당에 햇볕만 혼자 비추고 있는 것이 어떻게 형용할 수 없을 만치 한없이 쓸쓸하게 보일 뿐이었습니다. "어떻게 지내십니까" 하고 공중에서라도 소리치고 싶었으나 어떻게 하는 수 없어 그냥 돌아섰습니다.

돌아서면서 평동(지금의 교남동), 냉동(지금의 냉천동), 감영監營(지금의 대한적십자사) 일대가 네거리로 벌어져 있는데, 감영 네거리(지금의 서대문 사거리)에 흰옷 입은 한 떼의 사람이 몰려 서 있는 것을 보았고 성냥갑 같은 전차가 병에 걸린 장난감같이 느리게 땅바닥에 배를 대고 기어가는 것이 흘깃 보였습니다. 그 전찻길 옆, 기와지붕에 에워싸인, 목판 같은 마당에 울긋불긋 가물가물한 것은 아마도 경성여자보통학교와 또 한 집에 있는 내 모교 미동보통학교인가 보다 하였습니다. 미동학교는 어저께 저녁에 그 마당에 초대받아 가서 지금 눈에 내려다보이는 저 학생들과 이야기하던 곳이요, 그 옆의 평동은 내 출생지인 탓에 까닭 모를 친한 정과 반가운 마음이 샘솟듯 하여 이 일대의 상공에서 훌훌 재주를 두 번 넘었습니다. 여기에서 재주넘은 것도 보이기는 경성 시가 전체에서 모두 보였을 것입니다.

이렇게 하여 내 출생지인 새문 밖에 거주하시는 여러분과 또 나를 길러 준 내 모교에 경의와 정을 표하고 나서는 곧바로 홍화문, 야주개, 당주동을 살같이 지나 경복궁 옛 대궐을 내려다보았습니다. 거무튀튀한 북악산 밑에 입 구口 자처럼 둘러싼 담 안의, 넓기나 넓은 옛 대궐은 우거진 잡초에 덮여 버린 집처럼 사람은 하나도 보이지 않고 몹시도 한산하고 쓸쓸하게 보였습니다. 거기서 바로 창덕궁으로 향하여 안동(지금의 안국동) 네거리 별궁 위(안동에는 지금의 풍문여고 안에 고종 18년에 지은 안동별궁安東別宮이 있었는데 그것을 말하는 것이지 싶다), 동아일보사 부근의 공중을 스쳐 모로 놓인 기역자 형으로 보이는 천도교당(수운회관)과 휘문의숙을 지나 검푸른 숲 속에 지붕만 보이는 창덕궁 위에서 한 바퀴 휘휘 돌아 공중에서 경의를 표하였습니다. 경성 시민 여러분에게 드린 인사의 종이는 바람에 날려서 남쪽으로 날아갈 것이라는 생각에서 이 북쪽을 오는 동안에 다섯 번인가 여섯 번에 걸쳐 떨어뜨렸으나 많이들 주워 읽으실 수 있었는지 모르겠습니다.

창덕궁 방문을 마친 나는 곧 종묘의 깊은 숲을 옆으로 보면서 창경원의 숲과 총독부병원(지금의 서울대학병원)을 돌아 동소문 밖에 눈 쌓인 먼 산까지 내려다봤습니다. 다시 동대문을 지나 청량리 줄버들과 안암동, 우이동 가는 되넘이고개(지금의 돈암동고개), 왕십리와 그 넘어 한강 뚝섬인 듯한 곳까지 보면서 기체를 동대문에서 광희문으로 꺾어 황금정통黃金町通(을지로)으로 곧게 남대문을 향하여 돌진하였습니다. 황금정 가로 위를 지나도 진고개에서 보기에는 자기 머리 위를

東亞日報社主催로

今日! 安昌男君故國訪問大飛行

午前十時부터 第一回京城訪問, 第二回京城仁川往復飛行, 第三回高等飛行

鷺梁津汝矣嶋飛行場에서

無料觀覽

지나간 것으로 보았을 것입니다. 동양척식회사 집을 보았을 때 신문관新
文舘(1908년 최남선이 세운 인쇄소 겸 출판사) 위가 여기쯤이었다는 것
을 알았고 이름만 남은 덕수궁과 매일신보 회색 집을 옆으로 보면서 남
대문 위를 돌았습니다.

남대문에서 다시 성城자리 위로 새문 밖을 돌아 광화문 앞을 지나 종
로 사거리의 공중으로 왔습니다. 여기가 얼른 말하면 경성 시가의 한복
판이라고 할 수 있는 곳인 까닭이었습니다. 새문 길, 동대문 길, 남대문
길, 전동 길이 모두 이 복판으로 모여 있어서 성냥갑 같은 전차 여러 개
가 기어가는 것이 보였습니다. 광희문통의 황금정 길, 남대문에서 광화
문까지의 길, 교동 길, 창덕궁 앞길, 동물원 길, 창의문 길 할 것 없이 아
니 보이는 곳이 없었고, 어느 큰 집이나 어느 작은 집이나 아니 보이는
집이 없었습니다.

여기서 내려다보기에는 남촌에 일본인들이 모여 사는 곳은 진고개 길
좌우 옆뿐인 것같이 보였고 경성 전체의 형용은 얼른 보기에 종로통과
황금정통의 시커먼 기와집이 있는 일대가 큰 판으로 몸이 된 듯하였습니
다. 곁의 남북촌으로 쭉쭉 뻗은 가옥의 줄기는 마치 무슨 큰 거미에 발이
달린 것같이 보였습니다. 그런가 하고 창의문 쪽의 거리를 보면 무슨 짐
승의 꼬리같이도 보였습니다.

여기가 종로 종각의 위이고 경성의 복판인가 하고 생각한 나는 재주를
두 번이나 넘고 거듭해서 제일 어려운 횡전곡승橫轉曲乘(수평 비행을 하
다가 기체의 세로축을 회전축으로 하여 왼쪽 또는 오른쪽으로 기체를 회
전시키고 다시 수평 비행을 하다가 위로 솟구쳐 오르는 비행법)을 두 차
례나 하였습니다. 그렇지만 여기서 넘은 재주는 경성 시내의 거의 모든

곳에서 마치 자기 집 지붕 위에서 재주를 넘은 것처럼 보였을 것입니다. 종로 위에서 이렇게 여러분께 경의와 정을 표하고 나서 곧 창덕궁 앞을 돌아 동대문으로 가다가 중간에서 재주를 두 번 넘고 뒤이어 '송곳질' (송곳을 비비듯이 뱅뱅 돌면서 떨어지는 비행법)이라 불리는 곡승비행曲乘飛行을 하였습니다. 이것은 동대문 부근에 사는 분들은 자세히 못 보신 이가 계실 듯이 생각된 까닭이었습니다.

이렇게 하였으면 이제 경성 방문 비행의 뜻은 이루었다고 생각하여 나는 곧 황금정으로, 종로로, 광화문으로, 창덕궁으로 크게 원을 그려 빙그르르 돌고는 서대문 밖으로 나가 남대문 밖으로 해서 여의도로 돌아왔습니다. 거기서는 모든 사람이 추위에 떨면서 걱정하는 마음으로 기다려 주고 있었습니다.

여기까지 읽어 오신 독자께서는 그 사이 마포, 공덕리, 독립문을 들러 경성 시가를 서너 차례나 휘도는 동안이 퍽 시간이 오래였을 줄 짐작하실 것이나 실상은 이상 기록대로의 비행에 걸린 시간은 겨우 십일 분쯤 이었습니다.

인천행!

인천을 가야겠는데 시간이 너무 늦어서 해는 저물기 시작하고 날씨는 점점 추워지며 곤란이 겹쳐 불안이 적지 아니하였습니다. 그러나 지난 10일에 못 가게 된 것이 어쩌지 못할 일기의 탓이라고는 하나 인천의 시민 여러분께 미안하기 그지없어 밤이 되더라도 갔다 오겠노라 마음먹었 습니다. 4시 24분, 다시 여의도 마당을 떠나서 떨어지는 해를 쫓을 듯이 서편으로, 서편으로 갔습니다.

부끄러운 말씀이나 나는 이제껏 인천을 가 본 일이 없었습니다. 비행기로 못 갔을 뿐 아니라 기차로나 걸어서도 가 본 일이 없었습니다. 다만 가 본 곳이라고는 경부선, 경의선 방면으로만 몇 곳 가 본 적이 있었을 뿐입니다. 하는 수 없이 나침반도 없이 그냥 지도만으로 방향을 대강 짐작하고 서쪽으로, 서쪽으로만 갔습니다.

공중에서 두리번거리며 찾아가면서, 원래 자그마하나마 시가가 있는 곳에는 반드시 그 공중에 연기 같기도 하고 안개 같기도 한 것이 뽀얗게 시가를 덮고 있습니다. 나는 그냥 그것이 눈에 들어오기만 기다리면서 갈 뿐이었습니다. 그러나 십수 분이면 넉넉히 갈 곳인데 십오 분이 되도록 보이지가 않아서 적지 아니한 불안한 마음이 생겼기에 언뜻 그것을 발견했을 때에는 얼마나 반가웠는지 모릅니다.

"오, 인천!" 비행기 위에서 혼자 소리치면서 그야말로 뛰는 중에도 뛰어갈 듯이 달려갔습니다. 처음 보는 시가이니까 동 이름도 무엇도 자세히 알 수 없었습니다. 다만 측후소 넘어 공설 운동장에 모여 있겠으니 거기서 저공 비행을 하여 달라는 말씀을 일전에 들었기 때문에 그럴듯해 보이는 마당을 찾아서 내려다보니까 별로 많이 모여 있지도 아니한 모양이라, 짐작컨대 일전에도 온다 하였다가 못 왔고 오늘도 온다고만 하고 오기가 늦은 탓에 또 낙망하여 헤어지신 것 같아서 어찌도 몹시 미안하였는지 알지 못합니다. 그래서 거기서는 더할 수 없이 얕게 떠서 저공 비행으로 인천의 시가를 바다 위까지 두 번을 휘돌았습니다.

인천에서는 겨우 200미터 높이의 저공 비행을 하였으므로 시가 길거리에 모여 서서 쳐다보고 손뼉을 치는 모양까지 자세히 보였습니다. 그리고 비행기가 온 것을 알고 공설 운동장에 이르는 세 갈래 신작로로 달음박질하면서 모여드는 것까지 보여서 나는 그것을 보고 반갑고 기꺼운 미소를 금치 못하였습니다.

해는 바다 저 편으로 기울어지기 시작하는데 돌아갈 길이 급한 것도 잊어버리고 나는 거기서 고등 비행술 여러 가지를 보여서 인천 여러분이 되도록 만족스럽게 보시게 하였습니다. 다시 시가의 위를 두 번 돌면서 가지고 간 종이를 뿌려 경의를 다하여 인사를 드리고 돌아서서 여의도에 착륙할 때는 날이 저문 때였습니다. 인천으로 가기에 십칠 분쯤, 여의도로 오기에는 십사 분, 모두 삼십일 분쯤 걸렸습니다.

다행히 이렇게 경성과 인천의 비행은 무사히 마쳤습니다. 그러나 이것을 쓰기는 공중에서 경성이나 인천이 어떻게 보이는지 그것을 쓰려 하였으나 그것은 허사인 것 같습니다. 누구든지 처음 비행기를 타 보는 최초의 비행에서는 물론 아래가 자세히 보이지 아니하고 그냥 아물아물할 뿐이어서 어디가 어디인지 분간하기 어렵습니다. 그런 사람이 보는 바 경성과 인천은 더 재미있고 별스럽게 보였을 것입니다.

그러나 여러 번 타기를 거듭하여 비행이 익숙하여 갈수록 점점 높이 뜬대도 그다지 별스럽게 보이지 아니하고 시가의 형편을 잘 알 수 있게 되는 법입니다. 나 역시 여러 번 타 보아서 경성이나 인천이나 어느 시가나 바다나 광야가 그리 알아보기 어렵지도 아니하고 별스럽게 보이지도 아니합니다. 그래서 이 글도 바라시는 바와 같이 그렇게 별스럽거나 재미있게는 되지 못하였습니다.

다만 알아들으시기 쉽게 한 말씀으로 하자면 경성이나 인천의 시가가 마치 어느 박람회나 공진회共進會 출품용으로 모형을 떠 놓은 것을 보는 것 같을 뿐입니다. 그리고 경성은 일본 동경보다 좁기는 하나마 몹시도 깨끗하고 어여뻐 보였습니다.

최후에 평양과 대구 그리고 다른 곳에서 기다려 주시는 형제께 미안한 말씀을 올립니다. 비록 인력으로 어찌하지 못할 날씨의 관계로 인함이나마 가려던 곳, 기다려 주시는 여러분께 가서 뵈옵지 못하고 떠나는 것이 어떻게나 섭섭한지 알지 못합니다. 마음대로 하라면 방방곡곡 다니면서 한 곳이라도 더 형제를 찾으려 하였으나 비행장 관계로 그리 하지 못하게 된 것이 큰 유감이었습니다. 그러던 터에 평양이나 대구는 날씨 때문이 아니라 비행기만 좋고 방한구만 있으면 갈 수 있는 것을 한낱 비행기가 불완전하여 가지 못하게 된 것을 생각하면 기다려 주시는 여러분보다도 내가 얼마나 더 억울하고 분한지 알지 못합니다.

비행기만 좋은 것을 얻을 수 있으면 오는 봄에는 동경에서부터 비행하여 의주까지 다녀갈 수 있음을 말씀드리고 뒷날을 기약하며 나는 돌아갑니다. 떨어지기 싫은 고국을 떠나서 나는 갑니다.

스물세 살의 아름다운 청년, 안창남安昌男(1900-1930)이 쓰고 1923년 「개벽開闢」 1월호에 실린 이 글은 서울 상공의 자유로운 비행이 금지

되어 있는 요즈음에는 볼 수 없는 기행문이다. 더군다나 나라 안의 기행문을 통틀어 비행기를 타고 서울이나 인천을 내려다본 풍경에 대해 쓴 것은 이것이 처음이며 마지막일 것이다. 당시의 서울 모습을 조감鳥瞰할 수 있는 세세한 표현의 아쉬움이 없는 것은 아니지만 이런 글이 있다는 것만으로도 얼마나 고마운 일인가.

그가 탔던 비행기는 금강호金剛號였으며 일본의 오쿠리비행학교에 버려져 있다시피 했던 것을 안창남이 부품을 모아 다시 수리한 것으로 알려져 있다. 비행기는 1922년 12월 2일 배편으로 인천에 도착하여 열차로 노량진으로 수송한 후 여의도의 육군항공대비행장의 격납고에서 사흘에 걸쳐 다시 조립했다고 한다. 동체 옆에는 한반도를 그리고 그 가운데에 비행기를 상징하는 프로펠러, 그리고 꼬리 부분에는 금강산을 형상화한 그림을 그렸는데 이는 안창남 스스로 했다고 알려져 있다. 금강호의 엔진은 80마력의 공냉식이었으며 날개가 둘 달린 복엽기였다. 동체의 길이는 6.1미터, 8.1미터의 날개로 최고 속도는 시속 175킬로미터로 날 수 있는 비행기였다.

12월 5일 동아일보의 초청으로 고국에 돌아온 그는 전국을 돌며 대대적인 환영을 받았으며, 12월 10일 드디어 여의도 비행장에서 이륙하였으나 날씨가 너무 추운 탓에 프로펠러가 얼어붙어 서울 하늘의 절반도 돌아 보지 못한 채 여의도 비행장으로 돌아왔다. 사흘 뒤인 12월 13일, 겨울로서는 늦은 오후인 3시 55분경 다시 이륙하여 서울 상공을 거침없이 날았으며 해질 무렵에 인천으로 향했다가 다시 여의도로 돌아온 시간은 5시 5분이었다.

그는 비행 도중 창덕궁 위에서는 왕에게 예를 표하기도 했으며, 사람이 많이 모인 곳에는 전단지를 뿌리거나 곡예 비행으로 시민들을 즐겁게 했다. 그 마음 씀씀이가 너무나 고맙다. 서울 하늘에 떠 있었던 시간이 모두 11분이었다는 안창남의 기록과는 달리, 1922년 12월 14일자 동아 일보에는 19분을 떠 있었다고 밝히고 있으며 인천을 왕복하는 데는 43 분이 걸렸다고 쓰고 있다. 요즈음으로 치면 에어 쇼를 한 셈인데 시민들 이 생전 처음 보는 구경이었으니 얼마나 많은 사람들이 그를 지켜봤을지 미루어 짐작할 수 있을 것 같다. 더군다나 당시 자전거 경주에서 일본 사 람을 따돌리며 연일 승리를 거두던 엄복동嚴福童과 함께 안창남은 국민적 영웅으로 대접을 받았으니 그 날은 국권 을 상실한 암울한 시기에 민족적인 자긍심으로 크게 기지 개를 켜는 날이기도 했을 것이다.

안창남

안창남은 1924년 12월 고국으로 돌아와 상하이에서 만 난 여운형의 도움으로 옌시 산군閻錫山軍에 투신하여 타이 위안비행학교太原飛行學校 교관으로서 독립 운동에 참여했다. 그러던 중, 1930년 4월 5일, 고장난 비행기를 고치려고 시험 비행을 하다가 추 락하여 사망한 것으로 전해진다.

우이동의 봄을 찾다 | 차상찬

개벽
1926년

이 글이 내 눈에 차오른 가장 큰 이유는, 물론 필자에 대한 신뢰도 한 몫 했지만, 그보다 먼저 서울 종로통에서부터 우이동까지 걸어서 갔다가 다시 걸어서 되돌아왔다는 사실 때문이었다. 물론 종로에서 창경궁 앞까지는 전차를 탔지만 요즈음 사람들이라면 아예 엄두조차 내지 않을 거리가 아니던가. 그것도 당대에 두드러진 활약을 보이던 지식인 둘이서 그 길을 걸어가는 정경을 상상하자니 절로 흐뭇해졌던 것이다. 더군다나 이 글은 마치 로드 무비처럼 길을 가다가 머물며, 머문 곳마다 이야기를 남겨 놓기까지 했다.

한식날, 동풍이 불었으며 눈물이 비 오듯 했다

4월 6일이었다. 우리 청년당에서는 우이동으로 봄맞이 원족遠足을 가게 되었다. 이 우이동은 수석 구경이나 앵두나무 꽃이 흐드러져서 구경 가는 것이 아니라 모든 사람들이 사모하는 의암義菴 손병희 선생의 유각과 유택을 한번 찾아보려고 가는 것이었다. 나도 그 당원의 한 사람으로 역시 거기에 참가하게 되었다. 그 전날 밤에 어떤 기념식 여흥에서 "고름놀음"인가 "재판장놀음"인가 하는 골계극滑稽劇(지금의 희극과 같은 연극)을 11시까지 하고 출출한 배를 채우려고 모모 동지와 어느 음식집에 갔다가 오전 2시에야 귀가한 나는 겨우 네 시간을 자고 오전 6시에 일어나서 조반은 먹었다.

춘파春坡 군이 찾아왔다. 그와 같이 동반하여 우리 회사(개벽사를 말한다)의 정문으로 들어갔다. 때는 그럭저럭 8시 20분이나 되었다. 보행하는 사람들은 벌써 많이 떠나가고 기차로 가는 사람들만 남아 있다. 춘파와 나는 매우 활발한 척하고 장담하기를 원족에 기차를 타고 가는 것은 원족이 아니라 근족近足이니까 우리는 도보를 하자고 하였다. 그러나 먼저 떠난 사람이 있기 때문에 동행하기 위하여 부득이 임시 응변의 축지술을 썼다. 탑동 공원 앞에서 전차를 타고 창경원 앞까지 갔다. 차에서 내리니까 먼저 온 동지들이 길가에서 기다리고 있다. 우리 두 사람은 그곳에서부터 그네들과 같이 도보를 하였다. 천천히 걸어 전석磚石 고개(혜화동 로터리에서 삼선교로 넘어가는 고개를 말한다)를 넘어가니 성 밑에 누런 잔디는 밤이슬에 속잎이 나고, 길가의 버들 가지는 아침 바람에 흔들흔들 춤을 춘다. 동소문을 썩 나서니 성 안보다는 공기가 훨씬 상쾌하였다.

봄은 아침이요, 가을은 저녁이라. 아침의 경치야말로 참으로 좋았다. 낙타등과 같은 산봉우리 사이에 새로 솟는 햇볕과 빼곡한 송림 속에 한가로이 우는 새소리와 풀 위에서 자유로 뛰노는 송아지와 버들빛, 꽃 향기 그 모든 것이 다 무르익어 가는 봄의 흥미를 끌지 않는 것이 없었다. 그럭저럭 미아리에 당도하니 이 곳은 성城의 동쪽에 사는 사람들의 공동묘지 소재지요, 날도 마침 한식의 명절이었다.

우이동 계곡의 옛 모습

백사청송白沙靑松이 사라진 산의 낮은 언덕에 점점이 산재한 흙무덤 앞에는 사람들이 삼삼오오씩 모여 서서 성묘도 하고 새로 벌초도 한다. 소복마냥 단정하게 차려입고 슬프게 곡을 하는 청상과부도 있고, 사랑하는 자식을 생각하고 슬프게 우는 백발의 노옹도 있고, 부모나 혹은 애처를 생각하고 가슴 태우는 청년도 있다. 온 산은 울음의 천지와 눈물의 바다로 바뀌었다. 제물의 냄새를 맡고 이산 저산으로 휩쓸려 날아다니는 까마귀의 소리도 슬프거니와 잘려진 꽃가지에 피눈물을 토하는 두견새의 소리는 더욱 구슬펐다. 인생 백년에 뉘라서 이 북망 산천을 능히 면하리오마는, 그 광경을 볼 때에 어찌 동정의 눈물을 흘리지 아니하랴. 더구나 먼저 떠나신 부모님에 대한 눈물이 아직까지 남아 있는 나로서는 고향의 선산을 구름 밖으로 덤덤히 바라볼 때에 한층 그리움에 감정을 감추지 못하였다.

시골의 술집 주모와 웃다

이런 생각 저런 생각 하는 중에 발길은 어느덧 수유동 동리를 밟게 되었다. 촌가의 술집에 매달린 등은 나그네를 반가이 맞는 듯이 동풍에 흔들렸다. 에라, 세상 만사 모든 일이 술 없이 되지 않나니 술이나 한 잔 먹어 보자 하고 춘파에게 말하였다. 그러나 우리 두 사람은 주머니가 항상 빈 놈들이요, 또 일행이 원체 많은 까닭에 먼저 술집으로 들어갈 용기가 감히 나지 못하였다. 목은 컬컬하고 두 주먹은 불끈거리니 어찌할 수가 있으리오.

최후에 제갈량 이상으로 기기묘묘한 계책 하나를 냈것다. 둘이 서로 붙어 다니되 우리는 뒤로 떨어져서 쉬는 척하며 식구도 슬슬 떨쳐 버리고, 또 돈만 있는 사람을 보면 마적단 모양으로 막 떠밀어서 술을 먹자고 한 것이다. 이 계책은 의외로 요량과 같이 꼭 들어맞게 되었다. 송정松亭

이지누 사진, 2005

서울시 유형 문화재 제2호인 봉황각에 대한 나의 첫 기억은 고등학교 1학년 때이다.
당시 암벽 등반을 한답시고 뻔질나게 삼각산 인수봉을 드나들었다. 그 무렵 늘
의암의 묘 앞을 지나다녔지만 익숙하면 무심한 것이다. 당시는 지나다니기만 했을 뿐
눈여겨본 것은 이번이 처음이었으니 말이다. 봉황각은 정면 5칸, 측면 2칸이다.
1912년 6월에 지었으며 천도교에 종사하는 사람들을 위한 교육 기관이었다.
뒤로 우뚝 솟은 봉우리는 인수봉이며 그 왼쪽이 백운봉이다.

아래에서 잠시 다리를 쉬노라니 일행은 대개 먼저 가고 전의찬全義贊 군이 마지막으로 온다. 그는 몸도 통통하거니와 주머니도 통통해 보였다. "옳다! 되었다" 하고 만나는 당장에 주국토벌酒國討伐의 군자금을 담당하라고 청구하였다. 쾌활한 전 군은 즉시 승인하고 같이 어떤 주점으로 들어갔다.

그 곳은 남자가 파는 술집이었다. 비록 이성은 없으나 술맛도 좋고 도야지 고기의 안주 맛도 좋았다. 나물과 김치도 맛이 있었다. 서서 다섯 잔씩을 먹고 나왔다. 아까까지 울적하던 심회는 잠깐 만에 쾌활하게 되었다. 한 해의 봄은 우리가 혼자 차지한 것 같다. 걸음도 활발하여지고 이야기도 커진다. 새소리와 꽃봉오리가 모두 우리를 위하여 생긴 것 같다. 향기로운 풀 가득한 들판에 소 먹이는 목동의 피리 소리도 한가히 들리고, 희고 맑은 물이 흐르는 골짜기에서 빨래하는 여자들의 태도도 곱게 보인다.

가오리천加五里川(가오리는 지금의 수유동 우이초등학교 일대를 말하는 것이다)을 건너섰다. 길가 어떤 집 문간에 연분홍 저고리에 동자 머리를 한 여자가 선뜻 보인다. 이성에 굶주린 우리의 눈은 일시에 그 집으로 초점이 모여들었다. 점점 가까이 당도해 보니 그 집도 역시 주점이다. 술은 별로 더 먹을 생각이 없으나 이성이 있는 바람에 세 사람은 또 그 집으로 들어갔다. 그 여자는 대략 스물대여섯 살이나 되어 보이는데 시골 주점의 여자로는 비교적 하이칼라였다. 얼굴도 얼추 미인에 든다. 안주는 나물밖에 없고 술은 탁주뿐인데 술에다 물을 탔는지 물에다 술을 탔는지 퍽도 싱거웠다. 주인이 노파만 같으면 한 잔이 즉시 이별주가 되었겠지만 그래도 젊은 이성인 까닭에 손 안의 비지떡으로 서너 잔씩 먹었다.

그야말로 입은 없는데 병아리 궁둥이만 보아도 살이 찐다고 술맛은 없으나 여러 가지의 수작이 매우 재미있었다. 비윗살 좋은 춘파 군이 전날 밤 골계극을 할 때에 차고 있던 종이 주머니를 그대로 차고 그 속에서 마메콩(まめ; 대두)을 자꾸 꺼내어서 그 여자에게 주는 것도 한 웃음거리가 되었다. 우리는 그 집을 떠나서 다시 우이동으로 향하였다. 비록 잠시 주점에서 만난 여자라도 인정이란 참 우스운 것이다. 돈을 위하여 그러든지 무엇을 위하여 그러든지 그 여자도 우리가 가는 것을 섭섭히 여기는 듯이 문간에서 한참이나 바라보고 우리도 역시 오면서 그 여자를 가끔 돌아다보았다.

아! 산에 핀 벚꽃은 누구의 봄을 위한 꽃이더냐

한화휴제閑話休題, 군소리가 길었다. 우리는 가오리를 지나서 우이동구에 들어섰다. 우이동은 원래 산이 높고 골이 깊은 까닭에 경성 시내보다는 꽃이 보통 일 주일이나 늦게 피는 곳이다. 경성에도 목련꽃, 할미꽃 외에는 아직까지 꽃 소식이 잠잠하거니 더구나 우이동이야 어찌 꽃구경하기를 바라기나 할까 보랴. 만산의 꾀꼬리와 벚꽃은 아직까지 잠자는 것 같고, 이골 저골에서 흐르는 물소리만 잔잔히 들린다. 도봉이나 망월의 흰 구름은 의연히 배회하고 도선암道詵菴의 쇠북 소리는 먼 바람에 전해 온다.

牛耳洞은 아직 맑개는 아니 되었다

봉황각鳳凰閣, 두견정杜鵑亭은 의구하게 있다마는 선생의 모습은 다시 뵐 수 없고 다만 7척 높은 무덤에 새싹이 드문드문 피어날 뿐이다. 언젠가 이 곳에서 선생이 노닐고, 선생이 시를 읊조리고, 선생이 바른 길을 논하고. 이사람 저사람의 같은 뜻을 모아서 국가 민족을 위하여 몸과 마음을 다하여 나라를 염려하던 그 생각을 하면 비록 오랜 세월이 지났을지라도 누가 감히 옷깃을 여미며 눈물을 흘리지 아니하랴.

그러나 선생의 주의主義가 살아 있고 선생의 정신이 살아 있는 이상에는 선생의 육신은 비록 청산의 한 줌 황토가 되었을지라도 장생불사하여 북한산의 높은 봉우리가 한 주먹의 돌이 되고, 한강의 큰 물줄기가 상전桑田이 될지라도 오만 년 무궁토록 영원히 생존할 것이다. 우리는 끝없이 슬픈 마음을 품은 가운데 선생의 묘소를 참배하고 또 그 앞에 모여 앉아서 선생의 평소 행적과 주장 등 여러 가지의 이야기를 하고 봉황각으로 내려갔다. 혹은 계곡에서 탁족도 하고 정원에서 화초 구경도 하였다. 나물과 푸성귀로 점심밥을 맛있게 먹고 오후에는 두견정에서 다시 모이기로 하고 각자 흩어져 놀았다.

두견정에서 석양을 바라보다

오후 3시경이나 되었겠다. 우리 일행은 예정과 같이 두견정으로 모였다. 이 두견정은 선생이 평소에 활을 쏘던 곳이다. 이름은 두견정이지만 진달래도 아직 볼 수 없고 두견새 소리도 역시 들을 수 없다. 일행은 그 곳에서 술도 먹고 춤도 추고 노래도 하고 각종의 즐거운 놀이를 다하였다. 어언간 석양이 산에 걸치게 되고 뭇 새들은 날아든다. 기차로 갈 사람들은 모두 떠나기를 시작하였다. 귀로에도 천연의 자동차를 타기로 결정한 춘파 군과 나는 그다지 바쁘지는 않았다.

그러나 적적한 산중에 두 사람만 남아 있을 까닭은 없었다. 즉시에 우리 두 사람도 출발하였다. 도중에서 봉곡鳳谷 군 외 몇 친구의 보행 동무를 얻었다. 그러나 그들은 또 먼저 갔다. 우리 두 사람만 찰싹 동행을 하게 되었다. 그 씩씩한 춘파 군도 오늘은 구두가 좁아서 발도 아프고, 몸도 여러 날 바빴던 까닭에 퍽 피곤하였다. 전쟁에 지고 난 후 해산한 병사마냥 아무 기력이 없이 다리를 절름절름하였다. 그러나 나는 비교적 몸이 피곤하지 않았다. 두 사람은 집에까지 같이 돌아왔다. 때는 벌써 오후 8시경이나 되었다.

차상찬

이 글은 1926년 5월, 「개벽」에 같은 제목으로 실렸던 것이다. 호를 청오靑吾라 했던 차상찬(1887-1946)은 시를 쓰기도 했으며 개벽사開闢社에서 나오던 여러 잡지의 창간 동인이자 기자였다. 필명을 수춘학인壽春學人, 강촌생江村生, 취운생翠雲生, 월명산인月明山人, 차천자車賤者, 차돌이로 쓰던 그는 「개벽」이 1934년 11월에 다시 복간될 때에는 발행인이 되기도 했다. 또 「개벽」이 일제에 의해 원고가 삭제되

거나 압수, 발행 금지 처분을 받으며 곤혹스러움을 겪자 그가 발행인이 되어 1931년 3월 「개벽」보다 강도를 낮춘 「혜성彗星」이라는 월간지를 냈으며 4호를 내고 난 다음부터 「제일선第一線」으로 제호를 바꾸었다. 당시 개벽사는 지금으로 치면 잡지 천국이었다. 그들이 낸 잡지만 보더라도 「개벽」, 「부인」, 「신여성」, 「별건곤」, 「어린이」, 「학생」, 「혜성」, 「제일선」, 「농민」과 같았으니 그 곳에서 차상찬의 활약은 자못 큰 것이었다.

그가 이 글에서 함께 봄맞이 나들이를 떠난 청년당靑年黨이란 '천도교 청년당'을 말하는 것이다. 천도교 청년당은 1919년 9월 2일 결성되었으며 신문화新文化 운동을 주도하던 청년들이 중심이 되어 교리를 연구하며 수시로 강연을 개최하는 등 계몽 운동에 주력했던 단체이다. 그와 동행한 춘파春坡 박달성(1895-1934)은 청년당 창설은 물론, 천도교 청년회에서 편집부 사업으로 시작한 잡지인 「개벽」의 창간에 주도적인 역할을 했던 인물이다. 그들이 찾아간 의암義菴 손병희(1861-1922) 선생 또한 천도교의 제3세 대도주大道主를 지냈으며 성사聖師로 추앙받는 인물이다.

이 글이 내 눈에 찬 가장 큰 이유는, 물론 필자에 대한 신뢰도 한 몫 했지만, 그보다 먼저 서울 종로통에서부터 우이동까지 걸어서 갔다가 다시 걸어서 되돌아왔다는 사실 때문이었다. 물론 종로에서 창경궁 앞까지는 전차를 탔지만 요즈음 사람들이라면 아예 엄두도 내지 않을 거리가 아니던가. 그것도 당대에 두드러진 활약을 보이던 지식인 둘이서 그 길을 걸어가는 정경을 상상하자니 절로 흐뭇해졌던 것이다. 더군다나 이 글은 마치 로드 무비처럼 길을 가다가 머물며, 머문 곳마다 이야기를 남겨 놓기까지 했다. 그것이 술집에서 벌어진 일들이기는 하나 감출 것 없이 솔직한 것이라서 더욱 흥미로웠던 것이다.

많은 언론계 종사자들이 그렇듯이 그들 또한 잡지 일을 하며 술을 마다하지 않은 것으로 유명했다고 한다. 차상찬의 술 이야기에 대해서는 아는 바 없지만 박달성의 술 이야기는 이곳 저곳에서 흔하게 듣는 이야기이다. 그가 1934년 5월 9일, 마흔 살이라는 나이로 짧은 생을 마쳐야 했던 것도 술로 인한 동맥경화와 그에 따른 마비 증세 때문이었다. 차상찬은 보성고보 1회, 박달성은 같은 학교 7회 졸업생이었으며 글 속에서 '주국토벌酒國討伐'의 군자금을 댄 이로 등장하는 전의찬 또한 박달성과 동기 동창이었다. 그런 그들이 세상을 보는 눈을 모으고 뜻을 합쳐 한곳에서 일을 하고 있었으니 어찌 그 자리에 술이 없을 수가 있었겠는가.

우이동으로 길을 나선 그 날 또한 유쾌하게 술집을 드나들었던 것은 봄이거나 술집 주인 때문이 아니라 뜻이 같은 지인들이었으니 그냥 갈 수 없었던 탓이지 싶다. 그 모습이 글 속에 고스란히 드러나 있다. 그것도 이미지가 연상될 것처럼 선명하게 말이다. 때로 요즈음 출판의 유행처럼 되어 버린, 사진이나 그림이 글 곁에 덕지덕지 붙어 있는 것들이 꼴불견일 때가 있다. 그러나 예전의 기행문들은 이미지 한 장 없어도 그 정경이 연상되는 것은 무엇일까. 그것은 아예 이미지에 대해 기대하는 것 없이 오로지 글의 힘을 믿고 쓴 때문이다. 이미지를 글로 풀어서 쓰려고 애를 썼다는 것이다. 그러나 요즈음 기행문을 보면 서걱거린다. 그것은 글로 이야기해야 하는 것들의 많은 부분을 이미지에게 떠맡겨 버려 생긴 현상이다.

한화휴제閒話休題. 차상찬이 이 문장을 사용했으니 나도 한 번 따라서 써 본다. 쓸데없는 이야기는 그만둔다는 말이니 글을 전환시킬 때 사용하는 것이다. 이런 것들이 차상찬식 글쓰기의 특징이다. 그는 한문 투의 문장을 즐겨 사용한 것으로 널리 알려져 있다. 그런 그가 글의 말미에 느닷없이 '한화휴제'라는 말을 사용하며 분위기를 반전시킨 것은 목적지인 손병희 선생의 묘소에 다다랐기 때문이다. 손병희 선생은 그들이 믿고 따르던 정신적 지주가 아니던가. 그 때는 손병희 선생이 고인이 된 지 4년이 흘렀을 무렵이니 그들의 감회를 어찌 짐작할 수 있겠는가. 긴 그림자와 함께 노을이 물든 길을 걸어 되돌아오는 차상찬과 박달성의 뒷모습에는 시대에 대한 그 얼마나 많은 생각과 다짐들이 담겨 있었을까. 그들의 그것은 길고도 무거웠으리라.

승가사와 진흥왕순수비를 찾다 | 문일평

개벽
1921년

이 글은 찌는 듯 더운 여름날, 지인인 단단자와 함께 종로구 내자동의 집을 출발해 종로구 구기동에서 북한산 비봉을 오른 이야기이다. 글을 쓴 문일평은 조선일보의 편집고문 시절 우리의 역사를 바로 보기 위한 지면을 기획하여 민족 문화 운동을 전개하였다. 그 결과는 조선일보에 홍명희의 "임꺽정", 신채호의 "조선상고사", 한용운의 "삼국지" 그리고 조선의 국학자들이 총동원되다시피 한 "조선여지승람"의 연재로 나타나기도 했다.

요사이 우리 사회에 산천을 떠돌며 감상하는 풍조가 유행하게 되어 금강산을 탐승하는 인사도 많으며 백두산을 탐험하는 인사도 있다. 이는 자연의 아름다움에 대하여 일반 사회의 취미가 향상된 표증이니 어찌 기뻐할 현상이 아니랴.

그러나 우리는 몸을 얽매는 세상의 온갖 괴로움에 구속되어 멀리 여행하기 어렵다. 경성에서 지척인 북한산이나마 한번 올라 보리라 결심하고 단단자斷斷子와 더불어 다녀오자 하기는 7월 중순의 어느 맑은 아침이었다. 점심으로 간단한 음식을 휴대하고 소걸음처럼 느릿느릿 자하문을 나서서 길 양쪽의 산수를 바라보면서 고양군 구기동에 이르렀다. 이 곳은 과실 나무가 무성하고 북한산의 빼어난 풍경을 배경으로 십 리나 이어진 맑은 계곡에 여기저기 흩어져 자리 잡은 띳집과 초당들이 울창한 수목 사이로 은은히 비쳐 완연히 살아 있는 그림을 보는 듯한 느낌이 있다.

수도에서 지척이로되 어지럽고 속된 세상에 물들지 아니한 이 맑고 깨끗한 곳은 단단자가 살던 고향이다. 그러므로 길 위에 송아지를 끌고 지나가는 목동에 이르기까지 거의 다 본 적이 있어 웃는 얼굴로 맞이하니 이를 곁에서 보고 있는 나도 일종의 쾌감이 있었다. 부근 일대에 아름다운 볼거리가 많은 중에도 찬란하게 익은 능금나무의 색채와, 졸졸대며 흐르는 계곡물 소리가 대표적인 맑은 모습이라 할 수 있다. 따라서 아름다움을 찾는 우리의 마음 거의 전부를 그것들에 빼앗기게 되었다.

이같이 산능금을 사랑하며 감탄하던 정이 식욕을 동하게 함인지 단단자는 홀연히 길가에 있는 자기 인척의 초당으로 들어가고 나는 홀로 계곡에 앉아 탁족하고 있었다. 이윽고 단단자가 보자기에 산능금을 싸들고 나를 향하여 미소지으며 다가와 흰 돌 위에 앉으니 사위가 고요한 숲과 골짜기에 오직 계곡의 물 소리만 요란할 뿐이다. 한 쌍의 청개구리가 물 속으로 달아나 두 눈을 똑바로 뜬 채 물 소리를 듣고 있는 모양도 매우 흥미 있게 보인다. 이에 산능금을 함께 먹으며 좌선하는 듯한 청개구리를 물끄러미 바라보았으나 오래 가지 않아 그 청개구리가 다시 물 속으로 들어가더니 흔적조차 없어졌다.

몇 걸음 떨어진 넓은 바위 위에 녹음을 등지고 청풍으로 몸과 마음을 씻으며 누워 있는 촌부는 아마도 오전 동안 하던 일에 심신이 피곤하여 낮잠을 자고 있는 모양이다. 이럭저럭 이 곳에서 잠시 시간을 보내고 바로 목적지를 향하여 행진을 계속하니 한낮의 땡볕은 온몸에서 땀이 나게 했다. 밀짚모자와 모시 저고리를 다 적시므로 곧 모자와 옷을 벗어 어깨에 걸치고 휘파람을 불며 산을 넘고 또 넘어 깊고 그윽한 곳에 있는 맑은 계곡을 찾았다. 먼저 세수하고 이어 목욕하여 서너 시간 동안 개운하지 못함을 해결하니 인간 세계에도 정토의 극락이 있음을 알았다.

단단자는 흥을 이기지 못하여 나체로 암석에 앉아 좌선도 하며 모래로 산과 구릉을 만들며 모래 장난을 하는 것이 오로지 즐거운 웃음을 웃으려 애쓰는 듯하다. 놀이를 마친 뒤에는 땀에 젖은 모시 저고리를 흐르는 물에 세탁하여 돌 위에 널어 놓고 말린다. 이 때 나는 물가에 몸을 눕히고 밀짚모자로 얼굴을 가린 채 높은 하늘에 떠 가는 한가한 구름을 엿보면서 잠시 동안 낮잠에 젖었다. 그러나 촌음을 아끼는 단단자는 잠시의 시간도 버리지 않고 시조 한 수를 지었다.

벗 모시고 이른 곳이 산 속에 물이로다,
엷은 구름 차일 아래 넓은 돌을 펼쳤으니,

북한산 산자락 세검정 가까이에 있는 홍지문의 옛 모습.

씻은 몸 빨은 옷이 함께 널려 바람맞이.

나는 한시 오언 절구를 따라 읊었다.

푸른 계류에 몸을 담그고
고요히 흘러가는 구름을 보며 시절을 잊으니
그는 해가 저물도록 산 속을 헤매어
숲의 이슬이 되려는 듯 구름은 가벼이 날고 있구나.

둘이 다시 몸을 일으켜 5, 6리나 되는 기괴하고 험한 돌길을 올라 승가굴僧伽窟에 다다르니 이는 신라의 석승인 수태秀台란 이가 창건한 삼한의 고찰이다. 고려 초엽에 이르러는 대량군 순詢이 12세의 어린 나이로 천추 태후의 악독한 계략을 피하여 출가하였을 때에 몸을 이 석굴에 감추었다. 순은 스스로 견디지 못하는 아픈 마음을 달래며 시구를 지어서 샘물에 띄우곤 하였다. 후에 그가 목종穆宗의 대통을 이어받아 원수들을 단칼에 격퇴하고 고려 반천 년의 국기를 편안하게 한 영군英君이 되니 곧 현종顯宗이다.

그뿐 아니라, 그 후에도 역대의 군주와 후빈后嬪이 한양에 나들이할 때는 흔히 승가굴을 참관하였은즉, 당시에 응당 건축도 화려하게 장엄하였으련만, 무상한 풍우에 금과 옥이 서로 어울리던 대림궁大琳宮도 그 전부가 이미 사라져 버려 옛 모습을 다시 볼 수 없다. 지금 있는 것은 40년 전에 명성 황후의 발원으로 중건한 몇 동의 절집에 불과할 뿐이다.

법당의 북쪽에 승가굴이 있으니 석실 모양으로 된 천혜의 동굴이라.

입구의 넓이는 두세 명이 서로 서서 통행할 만하나 길이가 깊어 거의 수십 보에 이르므로 낮에도 오히려 깜깜하여 지척을 가늠하기 힘들었다. 준비하였던 밀랍으로 만든 초에 불을 붙여 들고 단단자는 앞장서고 나는 뒤를 따라 끝까지 들어갔다. 바위로부터 솟아나는 약수가 바야흐로 끓어오르는 청주와 같이 돌샘을 넘치듯 흐르거늘, 초를 돌 위에 올려놓고 서서 품속에서 작은 바가지를 꺼내 약수를 각각 한 잔씩 마셨다. 그 맛이 담박하면서도 달고, 맑으면서도 차서 마신 사람들이 미처 표현하지 못할 영감이 솟아나게 한다.

승가굴의 샘물은 오늘에도 의연히 흐르지만 그 옛날 시구를 띄우던 왕손은 종적이 적막하다. 그가 머물다 간 흔적을 절의 중에게 물었으나 한마디도 하지 못하더니 한 끼 밥값이 얼마냐고 묻자 한 상에 70전이라고 곧 답한다. 승려의 정도가 이렇듯 저급임은 참 쓸쓸한 웃음을 짓게 한다. 단단자에게 감회를 물으니,

옛임금 가셨거니 스님조차 다시없나?
옛일 물어 모르쇠의 중 "밥값은 암만요."
두어라 굴속의 한샘 맛이 즈믄해 승가僧伽로다.

하고, 나는 또 한시 오절을 읊었다.

승가굴에 다다르니
샘물은 예나 지금이나 절로 흐르는데
왕손은 어디에 머물렀단 말인가

구기동에서 40분 남짓, 완만한 산길을 오르면 마애불을 만날 수 있다.
그러나 산길을 걷는 동안 국립공원이라는 이름으로 계곡에는 아예 들어가지 못하게
막아 놓았으니 호암 선생의 나들이처럼 계곡에 발을 담그리라는 생각은 깨지고 말았다.
그러나 누구를 탓할 수도 없다. 산을 그 지경으로 만든 것이 우리들이니 말이다.
마애불은 승가사의 종각에서 빤히 보인다. 거불이며 얼굴의 조각은 섬세하지만
그 아래로는 간략화된 표현 양식을 지닌 전형적인 고려시대의 마애불상이다.

다만 고요하고 깊은 샘에 마음 빼앗길 뿐이라네.

　승가굴에서 서북으로 백 수십 보쯤 되는 숲 사이에 우뚝한 석상이 있어 구름 밖으로 솟았음을 볼 것이니, 속칭 풍경암風磬巖이다. 그 앞에 가서 살펴본즉 천연석에 불상을 조각하였는데 길이가 거의 팔구십 심尋(1심은 여덟 자)이 되겠으며, 폭이 수십 척이 되겠으며, 머리 위에 이고 있는 차양은 그 크기가 여러 간間에 달한다. 좌우에 풍경이 달렸으니, 아마 이것을 보고 풍경암이라 부르는 것 같았다. 걸음을 옮겨 비봉碑峰에 오를 사이에 나는 아찔한 현기증을 느껴 중도에 앉아 있고 단단자만 분발하여 짚신조차 벗고 돌계단을 올랐다. 이윽고 단단자가 비의 길이를 재서 흔연히 돌아오니, 비의 높이는 4척 9촌, 비 머리는 2촌 8푼, 넓이는 2척 3촌 7푼, 두께는 5촌 7푼이다.

　비의 몸돌은 단단하고 강한 화강암이나 유구한 세월 동안 바람에 닳고 비에 깎여 이끼가 끼고 벌레가 갉아먹은 듯 패여 있었다. 글씨를 전혀 알아볼 수 없을 지경으로 벗겨졌으므로 비문은 한 자도 남아 있지 아니하고 오직 잔존한 것은 뒤에 추사秋史 김정희가 비석 왼쪽에 두 줄로 새긴 마흔일곱 자뿐이었다. 그것이나마 제1행은 여덟 글자가 마멸되어 분간하지 못하겠고, 완전히 보이는 것인즉,

　신라 진흥왕의 순수비인데 병자년 7월에 김정희……
　정축년 6월 8일에 김정희와 조인영이 와서 남은 글자 예순여덟 자를 살펴 정했다.
　新羅眞興大王巡狩之碑丙子七月金正喜 (이하 여덟 글자는 닳아 없어져

알아 볼 수 없음.)

丁丑六月八日 金正喜趙寅永同來審定殘字 六十八字

이라. 정축丁丑은 지금으로부터 105년 전인즉, 그 때까지 비문이 예순여덟 자나 잔존하였다 하니 그러면 이미 1,000년 동안이나 보존되었던 것이 겨우 그 후 백 년 사이에 사라진 것은 무슨 까닭인가. 아마도 풍우를 막아 주던 비의 지붕돌이 부서져 마멸이 한층 심하게 된 것 같다. 비 꼭대기의 지붕돌과 비 몸돌의 부서진 모습이 이런 사실을 더욱 증명하지 아니하는가.

「경성기략」에는 이르되 진흥왕의 비문이 무릇 12행인데 마멸되어 가려 읽지 못하겠으되 겨우 읽을 수 있는 것은 그 제1행에 "진흥왕급중신등순수시기眞興王及衆臣等巡狩時記"라 하고, 제8행에는 "남천군주南川軍主"의 네 글자가 있다고 했다. 제1행으로 보면 이는 곧 진흥왕 16년에 우리 강토의 경계를 넓히고 세운 것이라 할지나, 제8행에 따르면 그 후에 세웠는지도 알지 못한다. 「신라본기」와 「동사강목」을 인증하고 최종에는 진흥왕 29년에 세운 황초령비黃草嶺碑와 전후하여 세운 것이라 하였다.

그러나 나의 좁은 생각으로는 비석을 처음으로 세운 것은 비록 진흥왕의 재임 기간 중에 하였으되 후세에 중건한 것이 아니라면 어찌 '진흥'이란 익호를 썼을까. 아무리 생각하여도 생전에 익호를 새겼다고는 상식 있는 사람이라면 고집을 부리지 못할 것인즉 필경 후세에 중건했음이 분명하다.

후세 중건이라 함이, 오래 된 비석이라는 점에 조금도 손상되지 아니할 것은 물론이라. 저 북으로 황초령비와 남으로 가야군비伽耶郡碑와 함께, 이 북한산비가 신라 진흥왕의 삼대 경계비가 되는 동시에 멀리 압록수가 바다를 이루는 저 동구에 우뚝 서 있는 고구려호태왕비高句麗好太王碑와 서로 마주서서 천고의 크나큰 역사적 사실을 말하는도다.

전설에 이르되, 조선 초에 왕사 무학이 한양의 궁터를 선정하려고 북한산으로부터 답사하여 서남 기슭에 이르러 "무학오심도차無學誤尋到此"라는 여섯 자가 새겨진 도선道詵의 옛날 비석을 발견하였다 하니, 혹, 이 진흥왕 비를 잘못 안 것은 아닌가.

단단자가 감회를 읊으니,

신라에도 진흥왕의 그 자취를 끼친 것이,
거의 거의 꺼져 갈 때 예순여덟 자 있었다고,
추사씨秋史氏가 새긴 것이 또 다시 흐리단 말인가.

하기에, 나는 한시 오절을 따라 지었다.

그 옛날 진흥왕의 자취를 써 놓은
오래 된 비석이 구름 사이에 있구나.
그는 말없이 비스듬히 서 있을 뿐
북한산은 푸르고 맑기만 하다.

이윽고 멀리 보이는 바위 사이에 석양이 잠기고 어두운 기운이 숲에 드리울 때에 산길을 내려와 평지에 이르니 잘 새는 벌써 깃을 접고 행인은 이미 길에 끊어졌다. 주위의 밤하늘은 고요함이 가득 들어 차 있는데 우리 둘의 말소리만 두런두런할 뿐이다.

단단자는 기왕에 자호를 농우農牛라 하니 대개 충실하고 순박하며 근면 노력함으로써 자책함이요, 그 후에 일행日行이라 자호하니 공리 공론에서 떠나 참되고 성실하게 살려는 마음을 의미함이다. 노자의 겸허와 청교도의 엄결嚴潔을 사모하여 결허潔虛라기도 하며, 극단의 정직을 표시하기 위하여 당엄戇广이라기도 하며, 비록 느리더라도 자기 실현을 꿈꾸어 시아호是我乎라고도 하다가, 다시 괴차塊車라 하니 글자의 뜻으로 해석하면 흙에 혼을 합하여 하나의 흙덩어리를 만들었은즉, 곧 생명을 태운 육차肉車가 삼만 여 일을 가는 인생 행로에 낮밤으로 간단없이 행진하여 오늘은 삶과 죽음의 경계선에서 차례를 기다리는 역에 도착하였다고 스스로 권점圈點을 본 일도 있었다. 그러므로 우리의 신이 어느 날, 어느 곳에서 하차할는지 예측하기 어려운즉, 아무쪼록 하루하루를 곧 일평생으로 간주하여 삶을 즐겁게 지내는 것이 옳다는 심각한 인생관이 있어 금일주의今日主義에 의지하여 다시 오암唔庵이라 하니 뜻을 풀면 나의 날(吾日)이라. 스스로 노래하여 가로되,

나를 만난 오늘
내 날 현실 밝은 내 날
내 있어 너를 반기고
네 있어 나를 빛내니.

라고 하였다. 요즈음에 단단자라 함은 소극으론 욕심을 끊는 것과, 적극으론 용기 있는 결단을 가르침이니 최초 '농우'로부터 지금 '단단자'라

칭하기까지 한 마디로 말하면 정신과 몸이 서로 일치된 생활을 하기 위하여 고심하고 노력한 표증이다. 곧 10년 동안 내적 생활로 이룬 개인적인 부호이다. 그 결백한 품격은 백합꽃에 비할까. 접근할수록 맑은 향기가 풍겨 나오는 감이 있다. 이런 담박한 인사와 더불어 하루 동안 아름다운 산 속과 계류를 노닐며 콧노래를 부를 만큼 흥겹게, 서로 흉금을 피력하는 시간을 가졌으니 가장 유쾌히 여기는 바다.

어두운 시골길, 험하고 진흙투성이의 길을 걸어 세검정에 이르니 이는 인조 반정 공신의 기념 건축이라. 그 정자의 백석 사이로 흘러 더러움의 티끌을 씻어 내는 계곡물은 그 길고 넓은 혀로 300년 동안의 일을 도도히 말하며 떨어지거늘, 이에 잠시 앉아서 그의 말을 조용히 들으며 시 한 수를 읊는다.

밤늦게 북한산에서 돌아와
세검정에 잠시 올랐건만
머뭇거리며 떠나지 못한 것은
맑은 물소리 때문이라네.

밤늦게 귀가하여 깊은 잠으로 피곤함을 달래니 떠돌아다닌 하루의 소요가 10년의 번뇌를 씻어 내었다.

문일평

이 글은 1921년 10월, 「개벽」에 "北漢의 一日"이라는 제목으로 실렸던 것을 제목을 고친 것이다. 글을 쓴 이는 문일평文一平(1888-1939)으로 호는 호암湖巖이다. 그는 한때 교직에 몸담기도 했고 조선일보나 중외일보 같은 신문사의 기자 생활도 했다. 뒤에 조선일보의 편집고문이 된 그는 우리의 역사를 바로 보기 위한 지면을 기획하여 조선학朝鮮學, 곧 민족 문화를 되살리려는 민족 문화 운동을 전개하기도 했다. 그 결과는 조선일보에 홍명희의 "임꺽정", 신채호의 "조선상고사", 한용운의 "삼국지" 그리고 조선의 국학자들이 총동원되다시피 한 "조선여지승람朝鮮興地勝覽"의 연재로 나타나기도 했다.

"문화가 살면 민족은 죽지 않는다"는 대전제 아래 민족에 대한 성찰을 통해 잃어버린 민족혼을 되찾고 그것을 살리려 했으며, 당시 지식인 누구나 그랬듯 민중들을 계몽하는 데 애를 썼다. 곰곰 생각해 보면 그것을 통해 그가 찾으려 했던 조선심朝鮮心은 곧 가장 한국적인 것이지 싶다. 그가 남긴 『호암전집湖巖全集』 세 권 중의 하나인 「문화풍속편文化風俗編」을 읽으며 그를 처음 알게 된 나로서는 비록 얼굴 한 번 맞댄 적 없지만 그를 단박에 내 마음 속의 스승으로 삼고 말았었다. 그러니 묵은 책을 뒤적이다가 그의 글 한 편을 만나면 감사한 마음에 설레기까지 한다.

이 글은 찌는 듯 더운 여름날, 지인인 단단자와 함께 종로구 내자동의 집을 출발해 종로구 구기동에서 북한산 비봉을 오른 이야기이다. 오르는 길에 승가사를 둘러보기도 하고 비봉 정상에 있던 국보 3호 북한산 진흥왕순수비를 찾는다. 그러나 지금, 그 비석은 1972년 국립중앙박물관으로 옮기고 그 자리에는 비석이 있었다는 사실을 기록한 표지석이 대신 세워져 있다. 그러니 비봉에서는 이제 더 이상 그 자취를 찾을 수 없어 더욱 귀한 글이다.

그와 더불어 보물 215호인 북한산 구기리 마애석가여래좌상에 대한 고찰도 있었으나 이는 호암이 착각을 한 듯하다. 보물 1000호로 지정된 승가사 석조 승가대사상과 혼돈한 모양인지 그 둘의 내용이 혼재되어 있었다. 분명 이야기하고자 하는 것은 마애불이었지만 그 내용은 석조 승가대사상에 대한 것이 되고 말았다. 고쳐 쓸 만한 분량이 넘어서 아예 빼 버렸음을 이해해 주기 바란다. 또 동행한 단단자斷斷子가 누구인지 알 수 없어 곤혹스럽다. 그의 지인들이 하도 많아 일일이 가늠하여 밝히지 못함이 아쉽다.

추사의 "진흥왕의 두 비석에 대하여 상고하다眞興二碑攷"란 글을 보면 그가 순수비를 찾게 된 과정과 호암이 읽지 못한 내용을 써 놓았는데 다음과 같다.

"가경嘉慶(1796-1820) 병자년 가을에 내가 김군金君 경연敬淵과 함께 승가사에서 노닐다가 이 비를 보게 되었다. 비면에는 이끼가 두껍게 끼어 마치 글자가 없는 것 같았는데, 손으로 문지르자 글자의 모습이 있는 듯하여 본디 절로 이지러진 흔적만은 아니었다. 또 그 때 해가 이끼 낀 비면에 닿았으므로 비추어 보니, 이끼가 글자 획을 따라 들어가 파임획(波)을 끊어 버리고 삐침획(撇)을 마멸시켰는지라, 어렴풋이 이를 찾아서 시험 삼아 종이를 대고 탁본을 해 내었다. 탁본을 한 결과 비신은 황초령비와 서로 흡사하였고, 제1행 진흥眞興의 진眞 자는 약간 마멸되었으나 여러 차례 탁본을 해서 보니, 진眞 자임에 의심할 여지가 없었다.

그래서 마침내 이를 진흥왕의 옛날 비석으로 단정하고 보니, 1천 2백년이 지난 고적이 하루아침에 크게 밝혀져서 무학비라고 하는 황당무계한 설이 바로잡혀 깨지게 되었다. 금석학이 세상에 도움이 되는 것이 바로 이와 같은 것이다. 그러나 이것이 어찌 우리가 밝혀 낸 일개 금석의 인연으로 그칠 일이겠는가.

그 다음 해인 정축년 여름에 또 조군趙君 인영寅永과 함께 올라가 예순여덟 자를 살펴 정하여 돌아왔고, 그 후에 또 두 자를 더 얻어 도합 일흔자가 되었다.

비의 좌측에 새기기를 '이는 신라 진흥왕의 순수비인데 병자년 7월에 김정희와 김경연이 와서 읽었다此新羅眞興王巡狩之碑 丙子七月金正喜金敬淵來讀' 하고, 또 예자隷字로 새기기를 '정축년 6월 8일에 김정희와 조인영이 와서 남은 글자 예순여덟 자를 살펴 정했다丁丑六月八日 金正喜趙寅永來審定殘字六十八字' 하였다."

외국인 묘지 유감 | 함대훈

삼천리문학
1938년

이 글은 작가가 존경하던 도스토예프스키의 「작가 일기」를 흉내내어 하루의 일기처럼 쓴 것이다. 글은 다분히 사색적이며 문학적이다. 그러나 그 곳으로 가게 된 동기는, 함대훈이 발표한 소설의 대부분이 남녀간의 통속적인 사랑을 그렸듯이, 그것에서 벗어나지 못했다. 글 전체에 걸쳐 때로는 통속적이며 때로는 엄숙하고, 숙연하다가 철학적 사유에 젖는가 하면 다시 일탈의 한가한 모습들이 거짓없이 드러나 있는 것이 이 글의 매력인 듯하다.

1월 16일 맑음

팔만 대장경의 도난 소식을 접하고 합천 해인사를 다녀온 다음 날이
바로 1월 16일이다. 수일 동안의 여로에 곤한 몸을 쉴 겨를이 없이 2, 3
인의 벗과 동경으로 가는 OO양을 배웅하러 경성역에 간 것이 오후 2시
반, 2개월 여를 그들과 만나는 사이 우정이 깊어졌다. 나는 오늘 보내려
는 섭섭한 마음에 아련한 슬픔을 맛보며 역 한 모퉁이에 서 있었다. 행인
지 불행인지는 모르거니와 기차가 만원이라 하여 떠나지 못하게 된 것을
오히려 다행하다 하며 4, 5인의 일당이 기념 촬영을 하고 당인리행 차를
탔을 땐 석양에 비긴 햇살이 힘없이 차창을 엿보고 있었다.

당인리를 가는 것은 거기에 장張 형의 애인이 있다는 걸 알고 내가 주
장한 것이지만, 장 형은 그 여자를 찾기엔 너무나 사람이 많았으므로 피
하며 외인 묘지에 갈 것을 주장했다. 당인리역에서 내려 이리 꼬불, 저리
꼬불 외인 묘지를 찾았을 땐 석양빛이 퍽 기울어져 뺨에는 저녁 바람이
한껏 차가운 물결을 짓고 있었다.

여기는 그 어느 땐가. 한참 극예술연구회가 연극을 전문적으로 하던
황금 시대에 공연을 끝마치고 피크닉을 왔던 곳! 그 때는 5월인가 되어
이 황량한 곳에도 녹음이 우거지고 꽃망울이 싱그러운 웃음을 터뜨리고
있었건만, 오늘은 1월 16일, 대지엔 눈과 얼음이 깔렸고 나뭇가지엔 잎
이 하나도 없다. 그러나 공동 묘지라 해도 조선 사람의 묘지와는 달라서
그렇게 무섭거나 요괴라도 나올 듯 공포증은 생기지 않는다. 여기저기
묻힌 무덤 위에 세운 비석들이 석양의 노을에 더 한층 애달픈 애상의 수
심을 가슴에 적셔 준다.

영어, 불어, 독어, 러시아어 글자들이 비석 위에 새겨져 있다. 대개 아

이들의 무덤이 많고 남녀 어른들의 무덤들도 있다. 제각기 마음 내키는 그대로 우리는 비석 앞에 섰다. 우연히 여기엔 영어, 불어, 러시아어를 해석하는 사람들이 있었다. 이리하여 제각기 알 수 있는 그 비문 앞에 섰다. 제일 싱거운 게 영문 비문! 평범하게 언제 죽은 것, 어디서 나서 몇 살이었다는 것 등이 씌어 있다.

바로 땅 위에 덮은 비석 하나! 그것은 불문이었다. 나는 불문을 알지 못하므로 무슨 글을 썼는지 모르지만 이李 형과 장 형 두 형의 해석으로 자기 아내의 죽음을 시로 알린 것인 줄을 알게 되었다. 한 사내가 죽은 아내를 생각하는 그 순정이 비문 위에 눈물로 새겨져, 다시 저 먼 천국에서 만날 것을 굳게 약속한 그 글! 거기에는 평생을 같이 걸어가려다 먼저 간 아내를 슬퍼하는 정이 속속 드러나 있었다.

내 일찍이 미아리 공동 묘지에서 어떤 무희가 자기 남편이 묻힌 무덤 앞의 비석에 자기 이름은 쓰지 않고 '우인일동友人一同'이라 쓴 것을 보고 무정한 아내를 책한 일도 있다. 그러나 이 외지에 와서 죽은 아내에게 피눈물 어린 글을 쓴 미지의 남성, 아, 그대는 어디 있는가? 나는 그 비문의 해석을 듣고 석양의 노을을 밟으며 서편에 고요히 선 몇 개의 묘비를 이리 기웃, 저리 기웃 하고 있었다. 카자크인 누구라는 비가 눈에 띈다. 이 만리 이역에 묻힌 그의 혼은 과연 멀리 고국으로 갔는지?

다시 발길을 돌리니 묘비 속에 새긴 사진이 유리 속에 잠들고 있는 여덟 살 된 어린이의 무덤이 보인다. "고요히 잠들라. 내 귀여운 아이야! 미래엔 저기서 만나게 해 다오" 하는 내용을 러시아어로 새긴 비문이 있다. 이 어린 영혼은 이 외국에 와서 성장도 해 보지 못하고 이역 하늘 아래 묻혔으니 그 혼은 길이 잠들어 이 조선 땅에 깃들 것이다. 부디 평화로이 잠들지어다. 나는 십자를 그으며 이렇게 중얼거렸다.

알지 못하거니와 필시 그는 백러시아인의 아들이었을 것이다. 혁명으로 내쫓긴 백러시아인이 이 조선 땅에까지 와서 어린 자식을 묻는 슬픔이 얼마나 컸을까. 죽음에서 자비가 있는 것은 민족의 구별이 어디 있으랴. 나는 깊이 그 어린 영전에 머리를 숙여 그의 혼이 평화로이 잠들기를 바랐다.

과연, 죽음은 생을 넘어선 세계이다. 죽음으로써 사람들은 모든 것을 청산한다. 다만 죽은 뒤에 남는 것은 그가 일생에 끼치고 간 공적만이 남을 것이다. 그러면 이 세상에 와서 아무것도 한 것 없이 간 인간이야 얼마나 슬플 것이랴. 죽으면 시체는 흙으로 변해 버리고 말고, 그가 남기고 간 위대한 말과 일이 남아 있을거니, 만일에 그런 말과 일이 없었다면 그는 일생을 헛되이 산 것이다. 죽은 뒤에 남는 것은 높은 지위도, 찬란한 영화로움도, 금전도 다 아니다. 남긴 일과, 말과, 사상이 남는 것이다. 그러기에 천추 만대의 큰 권력가, 대부호의 이름이 역사의 페이지를 장식하지 않고 위대한 사상가, 문호, 종교가가 남아 있는 것이다. 사람은 현실에서 권력욕, 명예욕, 물욕, 색욕에 빠진다. 하지만 죽기만 하면 이런 것들은 한 조각 구름으로 사라지고 마는 것을 본 사람은 헛되이 싸우고 욕하고 질투하고 비방하지 않는 것이다.

나는 오늘 이 묘지에서 마음 속에서 사라졌던 새 인생을 찾았노라. 그리고 항상 바쁜 시간으로 달리기 때문에 깊은 사색의 세계를 가져 보지 못하는 슬픔을 다시금 느끼었노라.

작가는 인생을 예민하게 통찰하는 눈이 있어야 하는 동시에 인생을 심각하게 연구하고 사색하는 힘이 있어야 하는 것이다. 그러하거늘 이런

이재갑 사진, 2005

서울의 합정동 로터리에서 보면 작은 팔각정이 하나 있다. 그 팔각정을
따라 5분 남짓 들어가면 선교사 묘역이 나오고 절두산성당으로도 갈 수 있다.
최근 이 두 곳을 묶어 성지공원聖地公園으로 만들 요량으로 깨끗이 단장했다.
묘역에는 우리의 묘제 양식과는 다른 독특한 형식의 묘들이 있으며
우리 근대사의 주요 장면들에 등장했던 외국인들의 묘를 쉽게 찾아볼 수 있다.
또 이 일대는 한국전쟁 당시 한강을 사이에 두고 치열한 전투가 벌어진 곳으로
십자가의 무수한 총탄 자국들이 당시를 말없이 증언하고 있다.

시간적 여유를 갖지 못하는 내가 어찌 심각한 인생을 그려 낼 수 있으랴. 도스토예프스키는 인생 사회의 모든 부문을 깊이 묘사하기 위해서 소설적 구성에서 저자를 무시한 점이 많았다고 하지만, 그러나 우리는 그의 작품에서 인생을 참되게 고민하는 혼의 고백을 들을 수 있다. 여기에 소설의 예술적 가치가 있고 사상적 내용이 있는 것이 아닐까.

우리의 발길은 다시 한강 하류, 얼음이 언 강 위로 옮겨졌다. 가을철 들면서 차가워지던 물이 이제 꽉 얼어붙어 시정을 불러일으키던 범선의 그림자가 보이지 않으니 망망한 빙해氷海이다. 여기는 찬바람이 북극의 빙해에서처럼 뺨을 때릴 뿐이다. 몇 친구가 얼음을 지친다. 사람은 묘해서 강물 위에선 배를 만들어 띄우고, 이 얼음 위에선 스케이트를 만들어 달리게 한다. 이 얼마나 인생의 오묘한 재능인가?

푸른 별들이 숨바꼭질하고 있다. 얼마 되지 않아 동산에 달이 솟았다.

"오렌지빛이지?"

"아니 레몬빛!"

동산에 처음 모습을 드러내는 달빛을 가지고 서로 논쟁을 하다가 문득 화제는 문학상의 달로 옮겨졌다. 서양 사람들은 창백한 달빛이라 하여 달을 그리 좋아하지 않음인지 문학에서 달을 소재로 한 것이 극히 적다. 하지만 동양 문학에서야 달에 대한 시와 산문이 그 얼마나 많던가.

달을 보는 감정이 동양 사람에게서 훨씬 많이 발달된 것은 사실인 것 같다. 이것이 영탄咏嘆적인 동양 문학의 특징이 있어 그런지는 몰라도, 여기에 또한 동양 문학의 풍류성이 있지 않을까. 별들은 그들이 소재로 많이 삼았으되 왜 달은 그들의 감정을 움직이지 않았을까. 밤하늘의 별들도 물론 사람의 마음을 잡아흔들긴 하나 달의 그 모양처럼 사람의 마음을 감상의 세계로 이끌지는 못할 것이다.

왜 그런지 몰라도, 달은 동양 사람이 그렇게도 좋아하는 하나의 서정적인 세계요, 또 능히 친하고 아끼며 읊조리고 노래하는 하나의 대상이다. 한문에서 달을 주제로 삼은 것은 그 수를 헤아릴 길이 없지만, 조선의 고문학에서도 일반에게 대중화된 시조에서 보면 그 수가 얼마나 많은지 알 수 있다.

> 뜰엔 가을 달빛이 가득한데 슬피 우는 저 기러기
> 찬바람이 깊어지면 돌아오기 어려워라
> 밤중만 중춘에 떠있어 잠든 나를 깨우노니

이것은 기러기에 중점을 둔 것이지만 역시 달을 읊었고,

> 이화에 월백하고 은한이 삼경인데
> 일지 춘심을 자규야 알랴마는
> 다정도 병인 양하여 잠 못 들어 하누나

이것은 달 밝은 밤에 임을 그리는 마음을 그린 것이니 달의 소임이 중한 것을 알 수 있고,

> 서산에 해가 지니 천지에 가없다
> 이화에 월백하니 임 생각 새로워라
> 두견아 너는 누구를 그려 밤새도록 우느니

여기에서도 결국 달은 중요한 소임을 하고 있다. 이와 같이 동양 문학에 선 기러기와 달, 꽃과 달이 크게 깊은 인연을 가지고 있다. 어쩐지 나도 소년 시절에 가을 달 밝은 밤에 바이올린이나 하모니카를 들으며 밤을 거의 새우다시피 하며 달에 취한 때가 있었고, 지금도 달을 보면 그것에 서 느끼는 감상성이 서른이 훨씬 지난 나를 괴롭히거니와 이 날 밤에 솟 은 달이 가슴 속에 요란한 파문을 일으켰다.

달이 퍽이나 솟아올라 우리는 다시 교외의 길을 더듬어 걸으면서 이야 기의 꽃을 피웠다. 문득 화제가 방송에 대해 옮겨졌을 때 누군가가 서양 에서는 방송 후에 꼭 자기가 자장 귀하게 생각하는 사람의 이름을 부른 다는 말을 꺼냈다. 나는 문득 서양 사람은 개성을 존중하고 또 사私와 공 公을 경우에 따라서는 서로 이용하는 것을 새삼 느끼고 그들의 생활에 정신적, 물질적 여유가 있음을 다시 부러워하였다. 슬픈 기적과 함께 차 가 와 닿았다. 자살하고 싶다는 모 군을 붙들고 차에 올라오니 방 안이 다시 명랑해진다. 차는 자꾸 남으로 간다. 기차 여행은 항상 나에게 미련 의 세계를 갖게 하거니, 그러나 10분도 못 되는 승차가 우리에게 얼마나 뿌리 깊은 미련을 주었으랴. 1월 26일 밤.

이 글은 1938년 「삼천리문학」 4월호에 "作家 日記, 外人墓地 有感"이라는 제목으로 실렸던 것이다. 「삼천리문학」은 이 해 1월과 4월 통권 2호를 내고 문을 닫았다. 편집장 겸 발행인은 「삼천리」의 발행인이었던 파인巴人 김동환이었으며 그 자매지이기도 했다.

글을 쓴 이는 함대훈咸大勳(1906-1949)으로 소설을 썼으며 러시아 문학을 번역한 번역가이자 신극新劇 운동을 하기도 했다. 동경 외대 노어과를 졸업한 덕분에, 일본어로 옮긴 것을 한글로 다시 옮기는 중역重譯을 거치지 않고, 러시아 문학 작품을 바로 우리 말로 번역하여 국내에 소개하는 의미 있는 일을 하기도 했다. 이 글 또한 그가 존경하던 도스토예프스키의 「작가 일기」를 흉내내어 하루의 일기처럼 쓴 것이다. 그는 도스토예프스키를 두고 "그는 내게 심리학상 무엇인가를 가르쳐 준 유일한 사람이다"라고까지 했으니 그깟 흉내를 내 보는 것은 아무것도 아니었으리라.

그 탓인가. 이 글은 다분히 사색적이며 문학적이다. 그러나 그 곳으로 가게 된 동기는, 그가 발표한 소설의 대부분이 남녀간의 통속적인 사랑을 그렸듯이, 그것에서 벗어나지 못했다. 곧, 동경으로 떠나는 ㅇㅇ양을 배웅하러 서울역으로 나갔으나 마침 기차가 만원이어서 그 ㅇㅇ양이 떠나지 못했다. 그러자 그 ㅇㅇ양과 지인들 몇이서 동행한 지인의 애인이 당인리에 살고 있으므로 그녀를 찾아가려 했으나 여의치 않아 그 가까운

함대훈

곳인 외인 묘지로 간 것이다.

글 전체에 걸쳐 때로는 통속적이며 때로는 엄숙하고, 숙연하다가 철학적 사유에 젖는가 하면 다시 일탈의 한가한 모습들이 거짓 없이 드러나 있는 것이 이 글의 매력인 듯하다. 그것은 일기라는 글의 형식이 요구하는 내면적 이야기와 기행문이 요구하는 외면적 이야기가 적절하게 어울렸기 때문일 것이다.

그러나 그보다 더 흥미로운 것은 팔만 대장경의 도난에 대한 이야기이다. 앞뒤 이야기 없이 그 때문에 해인사까지 다녀왔다고 하니 사실인 듯하다. 그러나 당시 신문에는 그 이야기가 빠져 있다. 다만 1927년 9월 1일 동아일보를 보면 해인사에는 비구 174명, 비구니 64명을 합해 모두 238명의 스님들이 머물렀지만 팔만 대장경을 포함한 절집의 보물들을 보관해 둔 곳의 열쇠를 주재소에서 보관한다고 되어 있다.

또 이 글보다 대여섯 달 뒤에 쓴 나혜석의 '해인사 풍광'을 보면 "지금은 장경각 불사가 있으니 조선 총독이 10,000원을 내서 팔만 대장경을 복사하여 만주국 황제에게 헌상하는 것이다"라고 했으니 당시 해인사를 비롯한 나라 안의 모든 유물을 일본인들이 마치 자기 것인 양 다룬 꼴이다. 총독부 기록에는 1937년에 해인사의 주지가 대장경판 4장이 도난되었다고 보고한 것이 있다. 생선가게를 아예 열쇠까지 주어 도둑고양이에게 맡겨 놓았으니 그 생선을 먹을 수 있는 것은 도둑고양이밖에 없었을 것이다.

외인 묘지는 지금도 옛 모습 그대로 남아 있다. 서울 합정동 로터리를 지나 양화대교로 가다가 다리에 올라서기 직전 왼쪽을 보면 넌지시 건너다 보인다. 그도 어려우면 절두산切頭山 성당을 찾으면 된다. 그 둘이 지금은 서로 연결되어 성지聖地로 가꿔져 있다. 그러나 하필이면 강이 건너다보이는 강변에 묘지를 썼을까. 그것은 그 곳이 바로 양화진楊花鎭이었기 때문이다. 김옥균의 시신을 효수형梟首刑에 처한 곳이기도 하지만, 그 곳은 아직 철로가 놓이기 전, 서양 문물이 인천이나 강화도를 거쳐 경성으로 들어오던 전진 기지였다. 그러니 외국인 선교사들이 왕래하기에 더 없이 중요한 교통의 거점이었다. 나라가 개화의 소용돌이에 휩싸여 있을 즈음의 역사에서 우리의 입에 오르내리는 웬만한 외국인들은 거의 이 곳에 누워 있다. 자신이 들어온 곳을 떠나지 못한 채 망연히 바라보고만 있는 것이다. 가 보면 새삼스러우리라.

진관사행 | 신림

삼천리
1935년

신림이 지금의 홍은 사거리인 홍제원을 지나 녹번동 삼거리와 불광
동으로 향하면서 내놓는 말은 새삼스럽다. 지금 생각해 보면, 당시
는 어디나 자연 경관이 훌륭했을 터지만, 그는 복잡한 서울을 벗어
나 자연 속으로 걷고 있는 자신을 너무나 행복하게 표현하고 있는
것이다. 예나 지금이나 도시와 자연의 관계는 언제나 그랬던 모양
이다. 그것은 절대적인 것이 아니라 상대적인 것이므로 갓 문명이
들어오기 시작했을 서울 거리를 벗어나 자연의 품에 안긴 그의 표
정을 읽을 수 있을 것 같기도 하다. 짧지 않은 세월이 흘러 길섶의
풍경은 깡그리 달라졌지만 자연을 그리워하는 도시인의 모습이 잘
표현되어 있어 되새겨 읽어 봄직한 글이지 싶다.

X월 X일.

높은 하늘은 티 한 점 없이 맑았다. 동쪽 하늘로부터 떠오르는 명랑한 태양이 빛을 발하자 아침 연기가 자욱하던 대지는 그만 암흑의 꿈 속에서 깨는 듯하였다. 서울에 10여 년 있으면서 아직도 진관사津寬寺를 구경 못 하였던 나는 XX학교 학생들이 소풍 가는 기회에 동행하게 된 것을 기껍게 생각하였다. 일찍 일어나 종로에 나와 회색의 밤 속에 깊이 잠들었던 새벽 거리를 요란스럽게 달아나는 서대문행의 전차를 잡아타고 고종 건양 원년인 1896년에 세운 독립문 앞까지 다다랐다. 벌써 어린 학생들이 수십 명이 모여 있었다.

곧이어 서대문XX(XX는 감옥을 이야기하는 것이지 싶다. 지금은 공원이 된 서대문 구치소가 그 곳에 있었다)을 바라보면서 걸어가게 될 때 평온하던 나의 마음에는 한 줄기의 폭풍처럼 온갖 생각이 떠올랐다. 바로 이 곳에 있는 나의 동무가 갖은 고초를 받으며 꽃피는 봄, 단풍 지는 가을, 이슬 내리는 저녁, 몇몇 번이나 슬픔에 눈물을 흘리고 설움에 한숨을 쉬고 피 끓는 가슴을 쥐어뜯었을 것을 생각하니 가슴이 아파 왔다. 그들은 생각에 생각, 회상에 회상으로, 하루에도 몇몇 번씩 신기루와 같은 공상의 누각을 쌓고 있을 것이다. 그리하여 바깥의 자연과 풍경을 그리워하고, 부모와 동무를 그리워하고, 세태가 변하는 것을 애달프게도 그리워하고 있을 것을 생각하니 그만 눈물이 흐르려는 것을 억지로 참았다.

어느덧 벌써 무학재에 다다랐다. 누구의 기록을 보면 이 곳은 조선 태조 때 지낭智囊이라는 무학 선사가 돌부처 하나를 두었던 곳이라 하여 뒷사람들이 이것을 기념하기 위하여 무학현無學峴이라 한다. 무학과 같은 음인 무학舞鶴이라고도 하고, 모악봉母岳峯 밑에 있다고 하여 무악현

峴이라 한 것은 잘못 전해진 것이다. 또한 옛날 옛적에 이 근방에 인적이 적었으므로 혼자서 여행하기는 극히 위험하므로 동반을 요하는 의미에서 "모아서 간다"는 의미라고도 한다. 그뿐 아니라 안상鞍狀(말 안장 모양)으로 되었다 하여 안현鞍峴이라고도 쓰고 길마재라고도 한다. 그리고 모악 정상에는 봉화의 터가 두 곳이 있는데 봉횃불이 두 개가 켜질 때는 적병이 나타났다는 암호가 되고 세 개가 켜질 때는 적병이 습격한다는 암호가 되었다. 이 암호에 따라서 부산, 의주, 회령 등지에서 급한 소식을 전하는 방법이 되었던 바, 지금의 무선 전신과 같은 작용을 하였다.

바로 이 무학현에서 다섯 마장쯤 되는 홍제원에 다다랐다. 이 원院이란 것은 길 가던 사람이 자는 곳이란 의미인데 고려 시대에는 승려들로 하여금 이 곳을 지키게 하여 병든 사람에게 약을 주고, 해 떨어지면 여비가 없는 길손에게 무료로 자게 하였다고 하니 지금의 사회 사업과 비슷한 것이었다. 그리고 이 원에는 특히 공관이란 것이 있어서 국왕이 즉위하실 때 지나支那(중국)에서 사신이 오면 조정에서 영사문迎思門까지 출영하여 사신을 이 공관에서 여장을 풀고 예복을 갈아입게 하던 곳이다. 또한 이 부근에 철종哲宗의 생모인 용성부대부인 염廉씨의 어묘가 있었다. 처음 철종이 이 부근에서 살 때 더할 나위 없이 구차하여, 생모가 세상을 떠났지만 상을 치를 범절이 없어서 형제가 시신을 옮겨 겨우 매장하였다. 그 후, 왕위에 오르고 난 다음에야 돌아가신 어머니에게 즉위의 모습을 보여 드리지 못함을 원통히 여기며 "수욕정이풍불지樹欲靜而風不止, 자욕양이친불대子欲養而親不待"라는 옛말을 생각하시고 다시 장례를 치르셨다.

이렇던 곳이 지금은 화장터가 되어서 하루에도 수많은 시체가 뼈까지

이자누 사진, 2005

진관사로 가는 길은 서울에서 벼농사를 짓는 독특한 모습을 볼 수 있는 곳이며
절 앞은 예전과 다름없이 숲이 빼어난 곳이다. 그린벨트라는 제도에 묶여
그리 된 것이긴 할 테지만 서울 속에서 만나는 색다른 정경임은 틀림없다.
비구니들이 사는 탓인지 절은 예전과 다름없이 깔끔했으며 이 곳에서 30분 남짓,
작은 고개 하나를 넘으면 보물 237호인 마애불이 있는 삼천사로 갈 수 있다.

타 버린다. 나는 문득 가슴을 찢는 애통의 추억이 일어났다. 바로 6년 전 봄, 꽃 피고 새 울고 물 흐르기 시작하던 때, 오늘 같이 온 이 학교 선생과 생도와 같이 박원암朴圓菴 선생을 화장하던 일이 다시금 생각난 것이다. 오호라. 6년 전 살아 계실 때 박선생과 같이 다니던 땅도 그 땅, 하늘도 그 하늘, 산천도 그대로이건만 박선생은 이미 화장장에서 한 줌의 재로 변하여 버린 후 영혼이나마 저 세상에 가서 잘 계시는지…, 구름이 생겨나듯 일어나는 공상이 나의 머리를 복잡하게 하였으니 나의 정신은 그만 뿌연 안개 속에 잠기는 듯하였다.

홍제원을 지나니 고요한 벌판의 공기는 부드럽기 짝이 없다. 정신 없는 서울 바닥에서 이리 몰리고 저리 부대끼던 사람으로서는 한없이 부드러운 이 대자연에 도취하지 않을 수 없었다. 그러나 200여 명이나 되는 우리 일행의 웃음소리, 말소리, 노랫소리가 고요히 잠들어 있던 주변의 공기를 흔들어 놓았다. 그림 같은 산야의 경치를 바라보면서 어느덧 진관사에 다다랐다.

진관사는 과연 선경 같았다. 울창한 송림이 있고 이리저리 흩어져 있는 기암괴석이 있고 비단결 같이 맑게 흐르는 물결이 있고 처량하게 우는 새소리가 있으니 참으로 신비로운 곳이다. 모자와 신발을 벗어 던지고 땀나는 발을 아름다운 냇물 속에 담그고서 우거진 숲 사이로 한가한 햇발이 고요히 흐르는 것을 바라보며 넓은 바위에 한가하게 앉아 자연의 위력과 신비에 취하여 묵상하였다.

아! 진관사의 이 대자연! 찾아오는 사람으로 하여금 마음 속으로 오묘한 명상을 몇 번이나 자아내게 하였던고? 다시금 몸을 움직여 절의 대청마루에 돗자리를 깔고 앉아서 진관사의 내력을 물으니 이러하다.

지금으로부터 968년 전 즉 고려 현종 대왕顯宗大王 초에 창건했다고 한다.

목종 대왕睦宗大王의 어머니인 황보皇甫가 적손인 목종 대왕을 지극하게 사랑하고 서자인 현종 대왕을 지극히 미워하였는 바, 현종이 왕이 되기 전인 대량군 시절에 그를 죽이려고까지 했다. 이에 대량군은 도망하여 진관 대사津寬大師를 방문하고 딱한 사정을 말하매 진관 대사는 크게 동정하여 마룻바닥을 파고 그를 숨겨 주었다고 한다. 그리하여 대량군은 12세부터 19세까지 이 곳에서 공부를 하였던 것이다. 그 후 목종 대왕이 승하함에 따라 대량군은 현종 대왕이 되었다. 이 때 현종 대왕이 진관 대사의 옛 은혜를 생각하시고 진관사를 창설하신 것이다.

또 이태조께서 무주 고혼을 위하여 수륙사水睦社라는 기관을 조선에서는 처음으로 이 곳에 두었다.

지금은 60년 동안이나 진관사에 머문 일흔다섯 살인 왕산 대사王山大師가 주지가 되어 절을 돌보며 해마다 영가들을 위한 축원을 올린다고 한다. 이러고 보니 들려오는 새소리조차 닥쳐오는 수심을 하소연하는 듯이 들린다. 우리는 오후 5시 반에 이 절을 배경으로 기념 사진을 찍고 200여 명 여학생이 청아한 목소리로 부르는 노래로써 수심으로 적막함에 싸인 진관사를 위안하고 발길을 돌렸다.

이 글은 1935년 2월 「삼천리」에 "勝地行脚"이라는 제목으로 실렸던 것을 이 곳으로 옮기며 "진관사행"이라고 고쳤다. 글을 쓴 이는 당시 「대중공론」이라는 잡지의 주필이었던 신림申琳이다. 글 어디에도 진관사에 다녀온 날이 언제인지 밝히지 않았지만, 글의 첫머리에 티 없이 맑은 하늘이며 소풍(원족遠足)이라는 말이 보이는 것과 글이 실린 시기가 2월인 것으로 미루어 가을이었지 싶다.

진관사는 은평구 진관외동 1번지, 북한산 서쪽 기슭에 있다. 1011년인 고려조 현종 2년에 진관 조사를 위해 왕이 창건한 사찰로 그 전에는 신혈사神穴寺라는 조그만 암자가 있었던 곳이다. 신림이 절의 창건 설화를 잘 써 놓았으므로 더 보태지 않는다. 또한 진관사는 1397년인 조선조 태조 6년에는 국조國祖 선령先靈과 수륙 고혼水陸孤魂을 천도하기 위해 수륙사水陸寺를 세우고 그 어느 것 하나 차별 없이 모든 영혼을 위하여 재를 올리던 수륙무차평등회水陸無遮平等會를 올리던 곳으로 널리 알려져 있다. 양촌陽村 권근이 지은 「진관사수륙사조성기」에 따르면 수륙사를 짓는 동안 왕이 세 차례나 공사의 진척을 살피려고 거둥하였으며 9월에 공사가 끝났다고 했다. 재는 종묘에 올리는 것과 다르지 않았을 만큼 예절을 다했으며 부처의 복을 빌어 나라의 안녕을 바랐던 것이라고 적고 있다. 그 뒤 절은 세조 때 불에 탔고 성종 때 중창하였으나 한국전쟁 때 다시 불탄 것을 새롭게 일구어 지금에 이르고 있다.

조선 후기의 학자였던 형암炯庵 이덕무도 늦은 가을날인 1761년 9월

그믐날에 북한산으로 유람을 나섰다. 산에서 이틀을 묵으며 산기슭이나 산 속에 있는 열한 곳의 절집과 한 곳의 암자를 들러 그 기록을 남겼는데 「기유북한記遊北漢」이 그것이다. 그는 진관사를 유람의 마지막에 들렀으며 짧게 글을 남겼다. "서문에서 10리쯤 나오면 들에는 밭이 많고 높은 곳은 사람들의 무덤이 되어 있다. 남쪽으로 작은 골짜기를 찾아가니 비로소 숲이 있다. 이 절이 바로 고려의 진관 대사가 거처하던 곳이다. 큰 돌기둥 수십 개가 아직도 시내의 왼쪽에 나란히 있다. 숲과 돌의 아름다움은 비록 도성 안의 산만 못하지만 불화佛畵의 영묘하고 기이한 것만은 못지않았다"고 하고 있다.

내가 진관사에 처음 간 것은 1977년이었을 것이다. 그 무렵 진관외동의 기자촌이라는 마을로 이사를 했던 까닭에 그 곳에 갈 수 있었다. 거의 매일 새벽이면 그 곳으로 나가 산책하기를 즐겼던 탓에 당시의 모습을 고스란히 기억하고 있다. 진관사로 가는 길은 서울이라지만 전혀 서울 같지 않은 농촌의 정경을 지니고 있던 길이었다. 봄가을이면 소풍 가는 학생들의 들뜬 소리가 가득하던 그 길 곁에는 벼농사는 물론 텃밭 수준을 넘어선 밭농사도 흔했으며, 근처의 산으로 올라가면 이덕무의 글에 나오듯이 이곳 저곳에 사대부들의 무덤들이 흩어져 있었다. 그 중 가장 큰 묘는 세종의 아홉째 왕자인 화의군의 묘이다.

집에서 그 묘 앞으로 난 오솔길을 걸어 진관사로 가는 짧은 여정을 날마다 누릴 수 있었음이 지금 생각해 보면 꿈과 같다. 그 길은 내 젊은 날의 서정을 가꾸어 준 일등 공신이라 해도 모자람이 없을 만큼 아름다운 길이었다. 그런 길을 걸어 고즈넉한 진관사로 가면 맑은 계류마저 있었으니 그 또한 분에 넘친 사치였다. 어느 날 새벽, 절 마당 한쪽에서 시를 읽고 있었는데 늙수그레한 어른 둘이 다가와 기특한 젊은이라며 말을 건네기도 했었다. 알고 보니 그들은 백기완 선생과 「한국의 아이」라는 시집이 판매 금지 처분을 받았던 시인 황명걸 선생이었다. 그 무렵, 계류 곁으로 진관사에 오르면 이덕무가 말한 대로 돌기둥들이 나란히 있었다. 수십 개는 되지 않았지만 그 기둥은 진관사의 홍제루를 받치는 기둥이었다. 내가 그 곳을 드나들 때만 해도 기둥 위에 누각이 올려지지 않아 독특한 뉘앙스를 풍기며 있었지만 몇 년 지나지 않아 누각을 짓고 단청을 입혔으며 지금의 모습은 그 때 갖춘 것이다.

신림이 지금의 홍은 사거리인 홍제원을 지나 녹번동 삼거리와 불광동으로 향하면서 내놓는 말은 새삼스럽다. 지금 생각해 보면, 당시는 어디나 자연 경관이 훌륭했을 터지만, 그는 복잡한 서울을 벗어나 자연 속으로 걷고 있는 자신을 너무나 행복하게 표현하고 있는 것이다. 예나 지금이나 도시와 자연의 관계는 언제나 그랬던 모양이다. 그것은 절대적인 것이 아니라 상대적인 것이므로 갓 문명이 들어오기 시작했을 서울 거리를 벗어나 자연의 품에 안긴 그의 표정을 읽을 수 있을 것 같기도 하다. 그가 학생들과 함께 걸은 그 길은 요즈음 아이들이라면 행군이라는 표현 앞에 강强을 덧붙여야 할 테고 감히 걸을 엄두도 내지 않을 길이다. 그와 함께 걸었던 학생들도 어느덧 여든이 넘었을 만큼 짧지 않은 세월이 흘러 길섶의 풍경은 깡그리 달라졌지만 자연을 그리워하는 도시인의 모습이 잘 표현되어 있어 되새겨 읽어 봄직한 글이지 싶다.

경성 근처에 이만한 산이 또 있을까 | 이병기

삼천리
1941년

이 글은 내용으로 미루어 녹음이 짙어진 6월쯤의 기록인 듯하다. 가람은 지금의 청량리역인 동경성역에서 지인들과 함께 경원선 열차를 타고 떠나 회룡사로 산을 올라 망월사에서 하루를 묵고 돌아온다. 글은 담박할 뿐 일체의 과장이 보이지 않는다. 또한 자신의 생각이나 눈에 보이는 풍광을 보며 일어난 감정을 쓰기보다 눈에 보이는 정경과 여정을 있는 그대로 충실하고도 잔잔하게 기록했다. 글을 읽는 내내 그와 함께 도봉산을 오르내리기보다 마치 먼 곳에서 그 일행들을 넌지시 보고 있는 듯한 느낌이 든 것도 그래서이지 싶다.

서로 언약한 시간보다 늦을까 하여 나는 부리나케 석남石南 송석하와 함께 청량리역으로 나가니 아무도 안 왔다. 기다리고 있으니까 구具 군과 청정青汀, 인곡仁谷 황성모, 두계斗溪 이병도, 천뢰天籟가 온다. 벌써 발차 시각은 임박하였다. 그래도 한 사람이라도 더 올까 싶어 그 2분 전까지 대합실에서 주저하였다. 요마적은 승객이 많아 차 속이 매우 비좁으리라던 것이 오히려 그 수가 적어 보잘것없다. 우리가 차 한 칸을 독차지하고 앉았다. 나는 막연히 교외의 풍경을 바라보다가 천뢰에게 끌려겨우 뜻이 통하기 시작한 조선 왕조의 실록초實錄抄를 보며 구절을 떼었다. 삽시간에 의정부에 다다랐다. 우리는 다 내렸다.

먼저 음식점으로 들어 점심 요기는 갈비와 약주로 하였다. 갈비는 질기기는 해도 맛있다. 과연 명불허득이다. 술을 못 자시는 분도 갈비 때문에 잔을 사양치 않는다. 우리는 누구나 얼굴에 다 붉은 빛을 띠고 나섰다. 오후 3시 반. 하늘이 퍽 흐리고 비가 내릴 듯했다. 우리는 비 맞을 것을 염려하며, 이야기를 주고받고 하며 밭 가운데로 난 길로 걸었다. 모래만 수북한 건천을 건너 마을을 지나 오다 고개를 넘어 산신당도 보고 길을 다시 찾아 한 계곡으로 들었다.

요리조리 돌아드는 깊숙한 골짜기, 물도 좋고 돌도 좋다. 옥같이 빛나는 돌, 콸콸 울리는 폭포와 여울, 짙푸른 소沼, 그리고 좌우로 짙은 녹음과 향기로운 풀. 나는 이 곳을 걸어가면서도 한 발자국, 한 발자국 떼어 놓기를 아까워하였다. 한 좁은 모롱이를 도니 고목 속으로 퇴락한 기와집이 보인다. 이것이 회룡사回龍寺. 앞엔 시내, 주위로는 산인 바, 바로 그 뒤로 솟은 봉의 중턱에는 이 태조가 기도하셨다는 굴과 무학 대사가 살았다는 굴이 있다.

이것은 전설이지만, 태종이 태조의 다섯 번째 아들로서 그 때 세자인 방석을 모해하고 공신 정도전을 죽이매 태조께서 크게 노하여 둘째 아들인 정종에게 선위하고 떠나 함흥의 구저舊邸로 가 계셨다. 태종은 그 뒤 바로 정종의 선위를 받고 태조께 자주 사신을 보내어 돌아오실 것을 청한즉 그를 문득 모른 체하시다가 박순朴淳, 성석린成石磷의 간청으로 마침내 돌아오시는데, 온 정부政府가 뒤끓어 지금의 의정부라는 곳에까지 마중을 나가 태조를 뵈었다. 의정부라는 이름도 이 때문에 얻은 것이라 하고 이 회룡사도 그 때 태조의 원찰로 된 것이라 한다. 허나 이 절의 사적은 이 전설밖에 그다지 들리는 것이 없고 「풍요삼선風謠三選」에 장혼 張混의 작품인,

연못에 비친 달빛은 나무에 서늘하고
종소리 울리자 절집은 이미 문을 닫는구나.
무심한 노스님은
저녁이 다 가도록 바위 위에 앉아 있을 뿐이네.

라는 시 한 수가 있다. 이것은 지금 우리가 보는 경치와는 다르다. 삥 둘러 가시 울타리를 하고 '입문 엄금' 함을 써 붙이고 중년이나 넘은 스님이 주지로 있으며 바야흐로 재를 지내노라고 우리가 들어오는 줄도 모른다. 우리는 그 앞마당 바위에 앉아 반 시간이나 쉬었다.

그 앞 시내를 건너 깎아지른 절벽으로 가다가 또 오른쪽으로 건너 으늑한 골짜기로 들었다. 또 왼쪽으로 건너 잡목이 무성한 계곡으로 올랐다. 비가 떨어지기 시작한다. 점점 더 한다. 산새 한 마리 아니 날고, 산

초들은 무릎 위까지 휘휘 감기고 경사는 점점 급하다. 숨이 차고 다리는 무거워진다. 간신히 마루턱에 다다랐다. 젖은 과자를 꺼내어 먹으며 다리를 쉬고 그 등성이로 오르니 그리 높지는 않지만 큼지막한 고개가 나선다.

회룡사에서 오는 길이 둘이 있으니 지금 우리가 온 길과 또는 그 위로 날카로운 등성이를 타고 이 고개로 오는 길이다. 그 길도 6년 전에 내가 와 보았다. 그 때 길을 안내한 이는 78세 된 연은蓮隱 노장이었다. 일행이 다 허덕이는데 그 노장은 태연하며 건강을 자랑하였다. 나는 그 때가 다시 생각났다. 이런 비는 없었다. 우리는 침침한 송림 속으로 썩은 잎사귀 냄새를 풍기며 발을 옮겼다. 모두 침묵하였다. 비탈을 잡아 돌다 내려오니 상추밭이 나서고, 그 너머가 망월사望月寺다. 그 뒷문으로 들었다. 적적도 하다.

법당 마루에 짐들을 벗어 놓고 걸터앉았노라니 학인 하나가 방에서 나온다. 날은 다 저물고 비는 그저 줄줄 온다. 우리는 자고 가기를 말하였다. 학인은 주지는 출타하고 공양주는 달아났으니 곤란하겠다고 다른 데로 가라 한다. 우리는 꾹 눌러 참으며 또 간청하였으나 듣지 않는다. 우리는 그 오른쪽 객실의 불 때는 아궁이 앞에 옷을 말리며 모여 서서 의논을 하다가 필경 천뢰가 명함을 내보이고 담판을 짓는 바람에 쾌히 허락을 얻어 그 왼쪽의 선방으로 들었다. 서로 주머니나 전대를 끄르고 곡차를 내어 마시고 공양은 법당에서 하였다. 선방은 아니 쓰다가 이 날 쓴다 하며 불을 너무 땠다. 몸에 열이 많이 났으되 감기는 들지 않았다.

새들이 지저귀는 소리에 잠을 깼다. 구름이 산기슭으로 뭉게뭉게 피어 오르고 이슬비가 부슬부슬 내린다. 개었더라면 한강도 보고 일출도 보았

이지누 사진, 2005

가람 선생이 지났던 코스를 그대로 따라 다녀왔다.
그 중 망월사는 가람 선생 일행이 하룻밤을 묵기도 했을뿐더러 춘성 스님이
계셨던 곳이라서 발길이 머물렀다. 두어 시간, 절을 서성이다 눈에 띈 것은
무위당無爲堂에 그려진 벽화였다. 대여섯 해 전 쯤 낙운 스님이 그렸다는
벽화는 묘한 매력을 지니고 있었다. 여느 절집에서 볼 수 없는 파격이었다.
그 또한 파격적인 언행으로 뭇사람들을 놀라게 했던 춘성 스님 탓인가.

을 걸 하고 뜰에 나섰다. 뒤에 우쭉우쭉하여 뾰족한 산봉우리와 굳게 옹
위한 청룡 백호, 여기저기 버려 있는 노송, 기암과 때로 변화하는 운무가
도봉의 절승일 뿐만이 아니다. 경성 주변의 산으로는 이만한 곳이 없으
리라. 승가사, 삼막사, 대성사도 안계는 넓으나 이처럼 수려하지 못하고
진관사, 봉은사도 고요하여 은근한 멋이 있지만 이처럼 그윽하며 우아하
지 못하다. 나는 무단히 시정을 일으키며 이리저리 거닐었다. 조반 후 석
남은 가경판嘉慶板 진언집眞言集을 베끼고 우리는 한담하였다.

점심 때에야 비가 개었다. 등산하는 이들이 패를 지어 올라온다. 대개
는 청년 남녀다. 맥주에, 유행가에 질탕히 군다. 우리는 법당 앞에서 촬
영을 하고 오른쪽 고개를 넘어 이 절의 개조라는 혜거慧炬의 석탑을 보
고 수림 속으로 또 고개를 넘었다. 어마어마한 만장봉 밑으로 기어올라
매달린 바위굴, 만월보전을 보았다. 심부름꾼 같은 남자가 부엌에서 일
하고 두 계집애는 물을 긷고 한 마누라는 약을 달이고 또 한 마누라는 유
리창으로 우리를 내다보고 한편 바위 위에는 개불알꽃이 검붉게 피어 있
다. 우리는 물을 달래어 마시고 돌아섰다.

내리막으로 보이던 고개 하나를 넘으니 한 여자가 아이를 데리고 나물
을 뜯으며 올해는 취도 그리 나지 않았다 하며 우리를 흘깃흘깃 쳐다본
다. 나와 인곡은 난을 심을 부엽토를 캐어 지고 천축사天竺寺를 찾아들매
한 옆에서는 여자 두세 명이 꽃을 꺾으며 어정거리고, 한 화상은 법당에
서 면도를 하고 있다.

이 절은 영국사寧國寺를 헐어다 지었다 하나 퍽 퇴락하였다. 앞에 서
렸던 다래 넌출도 없어지고 목련만 두어 그루 남아 아직도 청초한 꽃이
유다른 향을 피운다. 이 절은 터가 너무 좁으나 역시 부처가 사는 청정한

곳이다. 뒤에는 준봉, 앞에는 단애로 과연 비길 수 없는 곳이다. 그러나 천축이나 망월이 높은 산턱에 달려 있으매 오르기가 어려우므로 예전의 시인 묵객도 와 본 이가 적었던 모양이라. 종래 시문집에도 별양 이름이 나타나지 못 하였다. 나도 와 보기 전에 천축, 망월은 퍽 험준하여 오르기 어렵다는 말을 들었다. 이런 길을 겁을 내던 때에는 망월, 천축도 숨을 수밖에 없었다. 지금도 이런 절이 귀여운 건 서울에서 좀 떨어져 있기 때문이다. 만약 서울 가까이 있었더라면 벌써 세속적으로 바뀌었을 것이다.

우리는 가파른 길로 한참 내려오매 봉머리로는 저녁별이 비껴든다. 연신 계곡을 따라오면 점점 넓고 평평한 지대가 나서고 두 골 물이 합해 흐른다. 왼쪽으로는 산을 끼고 편안하게 자리 잡은 땅이 있어 논머리에 주초와 흙으로 만든 단이 남았으니 예는 도봉서원道峯書院 터다. 본시 영국 사터로 선조 6년에 서원을 짓고 영곡서원靈谷書院이라 하였다가 그 뒤 도봉서원이라 하였으며 이 서원은 정암靜庵 조광조 선생과 우암尤庵 송시열 선생을 위하다 고종 8년에 폐하여 훼손되었다.

그 동북에는 선조 때 시인 촌은村隱 유희경의 묘가 있다. 수석이 좋으므로 촌은이 자주 왕래하며 시도 많이 짓고 이 곳에 와서 살려 하다 못하고는 화가 이징李澄을 시켜 "임장도林莊圖"를 그리고 그 때 모인 지인들에게 시와 서문을 받아 큰 축軸을 이루었다.

텅 빈 숲에 저녁 기운 푸르게 쌓이는데
골짜기의 샘물 소리는 큰길의 돌문으로 통하네.
산에 내리던 비 언뜻 그치니 이끼 낀 길 미끄러워
목련꽃 향기에 의지하여 돌아오네.

이는 촌은이 영국동을 읊은 것이다. 이 광경이 지금 우리가 보는 그것과 같다. 우리는 그 앞의 "광풍제월光風霽月 천옹서泉翁書" 일곱 자를 새긴 수석이 좋은 곳으로 가서 발도 씻고, 썩은 가지를 주워 밥도 짓고, 고기도 지지고 하여 아끼던 술병을 다 기울였다. 그리고 촌은처럼 취하지는 못하였으나 극히 유쾌하였다.

그 아래는 마을이 있고 석벽과 소沼가 있고 심암心庵 조두순의 별장인 침뢰정枕瀨亭이 있더니 지금은 뉘 집 마당이 되어 길을 물려 새로 내고, 철사로 울타리를 하였다. 이 또한 살풍경이 아닌가 하며 우리는 그 마을을 지나, 쌍갈무니(쌍문동)로 하여 창동역으로 오니 오후 8시나 되었다.

    ⚜

이 글은 1941년 7월호 「삼천리」에 "漢陽附近名山紀行"의 '道峯山行'이라는 제목으로 실렸던 것이다. "한양 부근 명산 기행"은 모두 네 편으로 되어 있었는데 차상찬이 '북한산기北漢山記', 유광열은 고양시의 '봉수대烽燧臺 고봉산高峯山', 최봉칙은 '관악산유기冠岳山遊記' 그리고 가람 嘉藍 이병기(1891-1968)가 '도봉산행'을 썼다.

시인이자 국문학자였던 가람은 1921년, 이 책에 실린 경주 이야기를 쓴 권덕규와 함께 조선어연구회를 만들어 우리말 연구 운동에 앞장섰다.

또 선비로서 곧은 지조를 지녀 일제 강점기 동안 친일 적인 문장 한 줄 남기지 않을 만큼 강직했던, 본받아야 할 어른이기도 하다.

이병기

이 글은 내용으로 미루어 녹음이 짙어진 6월쯤의 기록인 듯하다. 가람은 지금의 청량리역인 동경성역東京城驛에서 지인들과 함께 경원선 열차를 타고 떠나 회룡사로 산을 올라 망월사에서 하루를 묵고 돌아온다. 첫날은 비가 내렸으며 둘째 날은 전 날 주룩주룩 오던 것과는 달리 그럭저럭 이슬비가 내리는 산길을 걸은 우중 산행이었다. 글은 담박할 뿐 일체의 과장이 보이지 않는다. 또한 자신의 생각이나 눈에 보이는 풍광을 보며 일어난 감정을 쓰기보다 눈에 보이는 정경과 여정을 있는 그대로 충실하고도 잔잔하게 기록했다. 글을 읽는 내내 그와 함께 도봉산을 오르내리기보다 마치 먼 곳에서 그 일행들을 넌지시 보고 있는 듯한 느낌이 든 것도 그래서이지 싶다.

회룡사는 글 속에 그 내력이 나와 있거니와 그가 묵었다는 망월사는 신라 선덕여왕 8년인 639년에 창건되었다. 산 중턱에 있어 지금도 자동차가 닿지 않는 몇 안 되는 귀한 절집이다. 그 곳에 가려면 지위 고하를 막론하고 1시간 남짓한 길을 걸어야 하니 불법이 고루 평등한 참 절집이다. 그 곳에 만해 스님의 유일한 상좌였던 춘성 스님이 있었다. 이 스님의 모든 법문은 촌철살인의 욕이었다. 열세 살에 출가한 올깎이인 그가 가람이 망월사에 묵을 때 주지였는지는 알 수 없지만 마침 그가 있었더라면 흥미 있는 이야기가 나올 뻔했다.

춘성의 대표적인 선문답 하나는, 누구라 하면 다 알 만한 보살이 자신의 손녀딸을 그에게 보내 좋은 이야기를 듣고 오라고 했다. 그러자 춘성은 단박에 어린 그녀를 보고 "네 좁아터진 그 곳으로 내 큰 것이 들어가 겠느냐"고 했다. 눈이 휘둥그레진 처녀는 홍당무가 되어 그만 뛰쳐나가고 말았다. 춘성은 그저 크고 작다고 한 것인데 처녀는 그만 그 크고 작은 것이 '거시기'인 줄 알았던 것이다. 춘성의 큰 그것은 지혜이자 깨달음이며 좁아터진 것은 그것을 받아들이는 처녀의 머리와 마음인데 말이다. 그뿐인가. 스스로의 고향은 어머니 보지요, 본적은 아버지 좆물이라고 서슴지 않고 말하던 선사였으니 선비였던 가람과 조우했다면 그 날 밤 불뚱이 절 뒤의 포대 능선을 훨훨 날아다녔을 것만 같다.

글 말미에 가람이 솥을 걸어 밥도 하고, 고기도 지져서 한 잔 술을 걸쳤다는 곳에 새겨진 "광풍제월光風霽月"이라는 글을 쓴 사람은 도암陶庵 이재(1680~1746)이다. '천옹泉翁'이라는 것은 자신의 또다른 호인 한천寒泉의 천과 늙은이 옹翁을 합해 늘그막에 썼던 호이다.

성경 들지 않고 예배당 순례 | YYY

별건곤
1926년

이 글을 쓴 이는 누구인지 알 수 없이 다만 "YYY"라고만 되어 있다. 당시 풍조가 그랬다. 필명을 여럿 가지고 쓴 이들도 많았고 이런 경우보다 더 심해 아예 필자 난이 비어 있는 경우도 많았다. 여하튼 이 글이 쓰인 당시만 하더라도 이 땅에 본격적으로 교회가 세워져 내놓고 전교를 시작한 지 20년 남짓한 시기였으니 민족 문화와의 충돌은 피할 수 없는 것이었으리라. 필자가 말하는 천도교의 개벽사가 예수교를 비판하는 일이 잦았다고 하는 것이 그 증거일 것이다. 글의 전체적인 내용은 그저 객관적으로 바라본 덤덤한 순례기 같다. 오히려 당시 새로운 문화로 자리매김하는 예수교에 대한 관심이 감춤 없이 드러나 있는 것이 이 순례기의 장점인 듯하다.

제목을 "예배당 순례"라고, 그렇게 흥미 있는 문제도 될 것 같지 않다. 그러나 예배당이야말로 일주일 동안 학업에, 사무에 분망하던 남녀노소가 풍성하신 하느님의 은혜를 받아 가며 안식하는 집회장이요, 또는 조선에 있어서 청년 남녀의 공동 집회로는 이 예배당 이외에 별로 없는 것이 사실일 것이다. 그렇기 때문에 어느 예배당에 평판 있는 미인 여학생이 예배를 보러 다니기 때문에 그 뒤를 쫓아다니는 얄궂은 젊은 신사, 장난꾼 중학생, 전문학교 학생들이 들이밀려 예배당이 툭 터질 만큼 만장의 성황이다. 옛날 시대 같으면 어진 학자 밑에 제자들이 글 배우려고, 행실 닦으려고 모여드는 셈이 되련만 요새 청년 남녀들은 예배당을 연애 연습장으로 알고 다닌다.

이처럼 교단 상에서 설교로 비탄하는 말을 내 귀로도 직접 듣고 남의 전해 주는 이야기로도 많이 들었다. 그로 보면 거기에도 전혀 까닭 없는 거짓말을 공연히 들이부을 일도 없으니 하여간 예배당 순례를 한 번 하여 보는 것도 좋다고 생각한다.

그렇지 않아도 개벽사에서는 야소교耶蘇敎를 너무 악평한다고 목사 장로 측과 예수 신자들은 그전부터 불평이 있는 터이다. 그 참에 예배당 순례를 쓴다니까 또 무슨 험구가 나오는가 하고 야소교 관계자 측에서는 이맛살을 찌푸리고 계실는지 모른다. 그러나 본 기자야말로 본사 안에서도 뼈 없는 무골공자無骨公子라고 치는 기자이니 안심하시고 계시기만 바란다. 또 너무나 달음질친 기사라 볼 것을 다 못 보고 들을 것을 다 못 들었으니 신통할 것도 없을 듯하다.

승동예배당

가을 가고 겨울 온 11월의 첫 주일 날! 하느님, 하느님 하며 예수를 찬미하는 기독 신자 선남선녀들의 하느님 아버지를 만나러 성전으로 모여가던 날. 직업적이라면 직업적이지만 예배당 순례를 하겠다고 집을 나서니 어째 하느님의 풍성하신 은혜가 불佛신자인 내게까지도 미쳐 오는 듯하였다.

화동 골목 동아일보사 앞의 우체통 있는 곳에서 가회동 골목으로 넘어가는 고개 위에 수통 놓인 과자집 옆으로 두어 발걸음 내려가니 눈에 익은 '안국동예배당'이 아침 햇볕에 검붉게 비쳐 있다. 누런 잎사귀가 거의 떨어진 포플러 나무 네 그루가 서 있는 예배당은 어린아이들의 제기 차는 장난뿐이요 아직 시간이 이른 탓인지 예배 보러 온 분은 그림자도 없고, 무섭게 뚫어진 큰 유리문 하나가 컴컴한 지하실 같은 유치원 교실 안을 넘겨다보게 할 뿐이었다.

골목으로, 골목으로 빠져서 재동 네거리를 지나 개벽사 정문쯤 내려오니까 젊은 숙녀 한 분이 그리 크지 않은 빨간 성경 한 권을 손에 들고 한들한들 올라오는 것이 아무리 보아도 어느 예배당을 찾아가는 것이 분명하였다.

교동에서 사동으로 빠져나가는 사이 골목으로 해서 귀족 자질의 유치원으로 이름 있는 '경성유치원' 앞을 막 지나려니까 그늘진 찬 벽 아래 길 곁에서 일곱 살 아니면 여덟 살쯤 된 사내아이 하나가 죽는 소리를 치며 애원하는 듯, 분통해하는 듯 목을 놓고 팔팔 뛰는데 그것도 무리가 아니다. 궁둥이 볼기짝에 새파란 매 자리가 줄줄이 이리 건너가고 저리 건

이지누 사진 2005

이번 참에 서울 시내에 있는 묵은 교회들을 순례하는 재미가 쏠쏠했다.
늘 절집만 우리 문화인 양 여기며 찾아다니던 발길이 교회를 향했으니 멋쩍기도 했다.
그러나 근대사로부터 이어지는 우리 사회 변화에 대한 생각을 다잡을 수 있는
계기가 되어 흐뭇했으며 그 동안 무관심했던 것에 대한 반성도 많았다.

너가고 핏빛이 비쳐 있다. 무지한 어머니 아래에서 이와 같은 학대를 받는 조선의 어린아이가 얼마나 불쌍하냐. "오! 하느님 아버지시여! 불쌍한 우리 조선 어린이에게도 복을 줄지이다." 나는 과연 눈물 날 만치 그것이 슬펐다. 죽어서 천당을 가는 것이 좋을까? 살아서 낙원을 만드는 것이 옳을까?

사동 공동 변소 옆을 건너 아래로 조금 내려가니 오른쪽 길 옆으로 들어가는 문 어귀에 구세군 한 분이 서 있다. 이것이 묻지 아니해도 장로교회의 소속인 승동예배당인 줄은 알았으나 언제인가 한 번 있었던가 없었던가 어슴푸레한 기억밖에는 없으므로 들어가기가 매우 쑥스러웠다. 하여간 아는 집 들어가듯 쑥 들어서니 높은 돌층대 위아래에는 노랑 테 붉은 줄에 구세군 휘장을 모자와 목에 딱딱 붙인 조선 사람, 서양 사람 뒤섞여 야단이다. 어찌 보면 용장한 군영에 들어선 듯한 생각도 나는데, 다시 보면 거룩한 하느님의 성덕을 찬송하는 데는 살풍경이 너무 심한 것도 같았다.

사관 병사가 들락날락, 어수선한 법이 무슨 일이나 있나 보다 하고 언뜻 생각한 것이 이번에 멀리 온다고 신문 사설에까지 떠들어 대던 '뿌드' 대장이었다. "아마 오나 보다" 하는 생각이 머리에 얼른 떠올랐다. 숭엄한 기상을 보이려고 높직이 쌓아올린 축대 위로 올라서니 들어가는 문짝에 "뿌드 대장! 조선 오신다"고 쓴 포스터가 붙어 있다. 우연히 순례하러 나선 내가 아무려나 멀리 온 진기한 손님을 보게 된 것이 신기하다고 생각하였다.

특별히 구세군가 한 권을 얻어 들고 아래층으로 들어가니 천정에는 비가 샌 흔적도 있고 집도 꽤 오래 되어 어째 음울한 기분이 장내에 돌았다. 유리창 밖으로 창경원 일대의 푸른 소나무, 누런 잎 무르녹은 가을 나무 빛이 비쳐 줄 때는 천연의 그림이 그대로 벌어진 것 같았다. 앞으로는 역시 병사급의 신자들인지 위엄스런 복색에 단추를 턱턱 맞춰 끼우고 앉았으나 이따금은 조선 두루마기에 휘장을 붙이고 군모를 쓴 것이 아무리 보아도 어울리지 아니하였다.

간혹 억센 군악 소리가 장내의 활기를 주는 듯하나 고요히 강림하는 천사가 놀라 달아나지나 아니하실지 걱정이었다. 모두가 신자인지 아닌지는 일일이 물어 보지 아니하면 모를 일이고 아무려나 자리를 가리며 강단이 잘 보이는 곳으로만 쫓아가는 것을 보면, 모습을 알 수 없는 하느님을 생각하고 찬미하느니보다는 외국 구세군 대장의 얼굴이 보고 싶다는 뜻으로만 해석이 되었다.

뒷전에 가 앉아 있는 나도 남의 키 때문에 앞이 보이지 않는 것이 답답해서 위층으로 뛰어올라 갔으나 구두를 벗어 들고 들어가는 것만이 귀찮았다. 그러나 여기 들어온 이상에는 여기 규칙을 좇는 것이 인류 단체 생활상 더할 수 없는 규칙이어야 할 것이다. 그런데 자꾸 밀려 올라오는 손님 가운데는 자기 보기 좋다고 사람 통행하는 길을 딱 가로막고 앉은 사람도 있다. 통행을 간수하는 구세군 한 분에게 경계를 받고도 무던히 잘한 셈치고 뻗대다가 어째 사람이 자꾸 들어오니까 자기도 좀 불편하던지 이맛살을 잔뜩 찌푸리고는 경계 받던 구세군을 슬금슬금 쳐다보며 옆으로 물러앉는다.

그러고도 그 곳에 세비로(런던의 고급 신사복점 거리 새빌로우Savile Row에서 온 말로, 잘 차려 입은 신사복의 대명사로 쓰인 듯하다) 양복을 딱 갈라 붙이고 해뜩한 새 두루마기를 입은 청년 신사 두 분이 섰다. 이름이 신사라지만 속에는 모두 개똥 칠을 하고 다니는 요즘의 얼치기 신사들이 나는 미웠다. 시간은 열한시가 거진 되었는지 뿌드 대장이 예배당에 들어오신다. 자동차 소리가 "뿌우" 하고 나고 밖에서부터 박수 갈채, 환영 만세 소리가 나더니 과연 몸집이 뚱뚱하여 들어오는 문이 뿌듯할 만한 뿌드 대장이 곱게도 허옇게 바랜 머리털을 한편으로 갈라 넘긴 하이칼라 머리를 하고 늙기는 하였을망정 살이 들이찐 주름살 잡힌 얼굴을 가지고 강단에 나타났다.

예배가 시작되며 군악이 울리고 서양 사람이 사회하고, 조선 사람이

동아일보, 1926년 11월 9일

통역하고, 찬송가를 부른다는 것이 어째 일치를 아니 했던지 처음에 20장을 부르다가 틀렸다고 하여 22장으로 옮겨 갔다. 이것은 이런 모임 석상에서 흔히 있는 착오이니까 말할 것도 없다. 뿌드 대장 설교 역시 조선 통역을 세우고 한 시간이나 거의 하는 모양인데 늙은 깐으로는 꽤 원기가 있는 모양이나 하는 말인즉 저 높고 높은 천당 위의 말이요 우리가 발

을 밟고 있는 지상의 말은 아니며, 신성하고 전능하신 하느님을 위하는 말이요 이 아글바글하며 죽네, 사네 하는 인류를 위하여 하는 말은 유감이지만 내 귀에는 하나도 들리지 아니하여 필경은 하나도 얻어들을 것이 없이 그저 말았다.

강연이 끝났는지 어쨌는지 알 수가 없으나, 하느님 나라로 나올 이가 있거든 모두 나오라고 하는데 처음에는 별로 나가는 이가 없었으나 나중에는 구세군 양반들이 몇 분 자진하여 단 아래에 가서 꿇어 엎드린다. 그러나 자꾸 나오라고 크게 광고를 하는데 위층에서는 무엇이 불쾌했든지 시간이 지루했든지 하나씩 둘씩 일어서 나가기 시작하고 강단 위에서도 어째 혼란 복잡하여 질서가 문란한 것 같았다. 까닭 없이 무슨 살풍경이 일어날 것도 같이 생각되었으나 나도 과연 거북하기에 나가는 사람들을 따라서 나와 버렸다. 시간은 12시 반.

예전 어느 농부 한 분이 더운 여름날 그늘 밑에서 글을 읽는 학자님이 하도 부러워서 글을 좀 읽겠다고 한 시간 무릎을 꿇고 글을 배워 보다가는 어떻게 혼이 났던지 들에 다시 가서 논을 갈다가는 소가 하도 게으름질을 치니까 "이랴, 이놈의 소! 무릎을 꿇리고 대학을 읽힐까 보다" 하였다던가. 아마 오늘 여기 와서 생짜 예배를 본 사람은 누구나 다 그런 생각이 났을 듯하다.

실은 반 시간쯤은 여기서 보고 반 시간쯤은 중앙예배당이나 정동예배당을 향하여 가 보려 했다. 그러나 이 뿌드 대장 서슬 아래 그래도 무슨 요령이 있으려나 하고 끝까지 생 예배를 본 것이 그만 허탕을 치고 나니 다른 데 가기는 바쁘고 예배 시간은 어디나 다 파했을 듯하다. 그대로 막 나와서, 237호 자동차가 문 앞 층대 밑에 있는 것을 한번 쳐다보고는, 정동과 중앙은 오늘 밤에 가 보기로 하고, 조선극장 앞으로 해서 청년회관 밑으로 가서 전차를 타고 달아나 버렸다. 그 탓에 저녁에 돌아와서야 신문을 보고 승동예배당의 정말 끝 예배는 보지 못하고 돌아온 것을 알았다.

신문으로 보면 "조선 사람 하나가 영어로 기도하는 것을 서양 사람이 방해하고 그 이유를 질문하려는 것을 서양 사관이 때렸다" 한다. 전하는 사람 말을 들으면 "일어로 기도하는 것을 조선 말로 하라고 사회자 측에서 권하고 그래도 듣지 아니하니까 군중이 대들어서 끌어내려라 잡아내려라 하여 그 야단이었다"고 한다. 그래 필경은 경관까지 출동을 하였다고 한다. 제정신 없는 놈의 일이란 어디를 가도 그 지경이니 말할 것도 없다. 하지만 신성한 성전에서 하느님 찬미하고 먼 손님 맞는 그 자리에서 그와 같은 추태가 연출된 것만은 아무리 하여도 제정신 가진 사람의 일이라고는 볼 수가 없다. 그러나 하여간 내 눈으로 보지 못한 일이니 그만큼 해두자!

정동예배당

승동예배당 순례 이야기로 말이 이만큼 길어 놓았으니 별수가 없다. 용두사미격이지만 요다음은 좀 줄여 볼 수밖에 없다. 동대문 정류장에서 전차를 타고 종로 네거리에 들어오니 검은 저녁 빛은 온 시가의 하늘을 싸고 들고 여기저기 반짝이는 전등불이 가고 오는 사람을 검사하고 있다.

의주통으로 달아나는 전차와 바꾸어 타고 새문 턱에 가서 썩 내려 왼쪽으로 어두컴컴한 정동 골목 양옥 많은 앞으로 들어간다. 이화여자고등보통학교를 지나서 덕수궁 맞은편으로 뒤로는 이화학교를 등지고 앞으로는 서소문 나아가는 고대高臺를 끌어당겨 자리 잡고 있는 것이 경성에도 이름 높은 감리 교회, 정동예배당이다. 전등불 비친 상점 앞에서 시계를 빼어 보니 꼭 6시 반, 예배당 높은 종각에서는 교인을 부르는 첫 종소리가 어둔 밤빛을 헤치고 웅장하게 울려 나온다. 서양 바람이 처음 이 곳을 찾아 들어왔을 때에는 이 곳의 종소리도 옛 잠을 그대로 자고 있던 경성 시민에게 이상한 새 감각을 일으켰을지도 모르지만 지금은 "나도 이미 늙었구나!" 하는 비명의 소리로밖에는 들리지 않는다.

물을 것도 없이 문 안으로 쑥 들어서니 교당 뜰 앞 이곳 저곳에는 계절을 말하는 듯한 잎 떨어진 나무들이 앙상한 뼈만 남은 그림자를 전등불에 비쳐 이리저리 흩어졌을 뿐이요. 사람의 자취조차 별로 보이지 않는다. 축대에 올라서서 문을 열고 가만히 들여다보니까 텅 빈 교당 안에 여학생 너덧 분, 남자 서너 분이 이쪽 저쪽으로 갈라 앉았을 뿐이었다.

아무려나, 밤 예배당에는 사람이 적게 오는 것만은 사실인 듯하다고 생각하였으나 혼자 들어가 앉을 맛도 없고 하여 또다시 밖으로 나온다. 배재학교 가는 고갯길로 올라갔다. 새문으로 나오는 어두운 골목으로 돌아오는 동안에 성경 찬송가를 옆에 끼고 청년, 남학생 여학생들이 하나씩 둘씩 교당 문을 향해 들어간다. 교당 앞 인력거꾼에게 물어서 아까부터 어두운 공중에 눈부실 만치 밝게 빛나는 깃발이 날리는 높은 집이 노국露國 영사관인 줄을 알고, 또다시 여기 예배 시작하는 시간이 7시부터냐고 물어서 "8시에 파하지요" 하는 대답을 얻었다.

예배를 시작한다는 둘째 종이 울리므로 나도 어이는 없지만 교당 제일 뒷전에 가 기둥을 앞에 두고 앉았다. 시간은 시간인데 온 사람이라고는 한편에 하얀 수염 나신 노인들까지 섞여 몇 분, 앞으로는 한 편에 남자, 한 편에 여자 그런데 여자 편에는 이화학교의 학생이 대부분인 듯, 서양 사람은 어디 가서 숨어 앉았는지 그림자도 볼 수가 없다. 아마 저녁 예배는 조선 동포끼리만 보는 모양이다. 이와 같이 넓은 교당에 이렇게 신자가 적은 것은 밤 예배이기 때문에 그만두어도 무방하다는 셈이다. 이와 같이 바쁜 시절에 3일 예배, 주일 낮 예배, 밤 예배, 이렇게 한 주일에 세 번의 예배는 일 바쁜 사람으로는 심히 좀 어려울 것 같고 시험 때나 되면 아무리 독신자 학생이라도 좀 괴로울 것 같다.

시간이 훨씬 지난 뒤에 예배가 시작이 되었다. 목사님인지 전도사인지는 몰라도 교단에 올라가 화분을 벌여 놓은 안으로 가서 엎드려 묵도하고 서서 기도하고 왔다 갔다 하는 것이 향기로운 화원에 나비가 왕래하는 듯하고, 꽃 핀 낙원에 얌전한 천사가 거니는 듯하다. 풍금이 울리자 붉은 목도리에 머리 땋아 늘어뜨린 여학생들의 알량한 찬미 소리가 아무리 하여도 시끄럽고 혼란스러운 세상 물결이나 사회 바람이 이 곳 안에는 침입을 아니 하고 따로 떨어져 있는 세상과 같이만 보였다. 끝까지 보고 앉아 있을 수가 없어서 7시 반쯤 되어 이 고요한 성전 안에 한 점의 티끌이라도 일어날까 보아 가만가만 발자국 소리도 아니 내고 살금살금 문을 열고는 휘 나와서 두말 할 것 없이 새문 턱 정류장으로 방향을 틀어 전차에 올라섰다.

중앙예배당

종로 네거리에서 내려 보신당 시계포를 끼고 속 골목으로 이문설렁탕과 태서관 요리점을 지나 조금만 들어가면 길 옆 조그만 대문에 중앙유치원, 종로여학교 문패가 달려 있는 그 안이 바로 중앙예배당이다. 아무 배경도 아무 배치도 없이 조그만 문 안으로 머리를 숙이고 들어가면 바로 유치원 겸 예배당으로 쓰는 그 집이다. 들어가기 전부터 문 밖에서 조그만 광고판에 오늘 밤 설교할 문제와 연사를 써서 세운 것이 벌써 내 눈을 끌며 좀 신식이고 그럴듯하다고 생각하였다. 사람을 물질로 구원할 것인지 영혼으로 구원할 것인지는 다음 문제로 하더라도 우선 종교에는 문화를 개방하고 종교를 선전하는 것이 그의 한 목적이라 하면 반드시 일반 민중에게 구원의 길을 가장 평이하게 가장 널리 알려 줄 필요가 있다.

교당 문을 열려고 하니 문을 지키는 한 분이 문을 열고 친절히 안내하여 준다. 시치미를 뚝 떼고 뒷전에 앉아서 한번 장내를 휘휘 둘러보았다. 교당은 퍽이나 좁은데 교단에는 역시 아무 장식도 없고, 다만 꺾어다 놓은 국화 몇 송이가 책상 한편을 쓸쓸하다는 듯이 고적하게 지키고 앉았다. 이마가 홀쩍 벗겨지고 눈이 쑥 들어간 벨링스박사가 '단결의 힘'이란 문제로 설교 강연을 하는데, 하는 그 박사부터도 열의가 좀 있고 듣는 신도들도 다 같이 엄숙한 태도와 진지한 마음으로 듣고 있는 것 같다. 모인 신자들도 다 같이 청년 남녀가 조그만 방에 가득 찼으나 그래도 질서는 정연하여 웬일인지 어디엔가 긴장한 맛이 있어 보였다. 젊은 빛이 넘치고 새 기운이 도는 것 같았다. 사람이 보고 듣는 것도 사람의 그 때, 그것, 그 마음을 따라 다르겠지만 아무려나 오늘 본 세 예배당 중에서 그래도 가장 긴장한 맛이 있어 보이기는 맨 나중에 본 이 곳이 내게는 제일 인상 깊이 비쳤다. 피아노의 높았다 낮았다 하는 곡조에 맞추어 찬송가 한 장으로 폐회를 하고 또다시 청년회의 무슨 회가 열릴 모양이다. 그것까지 볼 필요는 없어서 파하는 그 자리에서 얼른 먼저 나왔다.

승동예배당은 싸움꾼이 모인 무슨 살풍경을 일으키려는 듯한 용장한 맛이 있고, 정동예배당은 인간계를 상관 아니 하고 곱고 고운 천당이나 낙원을 만들려는 기상이 보이고, 중앙예배당에는 무엇을 해 보려고 하는 듯한 긴장미가 있었다. 남이 보면 어떨지 모르지만 하여간 내가 본 바로는 그렇다는 말이다.

*

이 글은 1926년 개벽사에서 발행되던 「별건곤」12월호에 "禮拜堂 巡禮, 聖書 안 들고"라는 제목으로 실렸던 글이다. 글은 쓴 이는 누구인지 알 수 없이 다만 "YYY"라고만 되어 있다. 당시 풍조가 그랬다. 필명을 여럿 가지고 쓴 이들도 많았고 이런 경우보다 더 심해 아예 필자 난이 비어 있는 경우도 많았다.

승동예배당을 찾아 강연을 한 구세군 사령관 뿌드 씨는 구세군의 창시

자인 윌리엄 뿌드가 아니라 그 맏아들인 브람웰 뿌드이다. 그는 당시 아버지의 뒤를 이어 구세군의 2대 대장으로 취임했다. 그는 "구세군과 구세군의 성공"이라는 제목으로 강연을 했는데 1926년 11월 9일자, 동아일보에 기사와 함께 사진이 실렸다. 그 사진을 보면 좁은 교회 안에 이층까지 빼곡하게 들어 찬 모습이 필자가 묘사한 풍경과 그리 다르지 않다.

교회가 이 땅에 들어 온 것은 1889년 전교 윤허傳教允許가 내리고 난 다음이다. 그러나 그 이전에 이미 교회는 세워졌다. 1887년 9월 27일, 언더우드는 새문 턱 정동에 있던 그의 집 사랑채에 교회를 세웠고 아펜젤러 또한 10월 9일 같은 정동에서 첫 공중公衆 예배를 드렸다고 교회사는 말하고 있다.

그러나 서울에서 처음 기독교를 전하고 교회를 세우는 데에는 한국인 이수정李樹廷의 역할이 컸다. 1882년, 박영효의 수신사 사절로 참가한 그는 일본에 머물며 1883년 4월 29일 동경 노월정교회露月町教會에서 목사 안천정安川亭의 집례로 세례를 받은 후 '요한복음' 13장의 내용을 중심으로 신앙 고백서를 발표하였다. 그 후, 그는 일본 주재 미국성공회 총무인 루미스의 간청으로 한글 성서 번역 사업에 착수하였는데 먼저 한문 성서에 토를 단 「현토 한한 신약 전서懸吐韓漢新約全書」를 번역하고 계속해서 한문으로 번역된 성서를 가지고 '마가복음'을 우리말로 번역하였다. 언더우드는 그리고 그 번역된 성서를 가지고 조선에 들어왔으니 쉽게 교회를 세우고 조선 사람들을 대상으로 전교했던 것이다.

여하튼 이 글이 쓰인 1926년 당시만 하더라도 이 땅에 본격적으로 교회가 세워져 내놓고 전교를 시작한 지 20년 남짓한 시기였으니 민족 문화와의 충돌은 피할 수 없는 것이었으리라. 필자가 말하는 천도교의 개벽사가 예수교를 비판하는 일이 잦았다고 하는 것이 그 증거일 것이다. 이 글이 실린 「별건곤」 또한 개벽사에서 대중 잡지로 발행했던 것이다. 하지만 글의 전체적인 내용은 예수교에 대한 비난보다는 그저 객관적으로 바라본 덤덤한 순례기 같다. 오히려 당시 새로운 문화로 자리매김하는 예수교에 대한 관심이 감춤 없이 드러나 있는 것이 이 순례기의 장점인 듯하다.

강화행 | 가자봉인茄子峯人

개벽
1921년

이 글이 흥미로운 것은 당시 서울에서 강화도로 가는 방법 때문이다. 남대문에서 기차를 타고 인천으로 가서 다시 배를 타고 가는 여정이 상세하게 나와 있는 것이 관심을 끈다. 지금 같으면 남대문에서 자동차로 한 시간 반 남짓이면 강화도에 닿을 수 있다. 그 일행들이 둘러본 곳은 초지진과 전등사, 삼랑산성과 마니산의 천제단이 전부이다. 그도 그럴 것이 소학교 학생들이 내내 걸어다녔으니 더 많은 곳을 볼 수도 없었을 것이다.

강화! 아, 강화!! 단군이 세 아들에게 명하사 제천하시던 첨성단이 있는 강화! 단군의 세 아들이 몸소 축성하시던 삼랑산성이 있는 강화! 산중 명산 마니산이 있고 절집 중 큰 절인 전등사가 있는 강화! 산 좋고 물 좋고 역사 많고 고적 많은 강화! 쌀 많고, 감 많고, 고사리 많이 나는 강화! 차 타고, 배 타고 또 걸어가는 강화! 한 번 보고 만 가지 회포를 풀고 두 번 보고 천 가지 옛일을 알 만한 강화! 우리가 원하여 보고자 하는 강화! 우리가 기어코 가야만 할 강화!

아, 이러한 강화! 언제 한번 기회 있어 언제 한번 가서 보나? 언제 한번 그의 품에 들어, 언제 한번 그의 사랑을 받을까? 교교한 가을 달이 서산을 넘을 때 문득 그 생각이 나며, 소소한 가을 바람이 동창을 스칠 때 또한 그 생각이 간절하도다. 행여나 두서넛 동지만 얻으면 만사를 제쳐놓고 결연히 강화행을 떠나리라고 단단히 마음먹고 고대하던 차, 마침 보성소학교 수학 여행의 호기를 얻으니 청쾌한 10월 12일의 아침이로다.

경성에서 인천으로

6시에 일어나서 날씨부터 살펴보고 얼른 세수하고 아침도 못 먹고 지팡이를 휘두르며 종로를 썩 나서니 벌써 오고가는 행인이 시골 시장만큼은 되어 보인다. 그 중에 나의 눈에 반갑게 보여 흥분을 일으키는 것은 전동이나 사동으로부터 씩씩하게 모여드는 소년 학도들이다. 경쾌한 교복에 도시락을 둘러메고 의기양양하게 남대문을 향하여 경쾌한 걸음을 옮기는 그들의 동작은 누가 보든지 감탄하지 않을 수 없다. 그들의 가슴에는 생명의 피가 뛰며, 그들의 발 앞에는 희망의 빛이 비쳤다. 마침 해가 그들의 가슴에 비쳐 들자 그들의 얼굴은 더욱 아름다우며, 가벼운 바람이 그들의 몸을 스쳐 지나가자 그들의 수족은 더욱 민첩하여 생기를 보인다. 혹은 전차 혹은 도보로 남대문 역 앞에 모두 모이니 선생과 학도가 여든두 명이다.

8시 5분, 인천 직행은 우리 일행을 곱게 모신다. 그리 덜컹거리지도 않고, 그리 흔들거리지도 않는다. 첫 고동에 남대문을 떠나 두 번째 고동에 용산에 이르니 복잡하나마 좌석 정돈은 되었다. 일 분 동안 머물렀다가 다시 차가 구르기 시작하니 생기 충천한 소년 동무들은 그만 기고만장하여 혹은 웃으며, 혹은 노래하며, 혹은 손뼉 치며, 혹은 날뛴다. 상두산象頭山이 굽어 하례하며 한강수가 앞을 인도한다. 구름은 스러지며 바람은 기척이 없어진다. 강산이 모두 그들의 강산 같으며 주위에는 아무것도 없어 보인다. 어떤 묘령의 입으로부터 "한강철교다. 아아, 좋다. 기차 노래 하자"는 소리가 나왔다. 그러자 모두 손뼉 치며 "좋다", "하자"는 소리가 일제히 터져 나오면서,

들들들 굴러가는 기차 바퀴는
종일토록 쉬지 않고 달아나도다.
십리 만리 갈 길이 비록 멀으나
살과 같이 신속히 득달하누나.

의 기차 노래를 목이 찢어져라 손바닥이 터져라 하고 박수를 치며 소리

높여 부른다. 첫 구절의 고운 목소리, 부드러운 곡조는 마치 맑디맑은 계곡에 졸졸 흐르는 물 소리와 같으며, 둘째 구절의 높은 소리, 강한 곡조는 마치 끝도 없이 높은 폭포에서 떨어지는 물 소리와도 같다. 일제히 "하하" 웃고 일제히 "딱딱" 손뼉 치고는 다시,

경개 좋은 산과 물은, 재가 사랑함이로다.
사면 강산 다니다가, 좋은 곳 왔네.

의 탐승가探勝歌를 연이어 부르며 발을 구르며 손을 휘두르는 광경은 실로 생명의 빛이 철철 흐르는 혈기 넘치는 소년들임을 역력히 알 수 있겠다. 자식 있는 이는 학교에 보내기를 원하며, 아들딸 없는 이는 아들딸 낳기를 원하며, 늙은이는 남몰래 눈물지으며, 젊은이는 실로 부러워한다. 간간이 끼어 앉은 남녀 승객들은 아무 이야기가 없다. 어떤 이는 정신 없이 앉아 소년들의 날뜀을 바라볼 뿐이며, 어떤 이는 히죽이 웃으며, 어떤 이는 손목을 만져 주며, 어떤 이는 "어느 학교냐"고 물으며 어떤 이는 자식이 없음을 탄식하며 한숨을 쉰다.

기차는 어느덧 영등포와 소사를 거쳐 축현에 왔다. 길 양 옆의 단풍이며 아래위로 펼쳐진 들판의 누렇게 익은 벼는 우리의 눈, 우리의 마음을 즐겁게 한다. 주안 염전을 소개하자마자 벌써 인천이라 한다. 차에서 내려 부두에 이르니 아홉시가 조금 넘었다.

인천에서 전등사로

우리 일행의 예상은 신속하고 편리한 증기선이었으나 형편에 의하여 불편하나마 부득이 목선을 타게 되었다. 왕복 36원으로 목선 네 척을 불러 타고 70리 수로에 노를 젓기 시작하였다. 인천을 등지고, 월미도를 옆에 끼고, 영종도를 앞으로 보며, 어기여차 파도와 싸움을 하게 된다. 바다와 바람은 뗄 수 없는 관계가 있는 듯하다. 육지에서는 한 점 바람도 없더니 바다를 들어서자마자 바람이 일기 시작한다. 심술궂은 바다의 신이 우리 일행의 용기를 시험하고자 함인 듯하다.

비록 살이 연하고 뼈가 약하나 우리 소년들은 조금도 두려워하지 않는다. 배를 처음 타 보고 바다를 처음 보지만 바다에서 늙은 선장 못지않다. 높은 파도가 일렁일 때마다, 배가 아래위로 곤두박질칠 때마다 기가 더욱 돋우어지고 흥이 더 난다. 월미도 난관을 겨우 넘어 호도虎島를 안고 돌자 앞배에 탄 사람은 어서 오라고 손을 흔들고 뒷배에 탄 사람은 같이 가자고 손을 휘두른다.

앞배가 떨어지면 뒷배가 앞서고 뒷배 사공이 잘 저으면 앞배 사공에게는 공격을 퍼붓는다. 앞배는 적군이 탄 것 같고 뒷배는 추격군이 탄 것 같다. 그 광경이 마치 활동 사진을 돌리는 듯하다. 콩알 섬을 지나면 밤알 섬이 보이며, 자라 섬을 지나면 거북 섬이 또 닥친다. 갈매기는 배 위를 오락가락 날아가고 바다 빛은 하늘색과 같은데 작은 섬의 어부는 뱃머리에서 소리 높여 노래 부른다.

멀리 보이는 마을의 희미한 연기는 바위 봉우리 곁으로 살짝 오른다. 그 중에서도 눈길을 끌며 정서를 끌어당기는 것은 바다를 앞에 두고 산

기슭으로 깃든 초가집에서 자줏빛 치마를 입은 어린 소녀를 이끌고 나와 손바닥만한 채마밭에서 채소를 뽑는 섬 아낙들이다. 아, 그들의 생활! 얼마나 재미있을까. 남편은 고기 잡고 아낙은 채소 뽑고 소녀는 재롱부리는 한가로운 섬의 한갓진 생활?! 비록 교통이 불편하고 출입이 구구할지나 밥 먹고 똥 싸고 아들 낳고 딸 낳으며 배를 타거나 산을 오르는 그들의 생활, 그 얼마나 자유스러운가. 나는 실로 그들을 위하여 축복하며 부러워했다.

영종도를 벗어나서 강화 해구海口로 들어간다. 멀리 산성과 송림이 보이며 큰절이 보인다. 사공에게 물은즉 그 곳이 곧 전등사라고, 우리 일행은 박수로써 멀리서부터 이윽고 다다른 기쁨을 표하며 사공을 독촉하여 속도를 올리니 어느덧 초지리 도선장에 이르렀다. 때는 오후 3시이며 일행이 다 무고하다. 강화 천도교인 구덕희 씨와 구달도 씨 등 10여 명이 반갑게 맞아 준다.

초지리는 포대를 쌓았던 곳이며 지금도 보루가 남아 있다. 초지리에서 서쪽으로 약 10리쯤에 손돌목 해구가 있다. 이 손돌목 바다의 동쪽 포대는 신미난辛未亂에 우리 어재연魚在淵 장군이 서양군과 분전하던 곳이다. 신미양요의 일을 귀로 들으며, 그 땅을 발로 밟으며 당시의 난을 스스로 생각하니 분하기도 하고 가소롭기도 하다. 그러나 누구의 죄를 말하기 과연 어렵다. 서양 함대가 지금껏 있어 도전하는 듯하며, 우리의 포대를 알리는 빨간 불이 반짝거리는 듯하다.

아, 이 강화도. 난을 몇 번이나 치렀는가. 4,000년의 전사를 고찰하여 볼 때 누가 강화에 대하여 눈물을 아니 뿌리겠는가. 제왕이 몇 번이나 피난하였으며 산 사람들이 몇백만이나 물고기의 밥이 되었는가. 임진, 병자의 참극, 병인, 신미의 병화, 모두 우리로서는 영원히 잊지 못할 것이 아닌가. 더욱이 현재 우리가 처한 상황을 직접 초래한 것이 강화에 있음을 절실히 기억할 때 우리의 가슴이 얼마나 아프겠는가.

우리 일행은 창연한 마음으로 우두커니 서서 처연한 안색으로 자취만 남은 좌우 포대를 보며 스스로 눈물짓기에 마지못하였다. 그러나 지나간 일은 아득한 것이다. 다가올 미래를 위하여 분투할 뿐이라 다짐하고 석양이 드리운 산길에 천고의 한을 뿌리며 느릿느릿 걸었다. 삼거리를 거쳐 보통학교, 면소, 주재소가 있는 곳 정족산성 동문 턱에 올라섰다.

아, 정족산성! 한눈에 큰 슬픔이 모두 사라지도다. 사면으로 바다와 섬을 보며 들판을 바라봄은 정족산성의 외경이요, 가마솥의 발(정족鼎足) 같이 둘러선 노적, 낙조, 비로의 세 봉우리와 울창한 송백을 보며 웅장한 사찰을 봄은 정족산성의 내경이다. 하물며 시조 단군을 추모하는 우리의 정경이랴. 날이 저무는 것을 걱정하며 전등사傳燈寺에 들어서니 대여섯 명 화상이 합장을 하며 맞아 준다. 방을 정하고 계곡에 앉아 발을 씻고 소년들과 더불어 한 시간 동안이나 즐겁게 이야기를 나누고 나서 나물을 반찬으로 저녁을 배부르게 먹은 뒤 자리에 누워 심신을 위로하였다.

다음 날, 이른 새벽에 지팡이를 들고 나라의 기록을 보관하던 사고 터에 올라 주위의 경치를 둘러보고 다시 절에 돌아와 주지인 국창환사를 찾아 절의 내력을 물었다. 스님의 말을 듣건대 전등사의 옛 이름은 진종사 眞宗寺였다. 그 후, 고려 충렬왕 8년인 1282년, 정화궁주가 송나라에서 인쇄한 대장경을 이 절에 보관하게 하고 옥으로 만든 등 세 구를 시주함으로부터 전등사라고 개칭하였다고 한다. 절의 창건은 여러 차례의 병화를 당하여 사기를 소실하여서 그 연대를 정확하게 알기 어렵다고 한다.

이지누 사진, 2005

초지진에서부터 필자 일행의 발길을 따라 강화도를 돌았다.
초지진 도선장 근처에는 초지대교가 놓였으며 전등사의 대조루는 책이며
불교 용품을 파는 곳이 되어 버려 그 곳에서 느긋하게 바깥 풍경을
내다보지는 못했다. 또한 허물어진 모습으로 필자의 가슴을 아프게 했던
마니산의 제천단은 사적 136호로 지정되어 참성단이라는 이름으로 말끔하게
단장되어 있었다.

절 앞 노적봉 아래에 무기를 보관하던 30여 칸의 병고가 있었던 바, 기묘년간에 의병의 은신처로 알려지는 바람에 일본 병사가 불을 질러 지금은 빈 터만 남았다. 절의 서쪽 낙조봉 아래에는 우리의 옛 역사를 보관하던 사고가 있었던 바, 몇 년 전 총독부로 옮겨 감에 따라 사고는 사라지고 역시 빈 터만 있다 한다. 그리고 삼랑산성은 단군의 세 아들이 축성하심은 사실인 바 중간에 몇 차례의 개축이 있었다 하며, 성의 주위는 약 10리 가량인데 동서남북에 문이 있으며, 삼랑산성을 정족산성으로 개칭함은 세 봉우리가 마치 가마솥의 세 발과 같이 보이기에 그리 하였다 한다.

절의 중수는 지금으로부터 5년 전이라 하며 절의 재산은 사오백 석을 추수하는 것에 불과하다. 말사가 서른 군데나 되고 널리 알려진 저 유명한 개성의 화장사華藏寺도 그의 말사라 한다. 현재 승려는 20명에 불과하며 인천에 포교당을 만드는 중이라 한다. 나는 주지 화상에게 약 한 시간 동안 절에 관한 말을 듣고 난 후, 대조루對潮樓에 올라 눈앞에 펼쳐진 자연을 즐겼다. 남으로 영종 열도가 바둑판과 같이 보이며 인천항의 크고 작은 굴뚝이 우뚝우뚝 섰음을 보겠다. 동으로 김포의 산들이 보였으며 멀리 북한산과 도봉산이 옅은 안개 속으로 높이 솟은 것이 보였다. 산 너머로 굽이굽이 흘러가는 한강이며 섬 사이로 줄곧 내뻗은 황해는 대조루에서 보이는 좋은 경개이다. 해뜨는 아침, 구름이 운신하는 이 때에 상쾌한 솔바람을 가슴에 받은 나의 심신은 선대仙臺에 이르고 구름 사이를 노니는 듯 상쾌한 기분이 실로 속계의 범인들과 견주기는 억울하다. 오고 가는 상선은 어기여차 노 저으며 크고 작은 남녀노소가 이 집, 저 집 나설 때에 대조루 높은 곳에 표연히 서서 호연지기를 토할 수 있음은 내

평생의 즐거운 일이 아닐 수 없다.

슬프다. 이것도 잠깐이다. 모이라는 한마디에 학생들은 벌써 행렬을 지어 장차 떠나려 한다. 슬프다. 산고수장山高水長은 만고에 변치 않는 것인데 오직 인생은 무상하고나. 대조루를 어찌 나만 반겼을까. 예로부터 이 곳을 찾은 이들이 모두 반겼을 것이며, 대조루를 떠나는 것을 어찌 나만 슬퍼하겠는가. 그들 모두 다 슬퍼하였을 것이다. 시 하나 노래 하나 외울 새도 없이 총총히 마니산을 오르기 시작했다.

전등사에서 마니산으로

13일 아침 9시이다. 우리 일행은 정족산성 서문을 넘어섰다. 황해 만리가 눈 아래에 놓였으며 마니산의 높은 봉우리가 빈 하늘에 높이 섰다. 선두리 들판을 건너 하도촌下道村을 거쳐 마니산의 아래쪽을 끼고 돌아 어부에게 길을 물으며, 촌부에게 물을 얻어먹으며, 혹 감을 얻으며, 혹 밤을 주우며, 혹 들국화를 꺾으며, 혹 나락을 만지며, 대나무 지팡이를 흔들며 이야기를 나누면서 걸으니 흥겨운 걸음은 피곤을 느낄 새도 없다. 어느덧 마니산 아래 덕포리에 이르렀다. 촌가에 점심을 맡기고 옷매무새를 고쳐 제천단을 향하여 올라가니, 산은 높고 바윗길은 경사가 급하여 걸음을 옮기기가 쉽지 아니하다.

비록 소년들이나 우리 일행의 모험이 아니면 생각도 못 하겠다. 어여차, 어여차 한발 한발 오르며 가다 서다가, 혹 고함을 지르기도 하고, 혹 숨을 헐떡이며 쉬는 모양이 진정한 탐승대 같으며 돌격군 같다. 바위를

마니산 제천단 | 동아일보, 1926년 7월 13일

넘고 다시 바위 봉우리를 오르면 또 바위 봉우리이다. 구두를 벗고 상의
를 벗고, 나무를 휘어잡으며, 길 곳은 기고 뛸 곳은 뛰어 간신히 상상봉
에 오르니, 아, 장쾌하도다. 험로를 지나고 난관을 넘어서 마니산 상봉에
올라서니 장관이로다. 강화 전체가 발 아래에 굴복되었고 충청도, 경기
도, 황해도의 크고 작은 산하가 눈앞에 펼쳐졌다. 황해에 바람이 일고 고
갯마루에 구름이 맴돈다.

　산수의 아름다움이 최고의 모습을 보이는 듯하다. 이처럼 산과 바다가
빼어난 곳에 무엇이 있는가. 아, 제천단! 우리 배달 나라를 창건하시고
우리 배달 형제를 낳으신 우리 배달 나라의 신조神祖 단군께서 세 아들
로 하여금 하늘에 제사를 지내게 하시던 제천단!! 우리 형제, 이에 다다
르매 할아버지를 뵈옵는 듯하며 할아버지 품에 든 듯도 하다. 할아버지께
서 우리의 등을 어루만지는 듯하며 우리의 머리를 쓸어 주는 듯하도다.
우리는 실로 황송함을 금치 못하겠으며 감사의 눈물을 억제하지 못하겠
도다.

우리를 잘 살리기 위하여, 우리에게 영원한 씨를 뿌리기 위하여, 몸소 단을 쌓으시고 몸소 하늘님께 기도하시던 제천단! 할아버지의 말소리가 들리는 듯하며, 할아버지의 족적이 임한 듯하도다. 4,000년의 동양 예술을 대표하는 제천단! 동서인이 흠모하며 찬탄하는 제천단, 웅장하며 견고하여 만 년 동안이라도 무너지지 않을 제천단! 아, 실로 조선의 혼이 모두 뭉친 듯하도다.

아, 슬프다. 후손이 무능하여 이 보배로운 단을 제대로 지키지 못하였도다. 수천 년의 비바람에 다소 훼손이 되었던 바, 무지하고 몰상식한 일본군이 최후의 파괴를 행하였다 한다. 지금은 패문牌文도 문루도 없이 다만 석대 2층뿐이로다. 아, 마음이 아프도다. 이 귀하디귀한 단이 만약 영국이나 미국 혹은 일본에 있어 보라. 그들이 얼마나 힘있게 보존하였겠는가. 우리가 불행하니까 이 단조차 불행하도다. 단군 할아버지의 엄한 질책이 내리는 듯하도다. 우리 일행은 서로 아무 말 없이 침묵 속에서 우리의 무능을 자책하면서 장래를 위하여 의분을 내었다.

우리 일행은 근 두 시간이나 천제단에서 일비일탄에 젖어 서로를 위로하며 주위의 풍경을 완상했다. 오후 3시경에야 하산하여 덕포리 이응면 씨 댁에서 점심을 먹고 난 후 서울로 돌아오기 시작했다.

글을 쓴 가자봉인茄子峯人은 필명인 듯하다. '가자茄子'는 야채인 가지를 뜻하는 것이니 아마 가지처럼 생긴 산봉우리 아래 살았던 인물이 아니었을까 싶다. 그는 같은 필명으로 「개벽」과 「별건곤」에 대여섯 편의 원고를 썼을 뿐 다른 잡지에서는 글을 찾아볼 수가 없다. 이 글은 1921년 11월호 「개벽」에 "淸秋의 旅"라는 제목으로 두계斗溪 이병도의 '개성행'과 함께 실렸던 것인데 '강화행'만 발췌한 것이다.

'강화행'은 1921년 10월 12일에서 13일까지, 글쓴이가 보성소학교 수학 여행단에 끼어 1박 2일 동안 강화도를 다녀온 기록이다. 여느 기행문과 별반 다르지 않지만 이 글이 흥미로운 것은 당시 서울에서 강화도로 가는 방법 때문이다. 남대문에서 기차를 타고 인천으로 가서 다시 배를 타고 가는 여정이 상세하게 나와 있는 것이 관심을 끈다. 서울역에서 인천까지 기차로 한 시간 남짓, 그 곳에서 다시 배를 타고 가는 강화도의 초지리까지는 70리이니 약 28킬로미터나 되는 물길이라고 밝히고 있다. 배를 탄 시간이 정확하게 몇 시인지 나와 있지 않지만 주인공이 초지리에 도착한 것은 오후 3시경이다. 그러니 서울에서 강화도까지 가는 데 모두 여덟 시간 남짓하게 걸린 셈이다. 주인공 일행들은 목선을 타고 바다를 건넜으나, 증기선도 있었던 양, 그것을 타지 못함을 아쉬워하고 있다. 네 척의 배를 빌린 삯이 36원이라고 밝혀 놓은 것 또한 흥미롭다.

기차 안에서 수학 여행을 떠나는 소년들의 들뜬 분위기를 묘사한 것이 매우 탁월하다. 마치 당시를 보는 듯 흥겨운 모습이 느껴진다. 또 강화에 도착한 다음부터는 줄곧 걸어서 다닌 것 또한 지금의 수학 여행과는 사뭇 다른 것이다. 글 속에 드러나 있듯이 길을 가며 감도 얻어먹고, 밤도 주우며, 들국화도 꺾고, 물도 얻어 마시며 걸었으니 그것이야말로 수학 여행의 참모습을 보는 것 같아 흐뭇하다.

지금 같으면 남대문에서 자동차로 한 시간 반 남짓이면 강화도에 닿을 수 있다. 강화도로 건너는 다리는 모두 둘인데 하나는 강화대교 또 하나는 초지대교이다. 김포의 월곶면에서 강화읍 갑곶리로 건너는 것이 강화대교, 김포의 대곶에서 초지리로 건너는 것은 초지대교인데 그 다리를 건너면 글쓴이가 배를 타고 가서 닿은 초지리 도선장이다. 그 일행들이 둘러본 곳은 초지진과 전등사, 삼랑산성과 마니산의 천제단이 전부이다. 그도 그럴 것이 소학교 학생들이 내내 걸어다녔으니 더 많은 곳을 볼 수도 없었을 것이다.

글쓴이에게 전등사의 내력을 이야기 해 준 주지 국창환鞠昌煥은 전등사의 2대 주지이며 글쓴이가 13일 새벽 일대의 정경을 바라보며 감탄해 마지않던 대조루를 1916년에 중수하기도 했다. 글 곳곳에 민중들을 위하는 마음이 잘 드러나 있으며 도를 넘지 않는 일본에 대한 분노도 적절하게 표현되어 있는, 당시 지식인의 전형적인 글쓰기를 보는 것 같다.

맑은 가을날, 소요산에 가다 | 박춘파

개벽
1920년

이 글은 1920년 10월에 가을 소풍을 떠나는 동덕 여학교 학생들과 함께 다녀온 기록이다. 춘파가 동덕학교 선생을 지냈다는 이력은 없으니 아마도 지인들과 함께 나들이도 할 겸, 글을 쓰기 위해 다녀온 것이지 싶다. 그들이 소요산으로 떠난 길의 시작은 남대문역이다. 그 곳에서 기차를 타고 용산, 청량리를 거쳐 동두천까지 갔으니 경성과 원산을 잇는 경원선을 탄 것이다. 기차 안의 모습이며 차창 밖의 정경이 섬세하게 표현되어 있다. 나무며 돌, 어느 것 하나도 놓치지 않고 섬세하게 만나고 지나가는 그의 눈길이 예사롭지 않다.

가을! 가을!! 맑은 가을!! 달 밝고 바람 찬 가을! 기러기 울고 귀뚜라미 노래하는 가을! 구름이 희고 잎이 누런 가을, 모두가 결실 아니면 누렇게 익어 떨어지게 되는 가을! 아, 과연 사나이의 가을이다. 칼이 있으면 한번 어루만질 만하고, 말이 있으면 한번 달릴 만하다. 등불을 앞에 두고 글을 읽음도 가을 사나이의 일거리며, 거문고를 잡고 달을 희롱함도 가을 사나이의 할 만한 일이겠다. 그러나, 가을이거든, 아니 사나이라면 들로 가거라. 산으로 가거라. 바다로 가거라. 그리하여 마음껏 고함치며 힘껏 발 굴러라. 장부의 쾌사는 그 때에야 비로소 맛볼 것이다 함이 나의 주장이다. 가을의 들. 가을의 바다. 가을의 산. 어디로 갈 것인가? 모두가 사랑하는 단풍을 따라서 모두가 떠드는 소요산逍遙山을 갈 밖에 없겠다.

여행에 어찌 동무가 없을까 보냐. 적어도 손잡고 걸을 사람이 두세 명은 있어야 할 것이다. 산행에 어찌 특별한 장비가 없을까 보냐. 못하여도 짧은 지팡이 하나는 들어야 한다. 때마침 동무가 있으니 동덕학교 직원 일동이며 학생 모두이다. 하늘은 높고, 맑고 시원한 10월 13일, 미명을 기하여 간단한 행장으로 남대문 역에 이르니 준비성이 좋은 조 선생은 직원 이하 90명의 천진난만한 아이들을 인솔하여 차 안을 점령하였다. 늦게 다다른 예를 표하고 미안한 낯으로 고개도 못 들고 한쪽 의자에 외로이 앉았다. 인정 많은 선생님들은 "괜찮습니다," "같이 앉아 갑시다"라고 연이어 말하며 손목을 끌어 천진난만한 아이들이 있는 곳으로 인도해준다. 모든 학생들은 수줍은 나에게 더욱 수줍게 눈으로, 입으로 별의별 인사를 보내곤 한다. 차가 구른다. 속도를 가한다. 용산을 지나 서빙고를 지난다.

아, 반가워라. 떠오르는 붉은 해가 남산 꼭대기로 신수 좋게 삐죽이 올라오며 "여러분 밤사이 어떠하십니까?" 하고 인사를 여쭙는다. 밤새도록 잠 못 자고 여행 준비에 시달렸던 천진한 아이들은 태양의 빛으로써 새 세례를 받으며 미소 짓는 얼굴에 도화색을 띠었다. 옅은 안개가 침침하여 먼 산은 보일락 말락 한데, 수도국의 검은 연기는 기차의 연기와 세를 합하여 맑고 푸른 하늘을 정복하기에 매우 분주한 모양이다. 두무개 절의 새벽 종소리는 인간의 깊은 잠을 다시금 불러 깨우는데, 이집 저집으로서 물동이 낀 부녀 하며 낫 든 남자가 하나둘씩 보이기 시작한다. 아, 어느덧 한강 일대는 투명한 세계이다. 수정으로 만든 자리를 펴 놓은 듯하다.

아, 강의 아침 햇살! 아침 햇살이 드리운 강?! 달밤의 강. 강 위의 달과 그것을 어찌 좋은 것과 그렇지 않은 것으로 나눌까? 아마도 강의 아침 햇살은 새것이며, 강의 달밤은 옛것이다. 하나는 사나이 것이며 하나는 계집의 것이다. 이러한 맑은 가을의 아침, 한강의 대자연에 누가 상쾌하지 아니하랴. 아니 좋은들 어찌할 거냐. 볼기짝이 자연 들먹거리며 노래가 스스로 나온다.

아, 무정하다. 어느덧 그 세계와는 작별이 된다. 아, 외롭도다. 이것이 찰나의 아름다움이 아니냐? 아니다. 유정이요, 또 영원이다. 그 세계의 대代에 이 세계가 있고, 그 아름다움의 대代에 이 아름다움이 나타난다. 한강의 붉은 해보다 청량산淸凉山의 풀숲이 오히려 가상하고, 자연의 방종보다 인정을 서로 나눔이 더욱 반갑다. 서 선생이 정으로 주는 붉은 감을 받아들고, 조 선생이 진심으로 솟아 올라 해 주는 교육에 대한 이야기를 들을 때에 나의 몸이 얼마나 좋았을까. 박 선생은 이곳 저곳을 가리키며 학생들에게 소개하고, 전 선생은 북한산을 쳐다보며 빙긋이 웃는다.

의정부를 지나고 덕정을 지나 동두천에서 하차하니 때는 8시 50분이다. 붉은 해를 가슴에 안고 아침 이슬을 툭툭 차면서 역 앞을 지나 시내를 둘러보고 경원선 신작로를 걷기 시작하니 맑은 바람에 나비가 날듯이 스텝 춤이 절로 난다. 벼를 베는 농부에게 근로의 공을 감사하고, 목화 따는 촌부에게 따뜻한 덕을 노래하면서 조 선생과 더불어 전원의 아름다움을 서로 그리워할 때 나의 몸은 어느덧 전원화가 되고 말았다. 동두천변의 낚시꾼도 되어 보고, 소요산 중의 나무꾼도 되어 보았다. 촌가의 마당에 벼와 기장이 가득함을 보고 저 담박한 누런 풀이 추풍에 일어섰다가는 스러지는 것을 볼 때 자유의 낙원이 이 곳임을 다시금 느꼈다.

5리 남짓한 신작로를 지나 맑은 물이 가로 흐르는 곳에서 걸음을 꺾어 돌리니 이 곳이 곧 소요산의 입구이다. 바위를 차고 물을 건너며 한발 한발 들어가자 사위의 경색이 가히 진짜 그림과도 같은 경계다. 온 산이 모두 다 단풍인데 푸른 소나무와 동백이 간간이 박혀 만산 홍록이 병풍을 두른 듯하다. 기암은 넘어지며 떨어지는 듯하며, 괴석은 우뚝하여 하늘에 꽂은 듯하다.

흰 돌, 푸른 이끼에 다람쥐가 돌아다님도 진정 자유의 즐거움이며, 푸른 물 흘러내리는 계곡에서 노니는 작은 물고기 역시 가관이다. 지팡이를 내던지고 큰 바위 위에 앉으니 새들의 지저귐과 물 소리는 소요산의 떠들썩함이며, 붉은 단풍 주위로 점점이 푸른색들은 소요산의 가을 풍경이다. 조 선생은 취한 듯, 나머지는 놀란 듯 입으로 능히 말을 다하지 못하고 다만 손가락으로 그 곳을 가리킬 뿐이다. 한참 있다가 다시 걸음을 옮겨 어정거리며 들어가니 갈수록 더욱 기이하며 맑고 빼어남이 더욱더

자재암이다.

심생즉종종법생心生則種種法生 심멸즉종종법멸心滅則種種法滅이라 했으니

마음이 생기면 갖가지 법이 생기고, 마음이 사라지면 온갖 법 또한 사라진다는 말이다.

그 경지는 자유자재自由自在이다. 그것은 거침없음이고 가고오는 것이 없을 테니

곧 무애無碍일 것이다. 자재암에 갈 때 마다 그것이 그립고 그 그리운 마음은 원효폭포

아래 앉아 떨어지는 물소리에 씻는다.

한지라. 세인이 소요산을 칭하여 소금강이라 함은 과연 허언이 아니다. 아득히 석대가 우뚝하게 솟은 곳에 칠팔십 명 처녀, 먼저 간 동덕학교 학생이 둥글게 모여 앉아 이야기를 나누고 있는 모양을 보니 옥대에서 내려온 선녀가 분명하다.

걸음을 재촉하여 층층한 돌길을 지나서 오르니 이 곳이 곧 소요산의 명승인 원효대이다. 좌우가 모두 백 척이 넘는 단애이며 앞이 또 천 길이나 되는 심연인데 구름이 이 단애에 머무름은 마치 선녀가 하얀 천을 늘어뜨려 낭떠러지의 길이를 재는 듯하다. 은구슬을 뿜는 듯하고 옥가루를 흩어 놓은 듯한 여린 구름이 머물렀다 떠나는데 소나무는 고개 숙여 하례하며 단풍나무들은 우러러 노래한다. 표연한 대 뒤에 우두커니 서서 원효 대사가 다녀감을 그윽이 느끼는 우리의 일행은 선생의 깨달음을 다시금 말하게 된다.

원효대는 원효 대사가 깨달음을 얻은 곳이다. 대사는 일찍 과천의 삼막사三幕寺에서 의상 법사, 윤필 거사와 더불어 깨달음을 구하다가 후에 소요산의 이 곳으로 그 장소를 옮겼던 것이다. 대사는 그윽이 맹세하고 바라건대 백일 기도면 관음의 참모습만을 보게 되리라, 백일 기원에 관음의 참모습을 못 보게 되면 그 모든 것이 모두 허위라, 나는 구차하게 살지 아니하리라, 반드시 천애 절벽에 낙하하야 혼도 몸도 영원히 사라지게 하여 삶을 그치리라 하였다.

서원대로 대사는 하루하루 지극한 정성으로 기도를 드렸지만 백 일이 다 되도록 별로 영험이 없고, 관음 보살은 그림자조차 보이지 않는지라. 자탄 끝에 낙망이 되어 만사가 허위임을 통설하고 결연히 일어서서 의연하게 절벽 끝에 서니 몸은 이미 공중에 낙하하는 바로 그 때, 부지불식간에 신이 붙들고 부처님이 보호하여 관음의 참모습이 완연히 보이며 "원효 대사여, 어찌 그리 급한고…" 하는지라. 대사가 문득 정신을 차리니 몸은 대 위에 의연히 섰는데 마음만은 통쾌하여 만사 천리를 두루 볼 수 있겠는지라. 이에 관음에게 합장의 예를 갖추고 대에서 내려와 사원을 세워 제자를 모으니 먼 곳, 가까운 곳 할 것 없이 승려들이 구름 모이듯 대사 앞으로 모여들었다더라.

원효 대사의 수도담은 이쯤에서 그치고, 다시 대에서 내려와 계곡을 건너고 또 돌길을 지나니 주위의 석벽이 쇠로 만든 통처럼 오목한데 절 중에서도 묘한 절인 자재암自在菴이 목전에 보인다. 한걸음에 들어서서 절 안을 살펴보고 원효굴에 들어가 원효약수를 먹어 보고 다시 원효폭포의 모습에 눈길이 아찔하였다. 소년 소녀의 틈에 끼어서 단풍을 꺾고 돌을 주우며 그윽이 완상하다가, 어떤 화상의 소개로 산채로 만든 절집 밥으로 배를 불리고 석양을 마주하여 걸음을 옮기니 소요동천逍遙洞天이 모두 우리의 것 같다.

소요산은 원효의 산이며 자재암도 원효의 암이다. 굴도 원효굴, 폭포도 원효폭이다. 단풍과 소나무와 바위 그리고 돌이 모두 원효인 듯하다. 아, 거룩한 원효시여, 우리 일행은 원효화가 아니 되었을지?

이 글은 1920년 11월, 「개벽」에 "淸秋의 逍遙山"이라는 제목으로 실렸던 것이다. 필자는 이 책에 실린 다른 글 '우이동행'에서 차상찬과 함께 걸으며 주국 점령酒國占領을 하던 춘파春坡 박달성朴達成(1895-1934)이다. 그는 1920년에 창간된 「개벽」의 핵심 멤버였으며 1923년 9월 신문화운동을 표방하며 결성된 천도교청년당의 발기인 가운데 한 사람이었다. 또 같은 해, 같은 달에 창간한 「신여성」의 발행인이자 편집인으로서도 열정적으로 일했다. 그가 당시 활동한 것을 이루 다 쓸 수는 없지만 우리나라의 초기 잡지계에서 차상찬과 함께 기억해야 할 중요한 인물인 것은 틀림없다. 나머지는 '우이동행'을 참고하기 바란다.

글은 1920년 10월에 가을 소풍을 떠나는 동덕 여학교 학생들과 함께 다녀온 기록이다. 춘파가 동덕학교 선생을 지냈다는 이력은 없으니 아마도 지인들과 함께 나들이도 할 겸, 글을 쓰기 위해 다녀온 것이지 싶다. 그들이 소요산으로 떠난 길의 시작은 남대문역이다. 그 곳에서 기차를 타고 용산, 청량리를 거쳐 동두천까지 갔으니 경성과 원산을 잇는 경원선을 탄 것이다. 지금도 서울역에서 그 곳까지 가려면 한 시간은 족히 걸리는 거리이니 아마도 새벽 첫차를 타고 가지 않았을까 싶다.

그 정경이 고스란히 글 속에 살아 있다. 기차 안의 모습이며 차창 밖의 정경이 섬세하게 표현되어 있는 것이다. 그것은 소요산에 들어서서도 마찬가지이다. 나무며 돌, 어느 것 하나도 놓치지 않고 섬세하게 만나고 지나가는 그의 눈길이 예사롭지 않다. 또 절제된 과장과 감탄이 들뜨지도,

그렇다고 가라앉지도 않는 알맞은 부력을 발휘해 글을 읽는 사람들을 편안하게 데리고 다니는 것이 돋보인다.

내가 소요산에 처음 간 것은 1980년이었다. 가까운 곳에 있는 한탄강가의 전곡이라는 곳에서 군대 생활을 하던 나에게 소요산은 탈출구와도 같은 곳이었다. 주말이면 불교를 믿는 사병들은 이 곳 소요산의 자재암까지 다녀올 수 있는 자유가 주어졌기 때문이다. 교회에 다니던 사병들은 바로 부대 앞 교회가 고작이었지만 기차를 타고 두 정거장이나 가야하며 뭇 사람들을 만날 수 있는 것이 얼마나 큰 행복이었겠는가. 그러나 당시 내가 불교 신자였는지는 말할 수 없다. 미루어 짐작하기 바란다.

비 오는 날, 산골 마을에서의 세 시간 | 김사량

삼천리
1940년

이 글은 김사량이 화전민 실태 조사를 나간 어느 하루의 기록이다. 글 내용으로 봐서는 애초의 목적지인 홍천군 두촌면의 화전민촌은 가지 못한 듯하며 춘천에서 홍천으로 향하는 국도 어디에선가 길이 끊어져 곤혹을 치른 듯하다. 그 덕에 비 내리는 산골에서 머물게 된 김사량은 길지도 않고 짧지도 않은 그 세 시간 동안 있었던 일을 그냥 지나치지 않고 섬세한 눈으로 바라본 것이다. 글 속에는 자신이 산간 가옥에서 머무를 수밖에 없었던 경위며 그 난관을 헤쳐 보려는 노력, 산간 가옥에서 만난 산골 사람들의 순정성과 그들의 살림살이 그리고 그 혼란한 와중에 보여 주는 인간 군상들의 다양한 모습이 자못 흥미롭게 기록되어 있다.

강원도 산 속에 들어가기는 벌써 10여 회나 되는가 하는데 사나운 비바람에 고생을 하기는 이번까지 아마 두 번째일까 싶다. 먼젓번은 동해안 주문진으로부터 양양에 올라가는 도중에서이고 이번은 춘천서 묵는 날 밤부터이다. 내일 아침 홍천 방면으로 떠날 차 시간도 알아 놓고 거기서 열린 축구 대회 구경을 하고서 동행한 김승구 군과 같이 여관에 들어와 누우니 부슬부슬 비가 내린다. 그러다 밤새 소낙비가 일 분 간의 쉼도 없이 내리퍼붓기 시작하였다. 비바람을 걱정하면서 우리는 전 조선일보 지국장인 류화청 군 부부와 같이 흐뭇이 강원도 산골 이야기를 즐겼다.

무엇보다도 경춘선이 개통되던 날, 깊은 산골에 사는 사람들이 기차 구경으로 모두 뛰쳐나왔더라는 유머러스한 광경에 대한 이야기에는 크게 웃었다. 어린애들을 업고 지고 등에 매고서 춘천 시내에 다 쏟아져 나와 인산을 이루었는데, 밤에는 또 그들이 모두 대로 위에 짐을 풀고 가득 드러누워 바다를 이루었다 한다. 물론 교통도 두절되었더라는 과장이다. 이만큼 강원도 산골의 문물은 아직 뒤졌으며, 아직 기차를 못 보고 사는 사람들이 태반인 모양이다.

우리는 이 깊은 산골 사람들의 생활을 찾아 9월 1일 경성을 떠났다. 최후의 목적지는 홍천군 두촌면 소재의 가마산 기슭에 드문드문 모여 사는 화전민 부락이었다. 원시적 범죄의 면을 떠나 그들 화전민의 개척자적인 면을 세밀히 조사해 보고자 하는 의도에서였다.

그러나 그 날 밤 비는 개이지 않았을뿐더러 그 다음 날은 더욱 억수로 퍼붓기 시작하였다. 이런 형세로는 산골짜기의 밭이며 길이 많이 떠내려 갈 것이라고 걱정들이다. 그래서 우리가 떠나는 길도 무척 염려됨이 많았다. 김 군은 워낙 몸이 튼튼하여 마음이 뻐젓하나 나는 그만 그 날 아침부터 감기에 걸렸다. 그러나 예정한 시일도 넉넉하지 않기에, 유 군 부부의 염려와 만류에도 불구하고 부랴부랴 떠난 것이 그 날 아침 9시, 춘천에서 백릿길인 홍천으로 향하는 승합차에 올라탔다.

빽빽한 산골의 초가을 아침인데도 마치 겨울날에 비가 오는 듯한 추위여서 반바지에 청년화를 신은 가는 다리가 시리고, 차창에 쏴아 하고 부딪치는 비바람도 몹시 싫었다. 넘쳐흐르는 개울물 위의 다리를 건널 때에는 다리가 쓰러질까 두렵고, 산비탈 길을 으르렁대며 기어 올라갈 때에는 바위들이 떨어질까 무서웠다. 물 사태…, 그것은 생각만 하여도 소름이 끼친다. 공연히 떠났나 보다 하는 불길한 예감이 차 안을 지배하기 시작한 것도 무리가 아니었다. 그러나 차창 밖은 지척도 분간할 수 없을 정도였다.

승합차는 종내 두어 시간쯤 가서 그만 산간의 어느 초가집 앞에 급정차를 하고 말았는데, 이것도 어떻게 생각하면 다행한 일이었다. 홍천서 오던 다른 차가 그만 길이 끊어진 것을 모르고 질주하다가 웅덩이에 차체를 들이박아 기울어진 것이다. 손님들은 모두 허겁지겁 내려 창살같이 퍼붓는 빗속을 뚫고 끊어진 길을 돌아가느라고 산등성이를 걸어 이 산중의 초가집 처마 밑으로 몰려왔다. 그들은 옹기종기 서서 우리에게 손을 들어 가지 말라며 야단을 치고 있었다.

보아하니 그이들이 아마 우리가 타고 온 차로 춘천에 향하게 되고, 우리는 어쨌든 물 속에 빠진 차를 끌어올리고서야 볼 일인 성싶었다. 아니나 다를까, 우리를 보고 내리라기에 뛰어내려 처마 밑으로 기어드니 이번에는 그 양반들이 막 올라타기 시작한다. 그러나 좀처럼 이 차를 돌려 춘천을 향하여 떠나지는 못하게 생긴 것이, 운전사며 조수가 모두 홍천서 오던 차를 물 속에서 끌어내는 일을 도우려고 차를 비워 두고 나갔기 때문이다. 그래 우리는 이 산중에서 만난 집에서 한 서너 시간가량 머물 수밖에 없게 되었다. 이 날 이 산중의 외로운 집에는 난데없이 손님 떼가 들이닥친 것이다.

그것은 썩은 기둥으로 엉거주춤 얽어맨 집이나 그래도 앞채와 몸채가 다 갖춰져 있고 군농회郡農會 소라도 매 놓고 사는 품이 이런 산중에서는 중간 이상의 꽤 넉넉한 살림살이라 할까. 대문 안 소여물간 아궁이에서는 그 집의 열너덧 살 남짓한 사내애가 밀 짚단을 끌러 놓고 불을 때고 있다. 우리가 아궁이 밑에 다가가 불을 쬐니 승객들도 모두 몰려와서 둘러앉았다. 이 사내애 놈은 퍽이나 민첩하고 영리해 보이는데 재 넘어 간 이 학교도 나왔노라 한다. 아까부터 우리 차 안에서 헛구역질을 하며 몹시 고생되게 타고 오던 할머니가 방 안에 들어가 쓰러져 누웠기에 불을 땐다는 것이다. 산의 인심은 이렇게 따사로운 모양이다. 소년은 불빛에 눈을 반짝이며 학교에 같이 다니던 동무들이 혹은 읍에 가 있고 혹은 면소에 가 있다고 자랑 삼아 이야기한다. 우리는 이 소년에게서 벌써 탐탁한 하나의 농부의 기가 깃들어 있는 것을 볼 수 있었다.

몸채의 대청마루랍시고 생긴 컴컴한 마루에서는 이 집 아낙네가 매달리며 보채는 두 어린애에게 시달리면서 맷돌을 돌려 밀망을 갈고 있다. 우리는 이 아낙네와 오랫동안 산중 살림에 대한 이야기를 하였다. 금년 농사는 긴 장맛비로 모두 글렀는데 이렇게 또 소나기가 쏟아지며 사나운 동풍이 불어 대니 산등에 세운 강냉이마저 먹을 수 없을 모양이라면서 한숨을 짓는다. 바로 옆방에서 새끼를 꼬고 있는 중늙은이 주인은, 폐 환자인지 연신 컹컹 기침을 하면서, 보리도 장마에 반은 썩었으니 별로 보잘것없이 되었고 요즘은 주재소와 면소에서 밀과 만주 밤(滿州栗)을 줘서 먹고 지내노라 한다.

방 안 흙벽에는 빈대 터진 자리가 군데군데 보이는데 웃목에 화대火臺가 놓여 있고 가구라고는 석유 상자와 곡식 자루 같은 것이 있을 뿐이다. 가장 작은 어린애 놈은 옻이 올라 얼굴이 온통 부었는데 배에 큰 종기까지 생겨 몹시 고단스러운지 보챈다. 그리고 밀망을 갈고 있다고 하지만 모두 쭉정이뿐으로 그걸 갈아서 호박이나 좀 썰어 넣고 죽을 쑤어 먹는다 한다. "머, 이럭저럭 살아가지유" 하며 연신 여러 가지 말을 갖추는 품이, 그들의 인사는 이렇게 시작되는가 싶었다.

그러고 있는데 어느 새 곱실한 차장 여아며 자동차를 건지노라 빗속에서 벗고 야단을 치른 조수들이 덜덜 떨며 들어와 젖은 옷을 화롯불에 쪼이면서 자꾸 먹을 것을 내놓으라 성화이다. 좀 정도가 지나쳤다. 또 그 무례함이 적잖이 비위에 거슬린다. 그러나 아낙네는 조금도 그런 티가 없이 순진하여 측은해하는 마음으로 아무 것도 드릴 것이 없어 딱하다고만 한다. 그러면서 으레 미안해하는데 이런 심리도 순박한 산중 사람에게서나 찾아볼 수 있다고 하겠다. 차장 여아는 군것질이 하고 싶은지 열 살 남짓한 어린애보고 이 비에 뒷산에 가서 돌배를 따다 주면 좋겠다느니 하고 말이 많다.

뒤뜰에는 맨드라미꽃이 빗속에서 빨갛게 타오르고 있는데 그 곁에는 좀복숭아나무가 주렁주렁 열매를 달고 늘어져 있다. 여드름이 잔등이에까지 그득한 조수 놈이 어느 결엔가 부엌에 침입해 이게 먹을 게 아니냐고 무언가 싯누런 것을 들어 보이며 시퍼런 입으로 투덜거린다. 아낙네는 수줍게 웃으며 나가더니 그것을 몇 조각 가져다가 나눠 준다. 강냉이

이지누 사진 2005

김사량이 곤혹을 치렀을 그 길을 서너 번이나 왕복했지만 지금은 산골 느낌이
전혀 나지 않아 나 또한 곤혹스러웠다. 글 분위기에 맞는 곳을 찾고 찾던 어느 결에
경북 성주에서 그런 길을 만났다. 그러니 이 사진은 경북 성주에서 찍은 것이다.
글 내용과는 다르지만 글 속 분위기와 얼추 맞아 그냥 쓴다.

떡으로, 아마 손님들 앞에 내놓기를 거북스레 생각하였던 모양이다. 그러나 조수 두 놈과 차장 여아는 화롯불에 구워서 입이 터지도록 들이 넣는다. 이리하여 난데없는 과객들이 이 한적하고도 빈궁한 집을 뒤삶아 놓았다.

동행한 김 군은 모든 것을 차근차근 기록도 하며 좀 별나 보이는 농기구며 디딜방아 같은 것은 스케치도 하는 모양이다. 차장 여아는 이번에는 또 따다 놓은 좀복숭아에 바가지째 달라붙어 그걸 오물오물 깨문다. 나도 하나 씹어 보았으나 쓰기가 여간하지 않고 또 배탈까지 날까 두려워 그만두었다. 그러는데 조수 애며 다른 손님들은 하나씩 그리로 몰려들었다. 시계를 보니 1시를 퍽이나 넘었으니 따져 본다면 좀체 시장도 할 시간이다. 영감은 좀복숭아 바가지에 몰려든 사람 떼를 바라보며 "시장들 하신 게로군, 시장들 하신 게야" 하며 적이 속으로 만족해한다. 어느 새에 차장 여아가 또 토끼처럼 빠져나가서 바깥에 다녀왔는지 아직 차 끌어올릴 시간은 멀었다고 보고하면서, 차 안에 있는 사람들이 복숭아라도 쪄서 내오란다고 분부처럼 전한다. 그러니 아낙네가 또 일어서서 나가는 품이 복숭아를 정말 삶아 주려는 모양이다. 이런 산중에서는 복숭아도 일종의 식량이다. 그래서 너무 쓴 맛을 없애려고 삶아서 식용하는 터인데, 오늘은 자동차 두 대의 스무여 명 승객이 이 가난한 집의 복숭아까지 건어치우려고 톡톡히 들러붙는 셈이라며 김 군과 나는 쓸쓸히 웃었다. 그리고 우리는 다소 의분에 가까운 것을 느껴 복숭아 값이라도 받아 냈으면 하였다.

자동차 끌어올리는 일이 너무 오래 되도록 진척되지 않는 것 같아 하도 갑갑하길래 나는 어떤 손님의 양산을 빌려 쓰고 현장에 나가 보았다.

그 집에서 한 20, 30칸 떨어진 곳인데, 그만 길이 산에서 쓸려 내려오는 물에 두어 칸쯤 끊어졌는데 그것을 모르고 자동차가 오다가 앞머리를 들이박은 것이다. 부락민 열 명 남짓한 사람이 응원을 나오고 운전사며 조수까지 합하여 열대여섯 명이 빗속에서 흙투성이가 되어 큰 애를 쓰고 있다. 순사도 한 명 나와 서서 돈다. 좀처럼 차를 끌어올릴 수 없는 것이 서툴게 건드렸다가는 빠른 물살에 차체가 더 빠져 들어가게 생겨 먹었기 때문이다.

그런데 그 도로 아래쪽 얼마 멀지 않은 곳으로 평평 쏜살처럼 흐르는 개울 가에 산같이 쌓아올린 장작더미가 있었다. 그것이 물살에 허물어져 떠나갈까 싶어 나무꾼 일고여덟 명이 아우성을 쳐 가며 그것을 막노라 필사의 노력을 하고 있다. 또 서너 명은 그래도 부대끼는 물의 힘을 조금이라도 없애 볼 양으로 위에 놓인 장작더미 아래에 기둥처럼 서 있다. 자동차 끌어올리는 데 모진 힘을 쓰는 부락민들도 사실은 더 이 장작더미의 운명에 마음이 쓰이는 모양이었다. 소리가 날 적마다 연신 그 쪽에 시선을 건네며 속을 태우고 있다. 장작더미에 붙어 있던 나무꾼 중에서도 두세 명이 자동차 일을 도우러 온 모양이었다. 끌어올릴 가망이 없는 자동차보다 우리 눈에도 장작더미가 무너져 떠나가면 어쩌나 하는 동정과 두려움 섞인 걱정이 더 컸다.

그러나 부락민들은 겹석겹석 허리를 구부리며 치우라는 돌은 들어 옮기고, 차체 아래에 기어 들어가라면 시퍼렇게 겁을 집어먹고서도 두말 없이 엎드려 몸을 비틀어 넣는다. 그런데 기울어진 차체 속에는 고약스레도 한 녀석이 맥고 모자를 쓴 채 수그리고 있다. 얼굴은 보이지 않고 맥고만 들썩들썩 한다. 우리는 그를 괘씸하게 생각하였다. 필경 만취한 작자가 아니면 무슨 서기 나부렝이리라 하겠으나, 그러나 순사도 비를 맞으며 속을 태우고 있는데 그 앞에서 감히 저럴 수 있는 것이 수상하다고도 생각하였다. 하여간 이 맥고 모자를 태운 자동차를 끌어올릴 가망은 좀처럼 보이지 않는다.

그래 춥기도 하려니와 내가 나와 섰댔자 별 수 없는 일인지라 혼자 애가 달아서 본시 타고 온 차 안으로 들어와 한 자리를 얻어 앉았다. 그러나 부락민에 대하여 죄스럽고 또 염치 없다는 생각이 고요한 가운데 느낀 바가 있어 미안한 마음을 자아냈다. 그래도 차 안은 아무 데보다도 사람들 온기에 후끈후끈한 맛이 오삭오삭 추워오는 몸에는 좋았다. 그런데 바로 차 안에서는 깍쟁이도 아닐 텐데 어쩌다가 엄지손가락을 뱀에 물렸는지 손가락에 붕대를 감은, 양복 입은 작자가 아주 신이 나서 장사꾼 모양의 내지인内地人(일본인)을 보고 물린 자리에 촌의사가 약을 쓰던 이야기를 주절거린다.

"모모 콘나니 스루까라 쇼가 나이테수요 소레데 와타시 노유비가 입뽕 쿠사리마시타까라네" 하며, 촌뜨기 의사가 물린 손가락 밑을 붕대로 다짜고짜 졸라매고 주사를 주었기 때문에 혈관이 못쓰게 되었다는 것이다. 방약무인하게 떠드는 바람에 또 차 안이 시끄러워졌는데 내지인들은 고개를 끄덕거리며 동정의 뜻을 표하면서 "안싱데기마센네"를 연발한다. 그리고 어쩌고저쩌고 하다가, 말이 부락민들에 돌아가자, 그 자는 또 일어서다시피하며 뱀에 물린 손을 연신 들어 제스처를 쓰며 부락민 동정론을 늘어놓는다. 이번은, 국어가 더욱 우스꽝스럽게 들린다. 부락민들이 오다가다 할 수 없어 좀 타고 가려고 손을 들어도 대체는 만원이라고 거들떠보지도 않고 그냥 내달리는 요즘인데, 그러나 이런 일이 생기면 모두 부락민을 징집하여 죽도록 일만 시키고 막걸리 한 잔 사 주질 않는다는 것이다. 나도 그 말에는 그렇다면 경춘철도 당국이 너무 옹색하고 못쓰겠다고 정말로 속 깊이 나무랐다. 그리고 조수들의 태도며 부락민들의 고생을 생각하며 가히 벌 받을 일이라고까지 의분을 느꼈다.

이 때에 드디어 초라한 집으로부터 삶은 복숭아를 담은 바가지를 들고서 차장 여아가 서비스할 양으로 차 안에 들어왔다. 저마다 모두 손을 내밀며 떠든다. 그 중에서도 뱀에 물려 붕대를 듬직하게 감은 커다란 손이 한 움큼 복숭아를 집어 드는 것을 나는 보았다. 이것은 남의 식량을 약탈하는 것이나 다름이 없다. 뱀에 물린 자는 재채기를 할 성싶게까지 부지런히 복숭아를 깨물면서 입만 틈이 있으면 "콘나모노워 마이니치 쿠우테 수까라네" 한다.

승객들은 모두 신기한 체하면서 김이 물씬물씬 나는 쓴 복숭아를 쩝쩝하면서 처넣는다. 부락민을 공짜로 부린다고 하여 분개하던, 뱀에 물린 그 자가 나중에 복숭아 값을 물었는지 어쨌는지는 나는 알 수가 없다. 그 집의 아낙네도 주인도 어린애도 값을 받으러 나오는 것을 못 보았으니까. 그리고 얼마 안 되어 홍천서 오는 두 번째 차가 끊어진 길 저편에 와 닿았으니 홍천 방면 가는 사람 타고 가라는 호령이 내렸다. 우리는 모두 허겁지겁 비를 맞으며 차 바깥으로 나왔다. 나는 몸이 너무 오삭오삭 춥기에 그 집의 어린애로부터 삿갓을 빌려 쓰고 우장을 얻어 두르고 밭도랑 길로 해서 산비탈을 돌아 길 건너 쪽으로 향하였다. 그 때 맥고 모자 쓴 사람과 마주쳤다. 옆에는 순사가 붙어 있다. 그는 홍천 방면으로부터 춘천 검사국에 넘어가는 수인이었던 것이다. 나는 마침 잘되었다고 삿갓과 우장을 벗어 주며 저쪽 집에 갖다 주어 달라고 부탁하였다.

이리하여 그 날 산 속의 집에서 지낸 세 시간은 매우 분주하였다. 그리고 지금 나는 그 집 사람들의 순박하고 순수한 이웃 사랑의 정을 세속적이고 타산적으로 생각하며 모욕한 것을 뉘우치기로 한다. 그러나 그 대신 아마 경춘 철도는 부락민의 노고에 대하여 또 복숭아 값에 대하여도 책임을 져야 한다 싶다. 동승했다는 것으로 손님들은 탓할 수 없다손 치고, 저녁 때에 홍천에 닿아 보니 범람한 홍천강에 수북하게 장작이며 서까래와 뗏목들이 떠내려가고 있었는데 그게 바로 그 집 앞에 쌓여 있던 장작더미 무너진 것이나 아닐까 하고도 생각했다.

이 글은 「삼천리」 1940년 10월호에 "山家 三時間, 深山 紀行의 一節"이라는 제목으로 실렸던 것을 제목을 고쳐 단 것이다. 글쓴이는 김사량金史良으로 그는 1940년에 강원도 화전민 실태 조사에 참여했다. 이 글은 그 중 어느 하루의 기록이다. 글 내용으로 봐서는 애초의 목적지인 홍천군 두촌면의 화전민촌은 가지 못한 듯하며 춘천에서 홍천으로 향하는 국도 어디에선가 길이 끊어져 곤혹을 치른 듯하다. 그 덕에 비 내리는 산골에서 머물게 된 김사량은 길지도 않고 짧지도 않은 그 세 시간 동안 있었던 일을 그냥 지나치지 않고 섬세한 눈으로 바라본 것이다. 글 속에는 자신이 산간 가옥에서 머무를 수밖에 없었던 경위며 그 난관을 헤쳐 보려는 노력, 산간 가옥에서 만난 산골 사람들의 순정성과 그들의 살림살이 그리고 그 혼란한 와중에 보여 주는 인간 군상들의 다양한 모습이 자못 흥미롭게 기록되어 있다.

김사량은 춘천에서 홍천을 오가는 길이 100리라고 했지만 지금은 30킬로미터, 곧 75리 남짓하다. 물론 그가 그 길을 갈 때와는 판이하게 다른 모습일 것이다. 험한 곳을 피해 도로가 다른 곳으로 새로 만들어지기도 했을뿐더러 구부러진 길이 더러 펴지기도 한 탓에 길이가 줄어들었을 뿐, 서로 다른 길은 아니다. 춘천 시내를 빠져나와 산골 마을의 기운을 느끼며 가장 먼저 맞닥뜨리는 고개는 원통고개인데 홍천으로 가며 만나는 고개 중 가장 높을뿐더러 제법 길기도 하다. 그러나 이 고개가 그리 험하다고 볼 수 없는 것은 거의 직선에 가까운 오르막을 곧장 올라가서 다시 직선의 내리막을 곧장 내려간다는 것이다. 대개 고개를 가늠할 때 직선으로 올라가도록 만들어진 것과 이리저리 구불구불 올라가는 것으로 그 험한 정도를 가늠하는 것이 보편적이라면 원통고개는 그리 험한 축에 들지 못한다.

그것은 곧 산이 깊거나 크지 않다는 것을 의미하기도 한다. 산이 깊으면 곧은길은 없어지고 심하게 구부러지게 마련이니까 말이다. 하지만 1940년대에는 어땠을까. 막막하기는 하지만 지금보다는 많이 구부러져 있었을 것이며 게다가 비포장이었을 테니 지나기가 만만치 않은 고개였지 싶다. 그러나 김사량이 곤혹을 치른 곳이 이 고개라고는 생각되지 않는다. 그는 춘천을 출발해 두 시간가량 달렸다고 했는데 이 고개 언저리는 당시의 길 사정을 감안하더라도 춘천에서부터 그 정도의 시간이 걸리지는 않았을 것 같다. 그 다음 만나는 고개는 모래재인데 아마 거기쯤 어디에선가 차가 멈춰 선 것으로 보인다.

기행문에서의 필수적인 요소 중 하나는 여정에 따른 지명의 표기일 것이다. 그러나 김사량은 춘천과 홍천 그리고 자신이 가야 하는 홍천군 두촌면 가마산의 화전민촌만 언급했을 뿐 그가 지나쳤던 마을이나 또 차가 멈춰 선 곳의 지명을 기록해 놓지 않았다. 그것은 이 글에서 가장 큰 아쉬움이다. 더불어 그가 잠시 머문, 가난하지만 따뜻한 마음을 지닌 집 주인 부부의 이름이나 아니면 아궁이에 불을 때던 착한 소년의 이름이라도 나와 있었더라면 훨씬 더 내 곁에 가까이 있는 마을로 기억되었지 싶다.

김사량

김사량은 1945년 5월, 시인 노천명과 함께 '재지 반도 출신 학도병 위문단' 의 일원으로 중국에 갔던 적이 있다. 그는 당시 북경에서부터 일본의 봉쇄선을 뚫고 조선 의용군의 항일 근거지인 태항산 남장촌에 이르기까지의 여정을 기록한 「노마만리駑馬萬里」를 쓰기도 했으니, 이 글에서 이미 그의 기록에 대한 꼼꼼함을 엿볼 수 있다.

논개야, 논개야. 초여름의 촉석루를 찾다 | 김동환

삼천리
1929년

우리 나라 최초의 서사시로 알려진 "국경의 밤"을 쓴 파인 김동환. 그가 이 글을 쓸 당시만 하더라도 그의 역사관은 건강했으며 문학성은 빼어났다. 글 곳곳에 드러나는 문학적 상상과 비유 그리고 도를 넘지 않는 감탄과 과장은 글을 읽는 재미를 더해 준다. 또 논개가 살았던 당시의 역사적 사건과 같은 무거운 이야기와 강변에서 만난 고기잡이와 나눈 대화와 같은 가벼운 이야기를 적절하게 섞어 놓은 전체 구성 또한 돋보인다. 「삼천리」는 서른일곱 명의 문인들에게 설문 조사를 하여 신반도팔경을 정하고 기행문을 싣기 시작하였다. 이 글 또한 그 결과물 중의 하나이며 촉석루는 모두 여덟 표를 얻어 백두산에 뒤이어 그 여덟 번째로 꼽혔던 것이다.

삼랑진에서 푸른 물결이 출렁출렁 구비치는 낙동강을 끼고 서쪽으로, 서쪽으로 너덧 시간을 가다가 차에서 내리니 이 곳이 새로 선정된 반도 팔경에 있는 진주성이라. 인가만 빼 놓으면 전 시내가 고적 속에 파묻혔고 또 떠들썩한 기녀의 노래와 가야금만 덮으면 거리거리가 무덤 속같이 고요해지는, 고전적이며 비유동적인 도회이다. 그래도 이 속에 조선의 목숨을 한 백 년이나 늘려 놓았다 하는 정열적이고 XX적인 여성인 논개 누나의 영혼이 길이 잠들어 있거니 생각하면 영원히 생명이 약동하는 살아 있는 도성으로 보여 무한히 친근하고 사랑스러움이 느껴진다.

실로 진주는 논개를 중심으로 한 근세 300년 동안의 우리 역사의 큰 무덤이니, 오늘날 남강 긴 물길 가에 아연과 철과 돌로 다져 우뚝 솟은 모든 서양 건물이나 아물거리는 저잣거리의 많은 시민 그 어느 하나가 그 무덤 위에 핀 꽃송이들이 아니랴. 다만 같은 묘 위에 핀 꽃들이라 할지라도, 하나는 논개의 눈물 위에 핀 꽃이요, 다른 하나는 웃음 위에 핀 꽃이니, 시대의 변화에 완강히 저항하면서도 흔적이나마 가지고 있는 선화당宣化堂(조선 시대에 각 도의 관찰사가 집무를 보던 곳)의 저 쓰러져 가는 건물은 이를테면 전자에 속할 것이요, 철골로 위협하는 듯이 빼곡한 곡식 창고의 양옥은 후자에 부를 것이라.

아무튼 논개를 아는 것은 진주를 아는 것이요, 진주를 아는 것은 근세 조선사를 아는 것이니 이 땅을 생각하는 사람에게는 진주가 많은 박력을 가지고 찾아들 것이다. 이에 사람들은 같은 고도古都이면서 서울에서 살다가, 평양에 와서 꿈꾸다가, 진주에 이르러 비로소 크게 생각하게 된다 할까. 이토록 이 땅은 시와 사기史紀의 소재로 가득 찬 곳임을 한눈에 알 수 있겠다.

나는 이러한 여러 가지 생각을 하여 가면서 산모퉁이 정차장에서 내려 시내로 터벅터벅 걸어 들어와 여관에서 청포 두부와 감주로 땀을 식혔다. 그리고 다시 처음 밟는 땅의 흥미에 얼마큼 흥분되어서 진양지晉陽池 곁을 스쳐 촉석루로 향하였다. 산천이 걸어와 주지 않는 한에는 만날 기약이 아득하건마는 남방의 이 로맨틱한 누대를 서울에 앉아 얼마나 보려고 애썼던가? 맑고 푸른 대 수풀, 이집트의 나일강변 같이 사라진 낙동강 칠백 리의 평원, 웅대하고 수려한 산천, 남유럽 사람같이 쾌활하고도 정열적인 주민의 성격 등 이 모든 영남의 풍물은 나의 동경이 된 지 실로 오래인 것이다. 그 중에서도 촉석루로 마음이 달릴 때 잔다르크Jeanne d'Arc나 로댕의 조각 '칼레의 시민(Les Bourgeois de Calais)'에서 보는 것 같이 견딜 수 없는 감촉과 향기에 얼마나 이 몸이 안타까워졌던가. 더구나 경승이란 원래 사진은 그림만 못한 법이고, 실물은 그 사진만도 또한 못한 법인 줄 번연히 알면서도 남이 전하는 말과 사진을 통하여 이 곳을 그림 이상, 사진 이상의 곳으로 만들어 어떻게나 큰 기대와 꿈을 가지고 왔던가. 그렇게 그립던 산천을 이제 눈앞에 대하게 됨에 실로 어른 앞에 가는 듯, 법관 앞에 나서는 듯 가슴이 달아오르고 공연히 속이 두근거린다.

촉석루는 남강의 강가에 수십 장(장丈은 10척尺의 길이로, 대략 3.58미터이다)이나 되는 절벽 위에 단청을 칠한 마흔여덟 개의 학 다리 같은 반듯한 기둥을 뻗디디고 있다. 그것은 외따로이 올라선 웅장하고 수려하며 우아한 아름다운 건물이니 돌기둥이 아니랄 따름이지 경복궁 안 경회루와 비슷한 건축이다. 도리 기둥이 모두 두 아름씩이나 되고, 주춧돌도 너래 방석만하고, 지붕 위의 기와는 한산 모시의 고운 올 같이 고르고, 난간과 주량柱梁에 고전적인 채색으로 그림을 그린 것이 사진에서 본 부벽루나 통군정보다도 훨씬 나아 보임이 분명하다.

나는 두 다리를 널마루 바닥에 뻗고 털썩 주저앉아 산이 보내는 산바람과 강이 보내는 물결 소리를 번갈아 들어가면서 휘파람을 휘휘 불어 보았다. 가끔 하늘에 뜨기도 싫고 땅에 앉기도 싫은 나뭇잎이 바람에 둥기둥기 떠서 이마빡을 때린다.

흔히 산수가 얌전하게 어울린 경승지를 찾아갈지라도 산이 너무 높으면 키 큰 사람 밑에 간 것 같이 위압을 받고, 바다가 너무 너르면 문 없는 집 같이 해양의 공허와 적막을 느끼는 법이다. 그러나 이 촉석루를 끼고 도는 원산 근수遠山近水는 그다지 크지도 너르지도 않아서 제 집 아랫목에 와 앉은 듯한 느낌을 준다. 더구나 부러운 것은 남해안에만 뜨는 오월 초여름의 맑고 굳센 태양이 산과 들을 분명하게 비추면 꽃은 아주 진홍빛 꽃이 되고, 풀이면 아주 새파란 풀을 만들어 준다. 이렇게 색채와 광선이 강하고 분명한 속에서 사는 백성들이기에 영남 사람들은 민감하고 쾌활하며 그 성격에 음영이라고 없는 것이다. 이미 민감하고 음영이 없는지라 노래와 춤을 좋아하고 또 다혈질이라서 음창淫娼 속에서까지도 논개 같은 이가 뛰어나온 것이리라. 나는 우리 함경도 사람과 기질이 많이 상통한다는 영남 사람을 이렇게 풀어놓고 앉았는데, 불시에 무엇인가 쿵하고 마루바닥에 앉는 소리가 난다. 돌아보니 조락이(漁網) 속에 피라미, 은어, 잉어 등의 고기를 가득 넣어 맨 사공 하나가 기운이 없는지 주저앉아 땀을 씻는다. 고기들은 하늘 높은 밑에 허연 배때기를 드러내 놓고 연해 뛴다.

"이게 이 강에서 잡은 게요?"

"잡은 게 아니라 낚았다오."

"하루에 얼마나 낚아지나요."

"고기더러 물어 보구려."

이렇게 말하며 씩 웃는다. 이 곳 사람들은 말에 유머가 돌뿐더러 해학을 할 줄 아는 것이 마음을 끈다.

"대답할 줄 아는 고기면 인어게요."

"인어가 아니라 잉어라는데 그 양반 성가시게 구는군."

"그러거든 소원대로 잉어라 하여 두지. 그래 고기 맛은 좋은가요?"

그는 나를 물끄러미 쳐다보더니 말한다.

"넘자, 어디서 왔는 게요?"

"서울서요."

"그럼, 한강 고기보다는 맛있을 걸요."

"왜요?"

"고기란 같은 강이라도 모래 깔린 민물에서 나는 고기가 맛있고 진흙 깔린 강물서 나는 고기는 고약한 법입네다. 한강이야 남강같이 모래 깔렸을라고…."

나는 처음 배우는 지식이다. "그러거든 한 마리 주오" 하고 십 전짜리 한 푼을 꺼내어 손에 쥐어주니 그는 나를 쳐다도 보지 않고 "옛소다" 하며 배때기 빨간 은어 한 개를 탁 집어던지며 돈도 도로 내던지더니, 땀을 다 식혔는지 다시 조락이를 메고 나간다. 나는 천박한 그 태도에 얼굴이 붉어지면서도 그 쾌활한 동작에 반하여 구릿빛의 팔뚝과 성큼성큼 걸어가는 뒷모양을 한참 바라보았다. 마룻바닥에 떨어진 고기는 먼지를 뒤집어쓰고 팔딱팔딱 곡예를 한다.

유명한 의암義嵒은 촉석루의 발치에 있으니 마치 알렉상드르 뒤마

Alexandre Dumas의 소설 「암굴왕岩窟王」 속에 나오는 보도寶島의 출입구 같다. 이름 모를 칡넝쿨이 하늘을 가린 듯한 돌계단 수십 단을 요리조리 돌아 강물이 있는 곳을 향하여 내려가면 동굴을 벗어나기 바쁘게 탁 터진 수면과 눕고, 서고, 앉은 많은 바위가 있고, 그리로 깎은 듯한 절벽 이마를 스쳐 서너 걸음 나아가면 큰 너래 방석 위에 "論介者 晉州官妓也" 운운이라고 새긴 글씨가 마멸되어 가는 명비銘碑 한 개가 있다. 음력 6월 30일의 진주 함성 날에 이 바위 위에서 논개의 육신은 떨어져 죽었지만 그의 절개만은 문자로 이렇게 만 년을 살고 있는 것이다.

나는 삼백 년 전, 중세기의 비통한 호흡을 이 비석 앞에서 느끼며 강물을 바라보며 걸터앉았다. 물결조차 무엇에 쫓기는 듯이 불안하게 달려와서는 수석 속으로 얼른 자취를 감춘다. 그러나 물결이 사라지기 바쁘게 어디서 쿵쿵쿵 하고 말 달려오는 말발굽 소리가 나며 강변에는 총 맞은 부상병이 총자루를 거꾸로 메고 성벽 위에서 기어 내려와 이마에 흐르는 빨간 피를 물에 씻고 있는 모양이 보이는 듯하다.

그뿐인가. 전쟁터마다 있는 음산한 냄새와 장수의 처녀들이 흐느끼며 우는 소리가 어느 모퉁이에선가 들리는 듯하다. 실로 그 때에는 저기 보이는 서장대에 봉화가 켜지고 성벽 위에 물동이를 이고 있는 부녀들이 급한 숨을 쉬며 갈팡질팡하고 있었으리라. 성문을 지키던 군사들이 고전하는 모양이며 이러한 생각을 하매 저 강변의 모래알을 파면 아직도 그 때 쓰던 총알과 말 방자와 쇠창살들이 나올 것 같다.

그뿐일까. 손가락을 물 속에 넣어 헤적거리면 논개가 입고 죽었던 그 치맛자락 끝이 걸려 나올 것 같고 바위와 바위틈을 샅샅이 들추어 보면 그 때 논개가 끼었던 가락지와 비녀들이 나올 것 같기도 하다. 만일 이

이이종헌 사진, 2005

남강의 의암義巖이다. 논개가 열 손가락에 가락지를 낀 채 왜장을 끌어안고
남강으로 뛰어든 곳이다. 그 곁 의암 사적비 끝 구절에 다음과 같이 써있다.
"유독 가파른 그 바위에 그녀 홀로 우뚝 서 있도다. 그녀가 그 바위 아니었다면
어찌 죽을 곳을 얻었겠으며 바위인들 이 여인이 아니었다면 어찌 의롭단 소리를
듣겠는가? 이 남강가의 높다란 바위에는 만고의 꽃다운 마음이 서려 있도다."

물결 소리와 바람 소리만 아니 들리었던들, 삼백 년 전에 이 바위 위에서 딸랑 하고 떨어지던 논개의 그 비녀 소리를 들을 수 있지 않았을까. 모든 것이 안타까운 공상이었더라도 최후에 나에게 목숨이 두 개만 있다면 물 속에 뛰어들어 그가 이미 모래로 변한 육신의 한 조각이라도 뜯어 내오지 않으랴. 북방의 청년 하나는 생각을 천고에 날리며 강가를 한갓 배회할 뿐이니 논개는 이를 알아 줄손가.

들은즉, 저기 보이는 수중암 하나는 밤을 자고 일어나면 한 치, 두 치 육지와 점점 가까워 온다고 한다. 그뿐인가. 해마다 그가 죽던 유월, 칠월이 되면 사람이 하나둘씩은 반드시 빠져 죽는다고 한다. 청년 화가 강신교姜信鎬 군의 죽음도 함성 날을 이삼 일 앞두고 그리 하였다 한다. 아마 말 못 하는 논개는 수석을 움직이고 산 사람을 익사시키면서 무슨 말을 우리에게 부절히 하고 있는 모양이나 누가 그 뜻을 알아주랴.

아무튼 조선에도 씰렐(희곡 「빌헬름 텔」로 잘 알려진 독일 시인 쉴러 Friedrich Schiller를 말하는 듯하다. 잔다르크를 불멸의 영웅으로 그린 쉴러의 비극 작품 「오를레앙의 처녀」 때문에 필자가 그를 떠올렸을 것이다) 같은 큰 시인이 났다면 논개를 잔다르크 모양으로 영원히 사는 인격으로 문학상에 재현시켜 놓았을 것을…. 그렇다면 논개도 한갓 슬피 소리 내어 우는 봄날의 소쩍새에 영혼을 담아 마디마디 애를 끊는 호소만 하지는 않으련만.

아직 가 보지는 못하였지만 평양 청류벽에 못지않게 남강의 황혼 무렵 정취도 사람을 끈다고 꼬이는 바람에 나는 저녁을 먹고 다시 촉석루로 올라왔다. 어디서 보리 이삭이 익는 소리와 새가 알을 까는 소리까지 들릴 듯싶게 강변은 고요하다. 아마 이 경치를 보고 고인들은 천지간의 적

멸에 취하다가 무릎을 툭 치며 "진양성 밖 강물은 동으로 흐르는데, 늘어선 대나무와 향기로운 난은 푸르게 비치네"라고 멋진 글귀들을 읊었을 것이다.

실로 "배 건너 대밭에 모여든 까마귀의 울음소리, 적벽으로 돌아드는 범선" 운운의 진주 팔경이 어느 한 가지가 글귀 아니 될 것이 없다. 그뿐인가. 길고 긴 강, 옷자락 날리는 바람, 물을 차며 나는 갈매기, 참대 밭에서 들리는 머슴애 퉁소 소리, 거리의 다듬이 소리, 명멸하는 가로등, 구시가와 신시가에서 신구 문명이 교대하는 소리, 임진년 난에 죽은 장사의 귀곡, 이 모든 음향과 색채는 비장한 시가를 자아내기에 충분하다.

그 때 불시에 의랑사 뒤 숲 속에서 "호호호" 하는 염요艶妖한 소리와 함께 아래위를 새하얗게 차린 중년 여자 하나가 톡 튀어나오더니 내가 있는 곳으로 달려온다. 나는 가슴이 뜨끔하여 얼른 기둥 그림자에 몸을 감추고 동정을 살폈다. 그는 분주히 달려와서는 빈 터전인 줄만 알았는지 얼른 기둥 뒤에 몸을 숨기고 얼굴만 조금 내밀어 지금 나오던 곳을 물끄러미 돌아다본다. 달빛에 반쯤 보이는 그 얼굴은 둥글고 하얗다. 눈이 큰 것이 겁도 많겠거니와 남의 말도 잘 듣게 생겼다.

그러나 그의 차림차림이 여염집 부인 같지도 않고 그렇다고 기생 같지도 않고…. 나는 알 수 없는 호기심에 그를 보고는 생각하고, 생각하고는 엇어 보기를 자꾸 하였다. 담배 한 대 피워 물 사이쯤이나 기다렸을까. 그 때 아까 여자가 나오던 곳으로부터 열너덧 살도 아니 되었을 듯한 머리 깎은 소년 하나가 왼손에 든 버들잎을 후루루 훑으며 숲을 헤치고 나오더니 촉석루에 이르러 누구를 찾는 빛도 없이 강물을 향하여 휘파람을 두어 번 불다가 싱거운지 도로 선화당 있는 고갯길을 향하여 내려간다.

그제야 아까의 그 여자는 그 뒤를 따라가더니 몰래 소년의 어깨를 톡 친다. 얼굴을 마주친 둘은 웃었다. 그러고는 앞서거니 뒤서거니 다시 어둠 속에 몸을 감추어 버린다. 대체 저게 무엇일까. 애인끼리일까, 너무 나이가 틀리고, 모자지간일까, "너무 표정이 다르구만" 하고, 나도 다락을 내려오며 중얼거렸다. 그러면서도 나는 여기에서 중세기식 로맨틱한 러브신을 본 듯 마음이 훨씬 가벼워짐을 깨달았다.

나는 그 날 밤차로 영남의 경승지를 두고 서울로 떠나왔다. 떠나는 나는 백 년 살기를 기약하기 어렵겠으나 촉석루는 천 년을 살리라. 촉석루가 천 년을 산다면 논개는 만 년이나 억만 년을 더 살 터이다. 생각컨대, 진주가 어장과 농장으로 가득 차고 남강과 낙동강 가에 기선과 기중기와 준설선과 제철소와 화학 공장이 빼곡하게 들어차는 날이 있을지라도, 하다못해 전설의 꽃이 되어서라도 논개만은 영원히, 영원히 이 땅에 곱게 피어 있을 것이니. 아아, 만고에 비치는 의義의 힘의 큼이여!

이 글은 1929년 6월, 「삼천리」 창간호에 "論介야 論介야 부르며 初夏의 矗石樓 차저, 歷史와 歌絃의 都市"라는 긴 제목으로 실렸던 것이다. 글의 말미에 써 놓은 편집부의 글에 따르면 삼천리사에서 주관하여 새로 뽑은 반도 팔경을 연재하기로 하고 다른 인사에게 부탁하였으나 그가 펑크를 낸 모양이었다. 그리하여 마침 진주 촉석루를 여행 중이던 파인巴人 김동환(1901~?)에게 부탁하여 급히 받은 원고라고 한다.

김동환은 우리나라 최초의 서사시로 알려진 "국경의 밤"을 쓴 시인이지만 이 글을 쓸 당시는 「삼천리」의 발행인이기도 했다. 그는 한때 북선일일보사北鮮日日報社, 동아일보, 조선일보 기자를 지낸 뒤에 1929년 6월 12일 「삼천리」를 창간하여 발행인이 되었던 것이다. 1938년에는 자매지로 「삼천리문학」을 창간했으나, 1942년 기존의 「삼천

김동환

리」를 「대동아」로 이름을 바꿔 내면서 황국 신민화 운동에 적극 동참하며 친일의 길을 걷기 시작했다. 광복 후에는 반민특위에 의해 공민권 제한을 받았으며 한국전쟁 당시 납북되어 그 이후의 행적은 알 길이 없다.

그러나 이 글을 쓸 당시만 하더라도 그의 역사관은 건강했으며 문학성은 빼어났다. 글 곳곳에 드러나는 문학적 상상과 비유 그리고 도를 넘지 않는 감탄과 과장은 글을 읽는 재미를 더해 준다. 또 논개가 살았던 당시의 역사적 사건과 같은 무거운 이야기와 강변에서 만난 고기잡이와 나눈 대화와 같은 가벼운 이야기를 적절하게 섞어 놓은 전체 구성 또한 돋보인다. 외국의 시인이나 문학 작품, 그리고 프랑스 백년전쟁의 영웅인 잔 다르크나 로댕의 조각 작품인 '칼레의 시민' 같은 서양의 문화를 비유의 예로 든 것은 「개벽」을 중심으로 한 기행문과는 사뭇 다른 점을 보여 준다.

물론 그것은 필자 개개인의 경험에 따른 깜냥일 수도 있겠지만 두 잡지가 서로 표방하고 있는 지점이 달랐기 때문이라고 보는 것이 옳을 것이다. 「삼천리」가 「개벽」보다 10여 년 늦게 창간된 까닭도 있겠지만, 「삼천리」는 대중들을 포함한 사회 계몽의 신중하고 진지한 사명을 띠고 간행된 잡지인 「개벽」보다는 개벽사에서 함께 내던 「별건곤」이라는, 좀더 대중적인 잡지와 견주는 것이 옳을 것으로 보인다.

그런 차이는 두 잡지가 크게 벌였던 기획에서도 찾아볼 수 있다. 「개벽」은 우리나라 팔도에 대한 답사를 통해 그 지역의 문화와 역사 그리고 산업과 특산물에 대한 가장 기본적인 문화 조사를 하며 파악하려고 애를 썼다. 그를 통해 다수의 기행문들이 잡지에 실렸다. 그러나 「삼천리」는 서른일곱 명의 문인들에게 설문 조사를 하여 신반도팔경을 정하고, 그에 따라 나라 안의 경승지에 대한 기행문을 싣기 시작했다. 이 글 또한 그 결과물 중의 하나이며 촉석루는 모두 여덟 표를 얻어 백두산에 뒤이어 그 여덟 번째로 꼽혔던 것이다.

주왕산 탐승기 | 정현모

별건곤
1926년

길은 지금과 다르지 않으나 당시에도 이미 안동과 청송을 잇는 정기적인 교통편이 있었음은 새삼스러운 일이다. 자동차가 다니려면 신작로가 뚫렸어야 가능한 일인데 강점이 시작된 지 얼마 되지 않아 경북 북부의 산간 지역에 자동차가 다닐 만한 신작로가 개설되었다는 것은 흥미로운 일이 아닐 수 없다. 또 우편 행낭을 매달고 갔다고 하니 당시는 따로 우편을 위한 교통편이 마련되었던 것이 아니라 군 소재지를 연결하는 정기적인 교통편이 복합적인 용도로 사용되었음을 알 수 있다.

주왕산은 경북의 산골인 청송靑松에서도 40리나 더 들어가 숨어있는 아름다운 산이며 '소금강小金剛'이라고도 부르는 경북 대표의 유일한 명승이다. 그러나 이토록 아름다운 산이지만 몇 년 전 어떤 신문의 지면에 약간 소개되었던 일과 또 이 명승을 위하여 청송군 읍내에 주왕산 고적 보존회라는 것이 만들어졌을 뿐이다. 이 주왕산도 일찍이 주인을 못 만난 우리 강산의 하나가 되어 널리 세계적으로 그 아름다운 존재를 자랑하지 못하였음이 무엇보다 유감이었다. 나는 다행히 이 주왕산 가까운 지방에서 자랐으나 불행히 다녀올 기회가 없었다. 해외에서 공부할 때나 경성에서 방랑할 때나 항상 마음으로만 그 아름다운 자연을 동경하던 나는 당분간 고향의 전원 생활을 맛보게 되는 오늘에야 비로소 와 보게 되었다. 아름답고 사랑스러운 이 위대한 자연에 안긴 나는 이것이 나 혼자만 즐거워할 행복이 아닌 것을 깨달았다. 그리하여 비록 졸렬한 붓이나마 외람히 그 전경의 만분의 일이라도 그려서 널리 영원히 이 주왕산을 빛낼 많은 탐승객들이 찾아올 때 길잡이가 되었으면 한다.

9월 6일 맑음

여러 해를 두고 원하던 주왕산 구경의 길을 오늘에야 떠났다. 때마침 아름다운 단풍이 산과 골짜기의 우거진 숲에 붉은 물을 들이고 있는 서늘한 가을, 음력 9월 초엿새 오후 4시 경이었다. 구름 한 점도 없는 가을 하늘은 둥그렇게 높고 내려쬐는 햇살은 오히려 지나간 여름을 연상하리만큼 더운 느낌을 준다. 여행에 필요한 간단한 짐을 꾸려 자동차 오기를 기다리면서 고향 마을의 동구에서 배회하던 나는 뺑뺑 하는 소리로 달려오는 자동차에 반가이 뛰어올랐다. 자리에 앉자 차는 여전히 소리치면서 달아나기 시작한다. 어느덧 길안면의 천지평泉坻坪을 지나게 된다. 이 곳은 안동의 주요한 농산지 중 하나이다. 넓은 들 여기저기서 농부들의 벼 베는 소리와 벼 실어 나르는 광경. 모두 농촌 생활을 그려내는 예술이자 시이다.

그러나 나는 그들을 볼 때에 다시 이러한 느낌을 가지게 된다. 아! 고마운 농부들아? 귀중한 형제들이여! 그대들이야말로 삶을 위하여 분투하는 용사이며 일꾼들이다. 손발이 닳고 피땀이 흘러도 쉬지 않고 일하는 이들이다. 그러나 이 세상은 아직도 그대들의 은혜와 공로를 모르는 악한 세상이다. 모순의 세계이다. 고맙고 귀중한 그대들을 도리어 천대하는 세계요, 억압하는 세계요, 기만하는 세계요, 착취하는 세계이다. 과연 그렇다. 그러나 이 모든 기만이 충만한 세계로부터 아름다운 진리가 승리한 세계가 출현되는 것이 원칙이라 믿노니 가까우나 멀거나 장래는 오직 고맙고 귀중한 그대들의 세계일 것이다.

천지평을 지나서 동으로 산하리山下里 뒤 사일산 고개에 다다랐다. 이 산은 이 부근에서도 유명하게 험준한 산이다. 승객 여섯 명을 실은 자동차는 게다가 또 우편물까지 달고 이 높은 재를 기어오르는데 굉장히 거북한 모양이다. 목이 메고 기가 막히는 모양이다. 올라갈수록 연기를 토하며 소리를 지르며 헐떡거린다. 그러다가는 아무 소리도 연기도 내지 못하고 헐떡거리지도 못하고 도리어 뒷걸음질칠 뻔한 때를 몇 번이나 겪고서야 간신히 정상에 올라섰다. 이렇게도 험준한 산이다.

고갯마루에서부터 새로운 기운이 나는 듯이 자동차는 다시금 달아나기를 계속하였다. 한참 가다가 파천면 덕천리의 뒷산을 넘어 비치는 석양을 등지고 동으로, 동으로 그리하여 청송읍 정류장에 다다르니 노을은 먼 산의 단풍이 무르녹은 빛과 조화되어 불그레하게 엉키어 사라지고, 활같이 굽은 반달이 하늘에 솟아 맑고도 밝은 빛을 서늘한 대지의 늦은 가을밤을 비추고 있었다. 나는 짐을 챙겨 여관으로 들어갔다. 저녁을 마친 후 시가에 나와 밝은 달을 바라보면서 "아! 주왕산의 달밤은 한없이 좋다. 그 맑고도 아름다운 자연의 사랑채에서 목욕하고 세례를 받고 포옹을 당하고 보면, 아, 세상의 때에 찌들어서 병들고 약한 이 몸이 얼마나 청신한 위안을 받는 행운이냐"고 생각하였다. 그리고 다시 여관으로 들어갔다.

7일 맑음

예정과 같이 조반을 마치고는 주왕산으로 들어갔다. 마침 모 신문사 청송 지국장 S군을 만나 동행하게 되었다. 홀로 가야 하는 고독을 느끼던 나는 이 S군과의 의외의 동행이 무엇보다 행복인 것을 몇 번이나 말하고, 같이 자전차를 빌려 탔다. 싸우는 소리, 떠드는 소리 요란한 이 청송읍 시가를 떠나 시내도 건너고, 좁은 논둑길도 밟고, 산비탈 길도 지나며 굽이굽이 돌아 좌우의 풍경을 바라보면서 어느덧 40리 길을 다 왔다.

우거진 단풍이 무르녹은 빛이 밝은 태양 광선을 받아 누리불그레하게 전후 좌우로 비친다. 눈앞에 부딪치는 깎아 세운 듯한 우렁찬 바위, 큰 바위, 작은 바위, 기암괴석이 이리저리 서 있고 또 주왕굴로 흘러내리는 시내를 사이에 두고 우거진 숲 양편 언덕 위로 몇천 년이나 묵은 듯한 고찰이 하나씩 서 있다. 들어오는 동편은 대전사요 북편은 백련암이라 한다. 이것이 주왕산 입구이다.

백련암에 들어갔다. 주지를 찾은즉 한 부인이 나와 주지는 마침 출타

중이라 하면서 다른 중 한 사람을 불러 친절히 응접실로 인도한다. 나는 우선 여기에서 모자와 외투, 양복 상의와 양말을 모두 벗어 놓고 급한 듯이 수건과 비누를 가지고 백련암 앞의 맑고도 희게 흐르는 시냇가로 내려갔다. "아, 맑기도 한 시내물이다!" 하면서 세상의 찌든 때가 켜켜이 묻은 얼굴과 손발을 씻었다.

그리고 들어와 점심을 먹었다. 음식은 의외로 일본식이라. 조선식과 일본식을 절충한 것이기보다도 아예 일본식이라는 편이 훨씬 타당할 듯하다. 모두 일본을 배우는 세상이라 이것만이 그리 놀랄 것은 아니나 "이 깊고도 세상과의 인연이 먼 주왕산의 고찰에까지 이들이 찾아왔구나!" 싶어 얼굴을 한 번 찡그리고는 일본 간장으로 만든 반찬을 나무 젓가락으로 맛보았다.

배우느라고 꽤 애써 만든 일본식 음식이다. 하릴없이 주걱으로 밥을 담아 밥공기를 들었다. 밥상까지도 일본 것이다. 동행한 S군과 같이 구부리고 앉아 서너 그릇을 먹었다. 이 음식만으로는 우리 조선의 사찰 음식이 내는 맛은 조금도 없었다. 여하간 이번 여행의 목적이 주왕산 구경인데 그 안내자인 주지가 출타한 것이 무엇보다 유감이었다. 이렇게 생각하는 중에 마침 주지가 돌아왔다.

이지누 사진, 2005

새벽 일찍 산에 들었지만 들머리부터 짙은 안개가 앞을 막았다.
대전사는 672년 신라 문무왕 12년에 의상대사가 창건했다고 전한다. 보광전 뒤로
주왕산의 상징인 듯한 바위봉우리들이 있지만 안개에 가려 아무것도 보이지 않았다.
사진에 보이는 석탑은 몇 안 남은 옛 돌과 새로 깎은 돌을 짜 맞춘 것이며
그 왼쪽에 보광전이 있다.

절의 감나무에서 딴 홍시를 한 쟁반 가득하게 담아 들고 공손한 태도로 창 밖에 와서는 합장하고 절을 한다. 인사의 말이 계속하여 "제가 없어서 여러 가지 대접이 모자랐습니다" 한다. 나는 반가이 맞아 방으로 들어오기를 청하였다. 서로 인사가 끝나자 나는 급한 듯이 주왕산 구경의 안내를 청하였다. 그러나 주왕산에 대한 지식이 빈약하였으므로 먼저 주지에게 청하기를 구경의 순서로 명승에 대한 것과 고적에 대한 자료를 대강 이야기하여 달라고 하였다. 주지는 온순하며 공손한 태도와 겸손한 어조로 말한다. "많이 알지는 못하나 대강 아는 대로는 여쭈오리다"라고, 그리고 아래와 같이 말한다.

"주왕산의 명칭은 이렇게 된 것이랍니다" 하고는, 당나라의 덕종 황제 당시에 진나라의 신하였던 주의의 8대손 주도가 선조들의 고국인 진나라가 당나라에 멸망된 것을 분개하여 회복의 큰 뜻을 품고 만 명의 병사를 일으켰다. 자칭 '주 천자'라 하며 당을 치다가 당나라의 장군 곽자의에게 패하여 멀리 요동을 건너 천여 명의 병사를 데리고 이 산으로 도망온 후, 주도를 사로잡아 보내라는 당나라의 요구에 응하여 고구려 왕이 당시 명장인 마일성, 이성, 삼성, 사성 등을 보내어 이 산을 에워싸고 주왕인 주도를 잡아갔다고 한다. 그 후로 이 산을 주왕산이라고 부르게 되었다는 것이다. 그리고 "역사적으로 참고할 만한 모든 것은 현장에 이르러 말씀하오리다" 한다.

나는 감사하다는 말을 몇 번이나 거듭하고 일어서서 다시 벽에 붙어 있는 '주왕산지'를 한번 읽어 보았다. 역사적으로 고찰할 만한 자료도 모두 여기에 기재되어 있다. "옳다, 이만하면 족하다" 하고는, 주지가 주는 짚신을 신고 S군과 나는 뒤서고 주지는 앞서서 지금부터 탐승의 길을 안내했다. 문 밖을 나서서 노란 국화가 우거진 속으로 조그마한 다리를 건너 북쪽 장군암을 돌아다보면서 산비탈 길로 기암旗岩에 이르렀다.

이 기암은 일명 군량암이라 한다. 이 바위는 산 위에서 다시 거의 천척 가량의 높이를 가진 우람한 바위이다. 이 바위에 깃발을 꽂고 적군 방비의 진영을 정돈하였다는 의미에서 기암이 되고, 또 적군에 대한 시위운동으로 이 바위를 쌀섬으로 싸고서 그것이 군량으로 보이게 하였다는 의미로 부른 이름이 군량암이 되었다 한다. 그리고 바위의 전면에 무수한 상처를 보고는 주지에게 물었다. 주지는 말하되 적군이 와서 이것이 과연 군량인가를 시험해보기 위하여 활을 쏜 자국이라 한다.

묻노라 군량암아
너 이름 좋다마는
아름다운 네 허리에
상처가 무슨 일인가
차라리 무명암 되어
아름다운 너의 몸을
그대로 두었으면
내 아니 슬퍼하리라

즉흥에서 이렇게 시를 지어 한 번 읽었다. 그리고 여기에서 다시 비탈길로 내려서서 맑은 시내가 얽힌 숲 속의 좁은 길로 깊은 계곡을 향하여 차츰차츰 돌아 들어간다. 산더미 같은 우람한 바위가 서로 머리를 맞댄 듯이 있는데 그 밑의 좁은 골짜기로 들어간다. 그리고 여기서부터는 서늘한 바람이 틈으로 몰려 양편 바위에 부딪쳐 일어나는 반향이 윙 하고 들린다.

앞으로 자하성이 보인다. 이것은 왼쪽의 청학동, 오른쪽의 주왕동을 감추려고 큰 바위 더미와 더미 사이를 이어 만든 성이다. 한쪽으로 성이 무너진 곳이 있어 넘어 들어가 보았다. 이 곳은 좀 넓었다. 청학동과 주왕동이 양편으로 앉아 있고, 연화봉과 연화굴과 기타 무수한 봉우리와 바위들이 둘러쌌다.

조금 나서니 표암과 급수암이 서로 어깨를 대고 섰다. 표암은 이름처럼 과연 표주박 모양으로 커다란 구멍이 움푹하게 패여 있고, 급수암도 흡사 물을 긷는 모양으로 물을 방울방울 흘리고 있다. 나는 여기에 주저앉아 당시 주왕의 말로를 잠깐 추억하고는, 선조들의 옛일을 생각하여 "먼저 가신 선조들의 눈물을 어디에 쓸까, 산하는 예와 조금도 다르지 않은데"라며 시를 한 수 지었다. 나는 이 곳에서 이렇게 감탄하였다.

자하성 높이 쌓고
천병千兵을 감춰 두어
머무를 곳 닦았으니
청학, 주왕이라더라.
급수암에 물을 길어
표암으로 담아 들고
군량암에 밥을 지어
기갈을 면했던가,
아마도 패한 운명

만회하기 쉬울 것인가.

성패는 묻지 마라,

고금이 다름없다.

본디 품은 뜻을 찬미하여

나 또한 슬퍼하노라.

여기에서부터는 단풍이 탐승객의 지팡이를 더욱 멈추게 한다. 이 언덕 저 비탈, 모퉁이 모퉁이 모두 붉은 곳이다. 원래 소금강의 이름을 가진 주왕산이라 더욱이 노란 국화와 붉은 단풍이 아름다운 계절을 만나 오고 가는 탐승객을 가끔 만나게 된다. 다시 외용추를 향해 떠났다. 비탈길을 조금 지나오자 골짜기 바닥에 형형색색의 반석이 깔려 있다. 또 와룡암이라는 굵고도 긴 바위와 그 옆의 취수암이라는 아름다운 바위를 밟으며 지나간다. 왼쪽 굴 속에 홀로 숨어 앉은 미륵도 보면서 좌우로 마주 서 있는 향등봉과 학소대 밑으로 올랐다. 다시 학소대의 석벽 비탈길을 지나 또 석벽 끝을 손바닥으로 어루만지며 배를 밀면서 집채 만한 바위의 틈새로 기어올라 외용추에 이르렀다.

쌀쌀한 늦은 가을날이었으나 여기에서는 땀이 비 오듯 하고 몸이 옴찔 옴찔하였다. 모자와 외투를 벗고 땀을 씻은 후 반석 위에서 허리를 구부리고 외용추 속을 들여다보았다. 그 위 내용추로부터 쏟아져 내리는 물들이 구불구불 바위틈으로 흘러와 이 외용추에 떨어질 때에 쏴쏴, 쾅쾅 하는 소리를 질렀다. 그 용추의 높이는 가물가물하여 거의 천 척이나 될 것 같아 보인다. 아, 빼어난 곳이다. 이것이 일찍 널리 세상에 소개되었던들 얼마나 많은 사람들이 이 아름다운 구경에 배가 불렀을까 싶었다.

여기서 다시 지금까지보다 더 위험한 길을 밟아 이보다 더 아름다운 내용추로 들어간다. 모자도 벗고 외투도 벗은 그대로 몸을 훨씬 더 가벼이 해 가지고는 석벽을 내려왔다. 겨우 발을 놓을 만큼 드문드문 정으로 쪼아 놓은 자리를 밟고 간신히 석굴 속으로 기어 들어가 또다시 석벽 비탈길로 나와 비로소 내용추의 입구에 올랐다.

안내자인 주지가 별안간 위험한 듯한 표정을 지으며 말하기를, "이 골짜기로 들어가면 내용추이외다. 언제든지 이 안으로 들어가려면 이 골짜기의 물을 헤엄쳐 들어갑니다. 그런데 금년은 전에 없이 많이 내린 비로 말미암아 계곡의 모래가 패어서 들어가는 입구의 물이 약 다섯 칸(間) 이상의 거리나 되고 깊이를 가늠할 수 없게 되었으므로 어지간한 수영 선수로도 어렵습니다" 한다. 나는 수영도 못 하나 이 내용추의 아름다움을 보고 싶은 욕심에 그만 무의식 중에 위험을 망각하게 되었다. 모험적으로, 결사적으로라도 들어가 보고 싶었다. 그리하여 나는 주지를 보고 이렇게 말하였다. "기어이 모험을 할 테니 만일 위험이 있거든 구해 달라." 주지는 한층 더 창백한 얼굴로 말하되 "내용추의 경치는 보시는 듯이 제가 자세히 말씀해 드리오리다, 과연 위험합니다" 한다. 이 말을 들으매 나는 선뜻 마음이 약해지면서 다시 위험하다는 생각이 든다. 나는 미친 듯이 몇 걸음이나 나아가 기웃기웃 이리저리로 그 골짜기의 안을 엿볼 수 있는 데까지 엿보았다. 그러나 한 구비 더 돌아가야만 보이는 폭포와 내용추가 그런다고 보일 까닭이 없었다.

"아, 나는 내용추의 아름다운 자연을 맛볼 수 없는 불행아인가? 그렇지 않으면 이 다음에 한 번 더 만나 볼 기회를 만드는 것인가? 오! 그렇다면 다시 오리라." 사면이 석벽으로 둘러싸이고 그 밑으로 흐르는 시냇가 반석 위에 주저앉았다. 이제는 하릴없이 주지의 설명이나 듣는 수밖에는 다른 방법이 없었다.

내용추는 위로는 쏟아지는 폭포를 등지고 앞으로는 반월형의 백사장을 거느리고 있다 하며, 주왕이 잡히기 전날 이 용추에서 용이 세 번 울었다고 한다. 지척에 두고 보지는 못하나 과연 아름다운 자연인가 보다 하였다. 여기는 그 무슨 신비를 감춘 듯한 느낌이 있다. 은은히 들리는 쾅쾅 하는 폭포 소리와 내용추에서 흘러내리는 잔잔한 물소리와 쏴 하고 불어 오는 서늘한 바람 소리 모두 합하여 사면 석벽에 부딪쳐서 "쏴-" 하는 반향의 울림이 한 조각 하늘만 보이는 이 좁은 공간을 울리고 있다.

바람은 더욱 차다. 쌀쌀하다. 오던 길을 돌아 간신히 석벽 비탈을 지나 석굴 속으로 나와 다시 외용추로 돌아왔다. 아까 벗어 놓았던 모자를 쓰고 외투를 입고 이 곳을 떠나 학소대 밑을 돌아 우거진 단풍 숲을 헤치면서 주왕암으로 향한다. 바위틈 길 언덕에 포기 포기 서 있는 회양목의 사철 푸른빛도 이 단풍의 세계에서는 보기 좋은 이채로움이다. 한참을 돌고 또 돌아서 사면이 산과 석벽으로 된, 쑥 들어간 곳에 주왕암이 있다.

암자를 보고는 후면 석벽 사이의 골짜기로 기어올라 유리같이 미끄러운 바위 비탈에 수족을 붙이고 기기도하고 몸을 밀기도 하여 간신히 주왕암에 들어왔다. 이 굴 속은 약 삼사십 명이나 들어설 만한 바위굴이다. 여기에 주왕이 피신해 있었는데, 어느 날 아침 굴 앞 석함石函에 내려와 세수를 하던 중에 고구려 장수 마사성이 쇠갈고리를 걸고 굴 위로 내려와 잡아갔다 한다. 이 굴의 한쪽 이마에서 실같이 드리우고 있는, 가는 물줄기는 은빛 같기도 하고 눈물 같아도 보인다. 그리고 그 아래에 깔린 바윗돌은 늘 추근추근하게 젖어 있다.

이지누 사진, 2005

주왕굴에 올랐다가 폭포로 향할 때까지 안개에 젖어 있었으나
폭포에 다다르자 안개는 말끔하게 걷히고 순한 동살이 비쳐 들었다. 나야 편히
다녀왔지만 아무런 인공 구조물이 없었을 당시에 이 글의 필자가
이 길을 올랐다고 생각하면 그 용기에 다시 한 번 고마움을 느끼지 않을 수 없다.

선조의 뜻을 받아

굳세게 싸우던 몸,

이렇게 된단 말인가.

만중萬衆의 대군을 들어

패배를 당한 것도

그 역시 운이로다.

잡아감도 심하거늘

잡아줌은 무삼일고.

그 아니 원한이랴

천추에 맺힌 원한

굴 위로 내리는 물이

눈물인가 하노라.

　이렇게 즉흥시를 읽으면서 주왕굴을 떠나 다시 주왕암으로 내려왔다. 이 암자 앞에는 비해봉과 옥순봉이 둘러싸고 있다. 여기서 보니 주왕산 전체가 흡사 돌로 만든 병풍에 싸인 듯하다. 아마 이 산이 예전에 석병산 石屛山이라는 이름을 가졌던 까닭이 여기에 있었던가 한다. 이제는 구경이 끝났다. 반나절이 넘도록 부리나케 돌아다니면서 안내하던 주지는 무슨 큰일이나 치른 듯이 휴우 하며 한숨을 쉬고 "원래 이 주왕산은 과연 아름다운 명승이오나 그 넓이가 좁으므로 구경하기에 썩 간편합니다. 짧은 시간으로 다들 구경할 수 있는 아름다운 곳이외다" 하고는 산을 내려가 백련암 숙소로 들어가기를 청한다. 나는 그 말을 듣고는 섭섭한 듯이 주지의 뒤를 따랐다.

그리하여 아까 올라오던 주왕산 입구에 내려섰다. 처음 들어올 때 건너다보기만 하고 그냥 지나쳐 온 대전사에 들어갔다. 이 절은 주왕의 친자인 주대전을 기념하여 세운 절이다. 주왕이 잡힌 후 대전은 그의 친부인 주왕의 주검을 찾아 이 산에 안장하고 자기는 머리를 깎고 중이 되어 이곳에서 선학을 공부하고 최후를 마쳤다고 한다. 백련암은 곧 그이가 공부하던 집이라 한다.

구경은 여기서 끝나고 주지를 따라 시내를 건너 백련암 숙소에 돌아왔다. 석양은 어느덧 넘어가고 좌우 산천에 가득한 단풍은 붉은 노을과 빛을 합하여 한층 더 무르익게 제 몸을 치장하고 있다. 나는 또다시 창을 열고 뜰에 나섰다. 지금까지 보아 온 주왕산의 모든 전경을 멀리 바라보았다. "아!! 모든 아름다운 바위야? 석벽아? 반석아?! 맑은 시내야? 어여쁜 단풍아? 아! 모든 자연아? 너희들 위대한 대자연의 크고도 넓고 한없는 사랑의 품 속에서 종일토록 껴안긴 나는 머리를 숙여 공손히 감사한다."

그리고 방으로 들어와 저녁상을 마주했다. 음식은 여전히 일본식이다. "싱거우나 많이 잡수시오" 하는 주지의 말은 참으로 친절하며 성의 있는 어조로 들린다. 저녁을 마친 후 자연에 취하여 종일토록 굵은 담배를 한 개 피워 물고는 백련암 입구의 이층 누상에 올랐다. 활같이 굽은 반달은 맑은 하늘에 솟았고 서늘한 바람에 사면으로 울어 오는 귀뚜라미 소리가 요란하게도 들린다. 게다가 누 아래로 흘러내리는 맑은 시냇물 소리는 더욱 아름답게 들린다. 그리고 밤은 자꾸 깊어 간다. 많은 사람들이 모두 잠자고, 오직 북쪽으로 거꾸러지는 그림자는 군량암과 장군암의 우렁찬 바위 그것뿐이었다.

이 때에 나에게서는 바깥세상에서 꿈꾸던 모든 것들이 사라지기 시작했다. 하나도 남지 않고 모조리 사라져 버렸다. 오직 털끝만치의 차별도 없이 공평하게 비춰 주는 평화로운 달을 바라보며 흐르고 싶은 대로 흐르는 시냇물 소리와 울고 싶은 대로 우는 귀뚜라미 소리를 듣고 있는 이외에는 아무 것도 없었다. 그리하여 평화스럽고 자유스러운 이 대자연의 품 속에서 어찌하면 이 순간과 같은 삶을 영속할까 하는 생각뿐이었다. 그리고 세간에서 서로 싸우고, 속이고, 달래고, 빼앗고 하는 그 모든 거짓 장난은 조금도 염두에 비치지 않았다.

어느덧 밤은 훨씬 깊었다. 이러한 공상을 한참 하는 동안에 달은 넘어가고 대지는 검은 장막을 내려 친 듯이 칠흑같이 깜깜하게 바뀌었다. 누에서 내려와 숙소로 돌아오니 때는 벌써 밤 11시 30분이었다.

8일 맑음

곤한 잠을 깼다. 대지는 환하게 밝았다. 오늘도 역시 예정과 같이 청송읍에서 정기적으로 떠나는 자동차 시간에 대기 위하여 대충 세면을 한 후 짐을 들고 시계를 꺼내 보면서 주지에게 몇 번이나 감사를 거듭하고 자동차에 올랐다. 그 동안 정든 주왕산의 자연도 보내기를 슬퍼하는 정인지 말없이 둘러서 있다. 나는 작별하는 뜻으로 주왕산을 돌아보고 또 돌아보면서 "봄에 또 보자! 여름에 또 보자!" 하였다. 자동차를 몰아 청송읍에 왔다. 여기서 S군과 작별하고는 떠나기를 재촉하는 자동차에 몸을 던져 안동의 마을로 돌아왔다.

이 글은 1926년 11월호 「별건곤」에 같은 제목으로 실렸던 것이다. 글을 쓴 이는 정현모鄭顯模(1895-1964)로 호를 백하白下라 썼다. 보성전문과 일본 와세다대학 정치학부를 졸업했으며 신간회에 참여하여 애국 계몽운동을 전개했다. 1928년, 신간회 안동 지부장을 역임했으며, 그 후 조선일보 주필로 활동하기도 했다. 해방 후에는 대동청년단 간부 및 제헌의원을 지냈으며 경북도지사, 국민회의 중앙총본부 총무국장, 자유당 중앙당무국장, 충북도지사를 지낸 인물이다.

그가 주왕산 탐승길에 나선 것은 음력으로 1926년 9월 6일, 양력으로 1926년 10월 12일부터 14일까지이다. 글이 11월호에 실린 것을 보면 다녀오자마자 원고를 쓴 것으로 보인다. 안동에서 출발하여 진보를 거쳐 청송에 이르는 길은 지금과 다르지 않으나 당시에도 이미 안동과 청송을 잇는 정기적인 교통편이 있었음은 새삼스러운 일이다. 자동차가 다니려면 신작로가 뚫렸어야 가능한 일인데 강점이 시작된 지 얼마 되지 않아 경북 북부의 산간 지역에 자동차가 다닐 만한 신작로가 개설되었다는 것은 흥미로운 일이 아닐 수 없다. 또 우편 행낭을 매달고 갔다고 하니 당시는 따로 우편을 위한 교통편이 마련되었던 것이 아니라 군 소재지를 연결하는 정기적인 교통편이 복합적인 용도로 사용되었음을 알 수 있다.

더욱 눈길을 끄는 것은 청송읍에 도착한 그가 자전거를 빌려 타고 주왕산으로 향하는 장면이다. 청송읍에서 주왕산 들머리까지 40리, 곧 16킬로미터 남짓한 거리를 상쾌한 아침 공기를 가르며 달려갔을 그의 모습은 생각만으로도 근사해 보인다. 양복에 외투까지 걸치고 모자도 쓰지 않았겠는가. 체인에 걸리는 바지 아랫단은 분명 양말 속으로 집어넣었을 것만 같다. 그 장면은 생각만 해도 정겹기 짝이 없어 흐뭇한 미소가 절로 생긴다.

주왕산에 대한 설명 또한 자세히 되어 있어 더 보탬이 없어도 될 일이지만, 백련암에 대한 것은 요즈음 알려진 것과는 다르다. 그는 백련암이 주도의 아들인 대전이 머문 곳이라 했지만, 알려진 것으로는 주도의 딸인 백련의 이름을 딴 것이라 한다. 그가 하룻밤을 머문 백련암의 음식조차 일본식이었다는 그의 말은 일제 강점기의 씁쓸한 한 장면을 보는 것 같아 많은 생각을 하게 한다.

백련암 주지의 도움으로 나선 주왕산 탐승 길은 본격적인 산행이라기보다 제목 그대로 탐승에 가까운 것이지만, 사뭇 가슴 조이는 장면들이 나타난다. 지금은 그 자리에 모두 다리들을 거쳐 놓아 아무 불편 없이 오르내리지만 80년 전인 당시만 하더라도 맨땅에 맨바위를 짚신으로 오르내렸을 테니 오죽 아찔했겠는가. 그럼에도 위험을 무릅쓰고 하루 동안의 장정을 마친 그가 글까지 남겼으니 고마운 마음 크다.

해인사 풍광 | 나혜석

삼천리
1938년

이 글은 나혜석이 쓴 마지막 글로 알려져 있다. 그녀가 해인사로 가게 된 것은 지인이었던 일엽 스님 때문이었다. 짧지 않은 시간을 머문 탓에 해인사를 포함한 일대의 암자 그리고 가야산에 대한 이야기까지 골고루 있어 고마운 글이다. 또 당시 스님들의 생활의 일면까지도 알 수 있게 배려한 글쓰기는 해인사에 대해 궁금한 사람들에게는 마치 종합 선물 세트와도 같다.

나는 어느 친구의 권유로 봄에 해인사로 와서 한여름을 나게 되였다. 경부선을 타고 대구에서 내려 역전에 있는 차부에서 해인사행 자동차를 타면 고령, 야로 등지를 거쳐 약 세 시간 만에 홍류동 동구에서 내리게 된다.

홍류동 입구 오른쪽 석벽에는 유명한 고운孤雲 최치원 선생의 시 "제가야산독서당題伽倻山讀書堂"이 다음과 같이 새겨져 있다.

첩첩한 돌 사이에 미친 듯이 내뿜어 겹겹 봉우리에 울리니
사람 말소리 지척에서 분간하기 어렵네.
항상 시비하는 소리 귀에 들림을 두려워하기에
짐짓 흐르는 물을 시켜 온 산을 둘러싸네.

계곡 왼쪽 곁에는 고운 선생의 농산정聾山亭이 있고 그 앞에는 "고운 선생 둔세지遯世地"라고 글을 새긴 석비가 있으며 왼쪽 높이 고운 선생의 사당이 있다. 홍류동은 실로 세상 밖의 선경이다. 바위와 돌, 돌과 바위의 사이사이로 유유히 흘러내려 농산정 앞의 높은 석대 위에 떨어지는 웅장한 물 소리와 무성한 나무는 가슴을 서늘하게 하고 머리를 가볍게 한다.

가지고 온 짐을 짐꾼에게 지게 하고 그 뒤를 따랐다. 지팡이를 동무 삼아 5리나 되는 계곡을 끼고 어슬렁어슬렁 걸어가니 연일 지루하게 내리던 비가 갠다. 봄 하늘은 맑다. 뿐이랴, 가지마다 푸릇푸릇 싹이 돋고 풀 냄새가 향긋이 뿜어 온다. 산모롱이를 돌면 물이 굽이치고, 물이 굽이치면 곧 산모롱이다. 물굽이마다 수려하지 않은 곳이 없고 산모롱이마다

빼어나지 않은 곳이 없다. 산이 끝났는가 하면 다시 산이오, 물이 말랐는가 하면 다시 물이다. 물이 많을수록 싫지 않으며 산모롱이가 거듭할수록 가고 싶다.

어느덧 옥류정玉流亭에 이르렀다. 이 정자는 환경幻鏡 법사가 건립한 것이란다. 정자 안과 밖에는 내외국 명사들의 현판이 다수 걸렸다. 거기 올라 잠깐 쉰 다음, 다시 나와 사자문을 거쳐 울창한 숲 사이로 들어서 꼬부랑꼬부랑한 길을 따라 숨을 몰아쉬며 언덕에 올라서니 산 중에 제일 보기 싫은 함석지붕 하나가 나타난다. 이것이 해인사 지정 여관인 홍도 여관이다. 방 하나를 청구하여 행장을 풀고 나서 여관 1, 2 층을 돌아다니며 구경하니 도회지에서도 볼 수 없을 만치 설비가 되어 있으며 만원이 될 때는 이삼백 명을 수용할 수 있다 한다. 반찬이며 대접이 놀라웠다.

피곤한 밤을 지내고 아침 산책으로 해인사를 찾아갔다. 홍랑문을 들어서니 크고 빼어난 오래 된 절집이 숲 속에 그 모습을 감추고 있었다. 이것이 해인사이다. 조선 불교계에 4대 사찰이 있으니 노취산 일찰佚刹 통도사, 조계산 승찰僧刹 송광사, 금정산 선찰禪刹 범어사, 가야산 법찰法刹 해인사가 그것이다. 그 중 해인사는 명찰일 뿐 아니라 법지종가法之宗家요, 세계적으로 자랑하는 귀한 보물인 고려 장경판 팔만 대장경을 봉안하고 있는 장경각이 있다.

해인사의 창건 유래 전설은 이러하다. 서역 인도 고승 제납박행 존자 지공指空 선사께서 당나라에서 불법을 선포하여 중생들을 교화하시었다. 이 지공 선사가 일찍이 조선 전국을 두루 유람하실 때 지금의 가야산 해인사 터를 지났다. 그는 "장차 이 곳에 사찰이 건립되리니 해인사로 명명되어 법계에 큰 복을 누리는 곳이 될 것이다" 하시고 창건 때 사용하기 위하여 쇠로 만든 기와 3,000개를 주조하여 못에다 묻어 두었다 한다.

그 후, 신라 제40대 애장왕 당시, 지금으로부터 1,200년 전에, 신라 고승으로 화엄의 종주인 의상 조사의 법손인 순응과 이정 두 대사가 당나라에 계신 지공 선사를 친견하기 위하여 수륙 수만 리를 도보로 찾아갔다. 그러나 선사께서는 열반에 드신 지 오래 되어 그 유골을 탑 중에 모셨지만 열반에 드실 때에 제자에게 유언을 남겼다. 말씀하시기를 "내가 열반 후 조선에서 순응, 이정 두 사미가 올 터이니 오거든 유서를 전하여라"고 했다. 과연 그 유언과 같이 순응, 이정이 도착하자 제자는 선사의 유언을 말하고 유서를 전하니 이에 순응과 이정 두 스님은 유서만으로 만족하지 않았다. 범부를 벗어나신 선사의 법신은 생사의 이치에 따르지 않으시고 불멸하시리니 우리의 지극한 정성으로서 탑 중에 계시는 선사의 법신을 친견하리라 하였다.

드디어 두 스님은 탑 앞에 꿇어앉아 합장하여 아무것도 먹지 않으며 용맹 정진하니, 7일 만에 탑의 문이 스스로 열렸다.

모든 것이 평온한 반야의 숲에 광명으로 장엄하시고, 사자 자리에 앉으신 선사의 형체가 나타나 손을 들어 부르며 다가오기를 허락하시니 두 스님은 환희에 차 앞으로 나아가 예를 갖추어 절을 하였다. 선사께서 "그대들의 정성이 이와 같이 장하냐"며 매우 칭찬하신 후 다시금 앞의 유서를 고쳐 보이며 해인사의 창건을 지시하시고 감로차甘露茶를 베풀었다. 두 스님이 차를 마시자 7일을 낮과 밤으로 아무것도 마시지 않고 먹지 않아 말랐던 형체가 즉시에 회복되었다. 두 스님은 선사께 절을 하여 감사한 마음을 알리고 출정하니 선사의 제자 등이 약을 준비하여 내밀었다. 두 스님은 선사께서 주신 감로차로 이미 심신이 쾌활하여 원기 왕성한지라 약이 필요 없다고 말하자 그 제자들은 존경의 눈길로 우러러 보며 칭송하였다. (이 설화는 「가야산 해인사 고적」에 나오는 것이다. 그러나 나혜석이 혼동한 것 같다. 순응과 이정에게 「동국답산기東國踏山記」를 전해 준 사람은 지공이 아니라 양나라 때의 보지공寶誌公 화상이다. 그리고 인도의 마갈타국摩竭陀國의 왕인 만滿의 세 번째 왕자인 지공은 제납박행이 아니라 제납박타提納薄陀가 옳다. 지공은 고려 충숙왕 15년인 1328년 고려로 와서 나옹 혜근에게 선법을 이었다. 그는 고려 공민왕 12년인 1363년 귀화방장貴化方丈에서 입적했으니 그 때는 이미 해인사가 이 땅에 화엄 종찰로 뿌리를 내린 지 500여 년이나 흐른 다음이다.)

그 길로 두 스님은 유서의 지시를 좇아 조선의 가야산으로 들어와 토굴(극락전 뒤에 두 스님의 토굴 터가 현존함)을 정하고 선정에 들어 때를 기다렸다. 어느 날은 두 스님의 머리에서 광채가 방사되어 허공으로 뻗쳐 엄숙한 모습을 보였다고 한다. 때마침 애장왕의 왕비께서 큰 병을 앓고 있어 천하의 명의를 초빙하여 진찰하되 그 효과를 볼 수 없어 궁중이 근심에 쌓인 때였다. 어떤 학자의 진언으로 이 병은 도사의 힘이 아니면 도저히 완쾌하지 못하리니 도인을 찾아서 왕비의 병을 다스리라고 하였다. 왕께서 그 말을 따라 금부도사에게 명하여 8도에서 도인을 찾게 하니 금부도사 칙명을 받든 이가 가야산 아래 20리 쯤 되는 곳의 월광리에 이르자 난데없는 여우 한 마리가 나타나서 앞길을 인도했다.

금부도사가 그 여우의 뒤를 따라가서 가야산 숲 속으로 들어서니 홍류동 9곡을 거쳐 산명수려山明水麗의 신비한 선경에 당도하니 여우는 간곳없고 금부도사만 홀로 남게 되어 사면을 살펴보았다. 그 때 금부도사가 생각하기를 아마 이 곳에 도인이 있으므로 신이 인도함이라 하고 기뻐하며 사면을 살피다가 나무꾼을 만났다. 이 곳에 도인이 없냐고 물으니 그 나무꾼이 대답하기를 "이 위에 도인이 둘이 앉아서 공부합디다" 하는지라 금부도사는 반가워 그 장소에 가 보니 순응과 이정 두 대사가 입정入定하여 공부하고 있었다.

두 스님에게서는 상서로운 빛이 머리로부터 허공에 방사하니 엄숙한 기품에 자연 위압을 느껴 머리 숙여 인사하고 왕명을 전달하여 왕궁에 가서 왕비를 간병할 것을 간청하였다. 그러자 두 대사는 "왕궁까지 갈 것 없다" 하고 전날 당나라에 갔을 때 보지공 선사께서 유서와 함께 주신 오색 실을 내주었다. 그러면서 그 실의 한 끝으로는 왕비의 팔목에 매고 한 끝으로는 궁전 앞에 고목이 있을 터이니 그 고목에 매어 두면 왕비의 병환이 완쾌하리라 했다. 금부도사가 왕궁에 돌아와서 그 말대로 왕에게 전달하고 두 대사의 분부대로 시행했다. 그러자 이상하게도 왕비의 병균이 그 오색 실을 따라 궁전 앞 큰 고목으로 옮겨가 그 고목은 그 자리에서 말라 죽는 동시에 왕비의 중환은 즉시 완쾌되었다.

애장왕께서는 크게 기뻐하며 친히 가야산을 찾아 순응과 이정 두 대사의 소원을 물었다. 이 때 양 대사는 "지공 선사의 유서에 따라 이 곳에 사찰을 건립하여 법계에 더할 나위 없이 큰 복을 누리는 곳이 되게 하소서" 하니 왕이 크게 기뻐하며 허락하시고 사찰을 세워 해인사라는 편액을 달았다.

'해인' 이라는 두 자의 문구는 화엄경 중의 '해인삼매海印三昧' 에서 나온 문구이다. 순응 대사가 신라 고승인 화엄 종주 의상 조사의 법손인 까닭에 화엄종찰로 된 것이다. 초창 당시에 대중은 천여 명의 승려가 머물렀다. 그 후 고려 왕건 태조의 왕사이신 희랑 조사가 이 해인사에서 나왔다. 왕건 태조가 신라의 뒤를 이어 고려 통일을 꿈꿀 때, 백제와 성주에서 크게 싸우다가 패하여 해인사로 들어와서 희랑 조사를 친견하고 그 법력으로서 고려 통일의 대업을 성취하게 하여 달라고 간청하였다.

희랑 조사께서 응낙하시고 화엄 신중단에 향을 사르며 축원하매, 화엄 신장 용적 대신이 화엄성중 탱화에서부터 눈앞으로 몸을 나투었다. 그는 곧 허공에 화검을 휘둘러서 백제를 위협하니 백제군이 그 위세에 눌려 물러갔다 한다. 이 인연으로 왕건이 희랑 조사께 귀의하여 왕사로 삼으시고 밭 500결지(요즈음의 정보町歩와 같다)를 해인사에 헌납하는 동시에 인근 각 군수에게 명하여 해인사를 수호하게 하였다. 조선에 이르러 태조께서 고려 장경을 강화도로부터 해인사에다 이안하면서부터 법지종가가 되었다.

대적광전과 장경각

일주문, 사천왕문을 지나 해탈문을 들어서니 범종각이 있고 동서로 희미하게 보이는 전각과 요사채가 즐비하다. 절 마당 가운데 탑이 셋 있으니, 개산 당시 건립한 신라 미술품 중의 하나로 탑에는 9존 금불이 봉안되어 있다. 정면으로 대적광전이 보이니, 이 본전은 화엄종의 본존인 비로자나불을 봉안한 본당으로서, 개산 이래 600여 년 동안 '비로전'이라고 불렸으나 조선 성종 때 학조 대사가 중창한 후 '대적광전'이라고 개칭하였다.

본당 안에 들어가 정숙히 삼배를 하고 돌아보니 이마 사이에서 백호가

1929년, 조선불교중앙교무원에서 발행한 「조선 사찰 31본산 사진첩」에 실린
해인사 사진이다. 그러니 대략 나혜석이 해인사에 가기 10년 전쯤이라고 생각하면
될 듯하다. 당시의 변화는 지금처럼 심하지 않았을 테니 사진에 보이는 모습이
곧 나혜석이 거닐었던 해인사라고 봐도 괜찮을 것이다.

빛을 뿜어 일만 팔천 세계에 그 빛이 닿지 않는 곳이 없었다. 그 광명이 두루 미치지 않는 곳이 없는 비로자나불과 석가모니불, 관세음보살이며, 고색 찬연한 탱화, 조석으로 목탁 소리를 듣고 있는 수백 개의 위패 들을 대하니 머리를 숙이지 않을 수 없다. 본당을 나서면 새로 지은 노전爐殿 (대웅전과 그 밖의 법당을 맡아 보는 임원의 숙소인 향각香閣을 말하는 것이다. 대개 큰 법당과 붙어 있다. 지금 해인사에는 이 이름을 가진 전 각은 없고 선열당이 노전실을 대신하고 있다)이 보이고 그 옆으로는 높 직이 장경각이 보인다.

장경각은 동마다 삼십 칸으로 된 아래위 두 동의 큰 집이다. 아래위 두 동, 모두 육십 칸에는 나라에서 간행한 경판, 오른쪽의 두 동 네 칸에는 절에서 간행한 경판을 봉안하고 있다. 소위 세계 30종 장판藏版 중 이름 이 가장 높은 것이 바로 고려 장판이다. 그 체제의 방대함과 교정의 엄밀 함 그리고 부질部秩의 완비는 세계 장판 중 제1위를 점하고도 남음이 있 는 더없는 보물이다. 나라에서 만든 판(國刊版)과 절에서 만든 판(寺刊 版)이 있는데, 국간판은 고려 제33대 고종 24년 정유년에 시작하여 조선 태조 무인 7년에 본사로 이장하였다. 사간판은 고려 중엽에 새긴 법화능 엄제경과 조선 시대에 새긴 4분율판 등이 있다.

장경각이 봉안하고 있는 고려 장경의 규모는 국간판의 수가 81,258매 이고 사간판은 4,745매로 모두 86,003매이다. 그리고 국간 경부의 수는 1,512부, 사간 경부 수가 59부로 모두 1,571부이며, 국간 권 수가 6,791 권, 사간 권 수가 355권으로 모두 7,146권이다.

귀중한 옛것

역사 깊은 해인사라 귀중한 옛것들이 다수이었던 것은 물론인데 여러 차례의 화재로 인하여 사라졌다. 요행히 남은 것을 대정 8년인 1919년에 비로소 수집하여 보관 장치를 했다고 한다. 그 중 상아로 만든 탑과 향로는 신라 개산 당시의 유물로 가장 오래 된 역사를 말하고 그

대적광전에 걸린 현판. 해강 김규진의 글씨다.

미술적 가치는 전문 학자로 하여금 놀라게 한다.

그 외에 옥으로 만든 조화, 김홍도의 그림과 병풍, 백복수수병白福壽繡屏, 화조수병花鳥繡屏 등은 수만 원 가격에 달한다고 장삼을 입은 중이 긴 막대기로 가리키며 엄숙히 설명하고 있다. 듣는 사람들의 마음은 일시에 통일이 되어 감탄함을 마지않는다. 하루에 몇 번씩 열고 닫는 기물장이건마는 다시 아니 열듯이 큰 자물쇠로 덜컥 닫고 또 큰 문을 덜컥 닫을 때 어쩐지 모르게 쓸쓸함이 느껴졌다. 명부전, 응진전, 구선전九先殿, 심검당, 궁현당窮玄堂을 보니 거기에는 추레한 장삼을 입은 노장들이 힘없이 앉아서 나무아미타불 관세음보살을 부르며 징을 울리고 북을 치고 있다.

사운당四雲堂, 즉 종무소에는 책상을 앞에 두고 의자에 걸터앉은 직원들이 사무를 보고 있다. 명월당明月堂, 즉 강습소에는 오륙십 명 되는 아동이 와글와글한다. 교사 한 사람이 복식 교수를 하고 있었다. 퇴설당堆雪堂, 즉 선방에는 마침 참선 시기라서 누렇게 뜬 중, 말갛게 밝은 중, 노랗게 꽃이 핀 중, 늙은 중, 젊은 중, 뚱뚱한 중, 빼빼 마른 중, 무릎을 꿇

고 벽을 향하여 눈을 말똥말똥 뜬 자, 꾸벅꾸벅 졸고 있는 자 들이 있다.

선방이란 곳은, 교주 석가모니가 정법안장正法眼藏을 마하 가섭에게 전해 대대로 계승하여, 서역의 제28대조 달마 대사에게 이르러서 이 정법 안장을 당나라에 전할 때 불법佛法은 마음으로 직지인심直指人心하여 견성성불見性成佛이라 부르짖었고, 달마 대사는 그의 골수를 당나라 제2 대조인 혜가 대사에게 전하였으며 승찬, 도신, 홍인으로 이어져 제6대조 혜능 대사에 이르러서 무수한 도인을 낸 것이 곧 선가의 임제종, 조동종, 운문종, 위앙종, 법안종의 가풍이 생기게 되었다. 지금 일본 내지의 불교계에는 이 선종 중에 5종 가풍이 그대로 전해지고 있는 것 같다.

요즈음 각 절의 선방이라는 곳에서 이 석가모니의 바른 계통인 정법 안장을 막힘없이 환하게 깨달으려 수행하고 있다. 이 정법 안장을 깨닫는 날이면 범부의 형체로서 성현의 경지에 드는 날이며, 불법의 묘리를 통달하여 인천人天 삼계의 큰 도사가 되는 것이다. 그러면 졸고 앉아 있는 것만이 참선함인가? 눈만 멀뚱멀뚱 뜨고 앉아 있는 것이 참선인가? 말씀인가? 침묵인가? 움직임인가? 고요함인가? 고요함도 아니며, 말씀도 아니며, 침묵도 아니며, 조는 것도 아니며, 성성하게 눈만 멀뚱멀뚱 뜨고 앉은 것도 아니다.

비동비정非動非靜이면서 즉동즉정卽動卽靜이며, 비어비묵非語非默이면서 즉어즉묵卽語卽默이라 하니, 그러면 움직임이 아니면서 곧 움직임이며, 고요함이 아니면서 곧 고요함이며, 말씀도 아니면서 곧 말씀이며, 침묵도 아니면서 곧 침묵일지니 과연 묘하며 불가사의한 것이다. 말로써 말할 수 없고 형용으로써 형상할 수 없는 이 경계를 빌려 선禪이라고 하는 것이다. 선이란 마음의 움직임이 사라지고 말로써 닿을 수 없는 언어

도단의 경지이니 이 선의 묘리를 얻으면 즉시 정법 안장이 별다른 것일까. 조금도 움직이지 않고 곧 그 곳에서 체험하여 맛보는 것이다.

이 선의 묘리를 깨닫기 위하여 옛 사람들이 참구하던 방편을 베푸시니 소위 1,700개의 공안이 있어 선의 묘리를 참구하여 일체의 번뇌, 망상, 분별을 쉬고 정신의 통일을 단련해 가는 화두라는 것이다. 이 선을 참구하는 데는 빠르고 늦음이 없으며 남녀노소가 없어서 누구든지 믿음을 뿌리로 삼고 의심을 모아 단단한 마음으로 용맹 정진한다면 불현듯 이 묘리에 도달할 수 있다. 하지만 추호의 차이로 무량겁을 지내도 깨닫지 못하나니 승려에게 참선이 없었던들 승려가 될 아무 흥미가 없었을 것이다.

암자 구경

아침밥 후에 근처 암자 구경을 나섰다. 극락전은 지금으로부터 448년 전인 조선 성종 19년인 1488년에 계진공이 중건한 영각이다. 가운데 벽에는 부휴 대사의 영정을 봉안하였다. 각의 남쪽에 돌우물이 있음은 신라 애장왕이 마셨던 우물이다. 동쪽의 농음천에서 옷깃을 여미는 것은 초록으로 물든, 종루와 같이 생긴 봉우리 때문이라 한다. 거기에서 나와서 북으로 뚫린 좁은 길로 조금 내려가 도랑을 건너 한참을 올라간다. 올라가다가 숨을 쉬고, 다시 올라가니 낭떠러지에 조그마한 기와집 암자가 있다. 이것이 희랑 조사가 기도하던 희랑대이다. 대 뒤에는 천 년이나 된 보기 좋은 소나무가 있어 한눈에 남종화의 격을 이루고 있다. 산신각을 둘러보고 나와 다시 올라가 바위 위에 앉아 바라보니 해인사 전경이 보인다.

우리 일행 11인 중에는 쾌활하기로 유명한 여사와 법사가 있다. 뒤에서 누가 "C스님 시조 하나 하십시오" 하니, K가 "스님 그거요, 그거 말이야요" 하자 일동은 "와" 하고 웃었다. 그에 모두 한마디씩 "스님 그거요, 그거" 한즉 C스님은 점잖이 "내가 할 줄 아오?" 하고 기어이 아니하고 말았다. 그럴 동안에 참선처로 유명한 백련암에 다다랐다. 이 암자는 서산 대사에게서 공부한 소암 대사가 창건한 후 송운 대사 일헌, 공수, 여찬, 쌍휘 등이 머물렀으며 획광, 도봉, 월파와 같은 이들이 힘을 모아 지킨 것이라 한다.

우리 일행은 조사당 누각에서 진미의 불공 밥을 먹고 난 다음 이야기 꽃을 피웠다. 때마침 미국과 구라파에 갔다 온 사람이 셋이다. 들거니 놓거니 구라파 풍속 이야기가 오고 갔다. 매우 흥미 있는 이야기였다. 잡담 중에는 해인사 말사 중 어느 절에는 변소가 세 길이나 된다고 하여 어느 분이 그 변소에 갈 때는 만일을 염려하여 허리에 새끼줄을 매고 가야겠다고 한즉 일동은 또 "와" 하고 웃었다. 그 외에 여러 가지 우스운 이야기가 많아 자못 유쾌하였다.

하지만 시간은 점점 흘러 우리에게 더 시간을 주지 못하고 황혼이 되어 왔다. 우리 일동이 백련암 감원에게 후의를 표하고 내려오는 동안 두어 군데 쉬며 이야기를 잘 하시는 환총 법사에게서 해인사 민요에 대한 설명 이야기를 듣기도 했다. 가던 길을 돌아와 중간에서 뿔뿔이 흩어진 후 여관에 돌아와서 저녁을 먹으니 유쾌한 맛이 음식에까지 나타난다. 오늘 들은 우스운 이야기를 혼자 드러누워 생각하며 하루를 지냈다.

이튿날은 큰 절 서북쪽에 있는 영자전을 찾아갔다. 이 암자의 다른 이름은 홍제암이라고 하는데 350년 전에 선조 대왕께서 창건하셨다. 사명 대사가 강화 전권 대사로 일본 내지를 다녀와서 일체 작위를 모두 버리고 해인사에서 수도하다가 임종하겠다는 원에 의하여 선조께서 특별히 사명 대사에게 '홍제 존자'라는 익호를 내리시고 홍제암을 건설하신 것이다. 그 후, 서산, 사명, 기허 세 화상의 영정을 모셨기 때문에 영자전이라고 하는 것이다.

건물의 구조는 현재 조선 목공으로서는 도저히 상상하기 어려운 것이라 하여 각처의 목공들이 찾아와서 도본을 그려 가는 일이 많다고 한다. 유화의 재료로도 훌륭하다. 이 암자 주인공으로 계신 환총 스님의 재미있는 이야기를 듣고 나니 11시, 절의 점심 때라 더 듣고 싶은 이야기를 못 다 듣고 돌아와 점심을 먹었다. 그러고 나서 여관 동북에 있는 국일암을 찾아갔다.

건설 연대는 모르겠으나 상당히 오래 된 건물이다. 사람도 그리 없는 듯하여 쓸쓸하였다. 정문 앞에는 오래 된 괴목이 있어 역시 유화 재료로 훌륭하였다. 그 앞으로 조금 내려오면 대여섯 호의 토굴이 있고 조그마한 암자가 있으니 이것이 여승방인 약수암이다. 약수암은 건설된 지 40여 년이요, 정원에 약수가 있어서 약수암이라고 한다. 여승이 30여 명 있어 여러 명이 모여 사는 비밀 장소마냥 각각 방 한 칸, 부엌 한 칸씩 차지하고 자치 생활을 한다. 원래 가난한 살림들이라 아껴 쓰고 아껴 먹는 것이란 말할 수 없으며 양식이 떨어지면 탁발을 나가서 조금씩 모아 가지고 들어와 겨우 연명을 하고 산다.

해인사에는 여승방이 둘이 있으니 약수암 외에 삼선암이 있다. 이 암자 건설은 45년쯤 되었다 하며 세 신선이 내려와 암자 뜰에 있는 바위 위에서 바둑을 두었다고 하여 삼선암이라고 한다. 계곡 가에 있어서 물소리가 적이 한가하며 자그마한 신중들이 이방 저방에서 들락날락하는 것을 볼 때 한편으로 생각하면 신선하고, 한편으로 생각하면 처량도 하였다.

대선암을 찾았다. 이 암자는 2, 3년 된 새 건물이며 경색 좋은 높직한 곳에 청아하게 있다. 청소년 시절에 화류계에서 놀던 부인이 크게 깨달은 바 있어 한적한 곳에서 수도하며 여생을 보내려고 사유 재산이되 그가 죽으면 절 재산이 될 이 집을 가지고 있다. 부인의 능한 수완으로 어여쁜 부인들을 끌어들여 여름 한 철이면 해인사에는 꽃이 피고 만다.

그 길로 올라가기는 자못 숨이 차도록 높직이 있는 원당으로 올라갔다. 여기에는 인물이 명물인 96세 된 임상궁 마마가 계시고, 여기 감원 스님으로 계신 노장님은 아들딸이 모두 있어 오복을 갖춘 분이지만 자녀들이 눈물로 붙잡음에도 불구하고 떨치고 나와 수도하시는 분이다. 이 당은 신라 제40대 왕인 애장왕이 해인사를 창건하고 이어 3년 동안 여기 머물며 복을 빌었다 하여 애장왕의 기복지라 한다. 그 외에 보지 못한 곳이 청량암이나 멀어 가지 못하였다.

명소로는 봉천대, 회선대, 첩석대, 제월담, 책옥폭, 완재암, 광풍뢰, 음풍뢰, 차조암, 취적봉, 칠성대, 무릉교, 수화천, 경멱원이 있으며 그 외에도 여름 한 철 서늘한 그늘을 만들어 주는 오래 된 느티나무가 있는 학생대, 놀기 좋은 불이정이 있다. 수박이나 참외를 물에 담그고 닭찜 하고 돼지고기 굽고 갖은 나물에 점심을 해다가, 신선이 바둑을 두던 너른 바위 위에서, 수십 명의 친한 사람들과 더불어 발을 벗고 웃통을 벗어 제치고, 젓가락 숟가락을 치워 놓고 물에 씻어 가며 손가락으로 집어 먹는 일종의 원시 만찬회를 하고, 이 방면의 전문가들이 부르는 노래 가락, 육자

배기, 시조, 춘향가 들이 "좋다, 좋다" 소리에 술술 넘어가고, 이어 덩실 덩실 춤을 춘다. 노세, 젊어서 놀아, 늙고 병들면 못 노나니, 좋다, 얼씨 구나 절씨구. 조선 춤, 서양춤, 일동은 한데 어우러져 춤을 춘다. 여기가 놀기 좋은 자하동이다.

가야산 상봉행

우리 일행 열 명은 점심을 한 짐 해서 지고 아침 일찍이 나섰다. 풀이 우거진 좁은 길로 가다가 길을 잃고 방황도 하고 노래도 부르고 한다. K 여사의 떠들썩한 소리로 더욱 떠들썩하다. 가야산은 옛적 가라伽羅 연방 의 중요한 곳으로서 가라라는 소리가 바뀌어 불교적으로 변칭된 것이다. 혹은 우두산, 상왕산, 지항산, 영산이라고도 한다. 이 산은 대덕산의 기 맥으로서 성주, 고령, 거창, 합천의 네 군 사이에 넓게 솟았는데 산 높이 가 해발 4,719척이요, 면적이 3,328정보로 천연의 오엽송, 적송, 단풍, 활엽수 등이 울창하고 기암 괴석이 불끈 솟아 명쾌하고 기기묘묘한 아름 다움을 지닌 산이다. 전면으로는 남산 제일봉이 겹겹이 포위하고 있다. 특히 상봉의 우비정과 백운성 아래의 관음 석상은 탐승객의 목적지가 되 어 있다.

얼음을 깨다가 사이다를 담아 먹고 우비정 물로 상추쌈을 싸서 먹으니 그 진미 말할 수 없으며, 먹고 난 후 다들 저마다 바위에 걸터앉아 목침 도리 창가를 하니 개미 허리가 되다시피 웃었다. 여름 해도 얼마 남지 않 아 돌아오는 길에 풀이 우거진 칠불암 터를 찾았다. 이 곳은 1,900년 전에 김수로의 여덟 왕자 중 태자로 봉해진 왕자를 제외하고 나머지 일곱 왕자가 와서 견성 득도했다는 곳이다. 그 뒤에 하동 쌍계사에서 결과하셨다 하니 바로 쌍계사의 칠불암이 그 일곱 왕자가 결과한 곳이라 한다.

김씨의 친척들이 보러 오면 큰 절, 즉 해인사 앞에 영지가 있는데 일곱 왕자가 이 영지에 비치어 보였다는 전설이 있다. 우리 일행은 칠불암에 높이 올라앉은 사람, 우거진 수풀을 헤치며 옛날 일곱 왕자들이 기거하던 자리를 찾아보는 사람, 혹 우물을 찾아 물을 받아먹는 사람, 기부를 거두어 절을 짓자는 사람 등 의논이 자자하다. 내가 다리를 질질 끌고 오는데 어느 선생이 지팡이 한 끝을 쥐어 주어 끌려오니 우스운 소리 잘 하는 Y가 "거기다 눈만 감으면 되것소" 하여 일동이 모두 웃었다.

여관에 돌아오니 해는 저물었고 왕복 40리를 걸은 다리는 한 걸음도 옮길 수 없었다. 저녁도 먹을락 말락 놓아 두고 몸살을 하였다.

불사

부처님 일을 불사佛事라 하여 탄생 불사(4월 8일), 7월 백중 불사(7월 15일), 성과 불사(12월 8일), 저반 불사(2월 12일) 들이 있으니 그 중 4월 8일 불사를 가장 성대히 거행한다. 해인사에서는 3월 그믐께쯤 되면 해인사에서 약 3마장 되는 곳의 땅을 몇 평씩 사서 점방을 차리니, 이 노점은 한 20여 호 되어 각처에서 각색 물건을 가져올 뿐 아니라 노점마다 색시의 노랫소리가 울려 나오고 장구 소리가 울려 나온다. 큰 절, 작은 절의 중들이나 여관의 손님들은 저녁 후에 산책으로 적이 위안을 삼

이차규 사진, 2005

책꽂이에 꽂힌 책들이거나 귀에 익숙하여 널리 알려진 문학 작품들은
읽지 않았으면서도 마치 읽은 듯한 착각이 드는 경우가 있다. 해인사가 그렇다.
워낙 알려져 있으니 가 본 지가 한 참 되었건만 마치 엊그제 다녀 온 것 같은
착각을 하는 곳이기도 하다. 이번 참에 아주 꼼꼼하게 다시 볼 수 있었으니
행복한 걸음이었다.

는다. 초하루 날부터 사람이 점점 많아져서 4월 7일, 8일 이틀 동안은 여관은 물론 만원이요 집집마다 방 마루가 터져 나간다. 4월 8일은 수십만 명의 참배자가 오고 가며 인산 인해를 이룬다. 한번 볼 만한 경축일이다.

지금은 장경각 불사가 있으니 조선 총독이 10,000원을 내서 팔만 대장경을 복사하여 만주국 황제에게 헌상하는 것이다. '가야산 해인사'라고 쓴 정문에 금단방이라고 크게 써 붙이고, 장경각 안에서는 23조로 나누어 복사 검열이 있고 총독부에서 내려온 기술자들과 도감은 이것을 감독하고 있다. 2개월을 넘어 하는 이 불사는 그 규모가 클 뿐 아니라 하루 노임을 1원에서 3원씩 받는다. 중이나 속인 가릴 것 없이 큰 벌이가 될 뿐 아니라 한가하던 중들도 매일 여덟 시간씩의 노동으로 바쁘지 않을 수 없고, 생산 능력이 없던 중들 주머니 속에서 돈 소리가 나게 되었으니 어느 방면으로 생각하든지 큰 일이 아니라고 볼 수 없다. 나도 몇몇 부인들과 동행하여 구경을 간 일이 있는데 한번 볼 만하였다. 이 불사가 끝나면 성대한 공양이 있고 염불이 있으리라고 한다.

토굴 생활

해인사 경내에는 인가가 60여 호 있는데 이것을 토굴이라고 하여 중들은 크게 구별한다. 대개는 중들의 처가나 일가붙이들의 집이다. 그 외에는 속인의 집이다. 논마지기나 있든지 종무소에 사무원으로 일하며 월급이나 타든지 하면 근근이 생활을 유지하나, 그렇지 않으면 중들의 삯

바느질이나 삯빨래로 살아가니 그 생활 상태가 말이 아니다. 그러나 당국에서는 이 토굴을 정리하라고 한다.

종소리

황혼의 종소리, 새벽 종소리. 우거진 숲 사이로 멀리서 은은히 들려올 때 자연 머리가 숙여지고 새벽잠을 깨게 된다. 무심하다. 저 종소리가 어찌 그리 처량한지 내 수심을 더욱 부채질한다. 부지불식중에 밀레의 '만종' 생각이 아니 날 수 없다. 임시로 불공 있을 때는 예외거니와 정기로는 매일 세 차례 예불이 있으니 그 때마다 사방 큰 절, 작은 절에서는 땡땡 종을 울린다. 즉 오전 4시 아침 예불, 오전 11시 정오 예불, 오후 6시 저녁 예불이 있어 부처님 앞에서는 가사 장삼을 입은 부전 스님, 감원 스님이 목탁을 치며 능엄주 천수다라니로 염불을 하고 이어 공양을 한다. 그 반찬이란 마늘도 안 넣은 김치와 푸른 채소뿐이다. 그러므로 그들의 얼굴은 맑은 빛이 도나 영양 부족으로 힘을 못 쓴다.

여관 생활

나는 해인사 지정 여관인 홍도여관의 손님이 되었다. 이 여관은 해인사에 없는 편리를 주는 유일 무이한 여관으로 도회지에서도 보기 쉽지 않은 설비를 갖추고 있다.

나는 일찍이 구미를 여행할 때 미국의 요세미티 산중 여관에서 1주일 동안 지내 본 일이 있는지라 자연 연상하지 않을 수 없다. 그 요세미티의 여관은 전부 인도식 건물과 장치였다. 집과 장식품만 보아도 산중 생활에 싫증 아니 날 만한 데다 갖가지 오락 시설이며 무도회, 경마회가 있어 한시라도 심심한 때가 없었다. 경마회란 것은 조그만 나무로 만든 말을 갖가지 색 모자를 쓴 손님들 중 미인들이 한 중년 부인이 번호를 부르면 말을 옮겨 놓는 것이다. 그러면 박수로 야단이요, 이기는 말 편 사람들은 돈을 타느라고 야단들이다. 그뿐 아니라 어여쁘고 젊은 미인들은 여기저기서 불러내어서 또 볼 만하다. 이러한 구경을 옛날에 한 터라, 산중에 들어오니 더욱 그 때가 생각나고 그리워진다.

이런 여관은 언제나 그런 여관과 같이 되나 싶다. 매일 30, 40명씩은 떠날 새 없고, 산중이라 물론 봄과 겨울은 세월 없을 것이요, 여름 피서로, 가을 단풍 구경으로 몇만 명씩 출입이 있다. 더욱이 10여 명의 장기 투숙 손님이 있을 때는 보기에도 눈살이 찌푸려지게끔 마루 끝에는 약탕관을 올린 화로가 열을 지어 죽 늘어놓이곤 한다.

손님 중에는 아직 펄펄 뛸 만한 청년이건만 얼굴에 노랑꽃이 피고 기운이 척 늘어져 나른한 자, 자리를 펴고 늘 드러누운 자, 그 중에는 혈기 왕성하여 단조로운 생활에 조바심을 치는 자, 어떻게 놀면 잘 놀까 하여 산중 암자마다, 계곡 골짜기마다 매일 다니는 자들이 있는데 사흘에 한 번씩은 2층 오락실에서 이 장난꾼들이 모여 정종을 마시고 삐루를 마신 끝에 밥주발 뚜껑을 놋젓가락으로 두드리며 장구를 치고 손뼉을 치고 발을 굴러 춤을 추다가 맨발로 마당까지 내려가 징둥징둥 뛴다.

나 이외에 몇 여자는 구경꾼이다. 이래서 여관은 분잡하고 밥값이 비싼 관계로 조용히 수양하러 오는 사람들은 암자로 가고, 더욱이 묘령의 여자들은 일부러 피하여 승방으로 간다. 실로 누구든지 새벽부터 떠들어 옆방 사람까지 잠을 못 자게 한다. 여하간 홍도여관은 해인사로는 없어서는 안 될 곳이요. 여행객들의 피로한 다리를 쉬게 하고 곤한 몸을 잠들게 하는 천당이요 극락이다.

승려 생활

해인사 재적 승려가 비구 398명이요. 비구니가 100명이다. 승려 생활이란 것은 진세塵世를 벗어난 소위 물외物外 생활이나 단합과 규율로써 그 주를 삼는다. 승려는 즉 승가이며, 승가는 곧 화합의 뜻이다. 살아온 것도 다르고 성도 다른 각 씨들이 세속의 진애를 벗어나서 서로 나누고 사랑하며 베풀고 아끼며 출가하여 입산 수도하는 이들의 일상 생활이 즉 승려 생활이다.

서로 다른 사람들이 입산 수도하여 범속함을 떠나 스스로 깨달음을 목표로 도량에 투신하는 날이면 진세의 애욕을 멀리하고 불법 도량에서 청풍 납자의 몸이 되는 것이니, 불타의 무상 도법을 위하여 그들의 생활이 지속되매, 화합하며 서로 편을 갈라 시비하지 않고 법회를 위하여 서로 도우니 이것이 곧 청렴한 물외적 화합법인 동시에 승려 생활의 근본 뿌리가 되는 것이다.

승려 생활의 대강은 이러하거니와 그 생활 질서를 유지하는 청규법의 내용은 일반 사회 대중의 단체 생활에 비춰 훨씬 초월한다. 그 발달된 규정은 전반적으로 사회 단체의 모범이 되는 점이 모자라지 않다. 승려의 그날 그날의 생활 일과를 소개하면 승려라면 총칭이 되려니와 승려 중에도 개인 개인의 자격에 따라 각 계단이 있다.

불교는 또 크게 선종, 교종으로 나뉜다. 선종이란 것은 소위 '사교捨教입선入禪'이라 하니, 즉 교敎를 놓아 버리고 선에 들어간다 함인즉, 불타의 교리를 문자를 통해서 두루 해석한 뒤에 다시금 실제에 들어가 진리를 체득함으로써 문자를 여의는 것에서 더 나아가 실제 진여眞如의 깨달음을 체험하여 철저하게 크게 깨닫는 것을 목표로 하는 참선인參禪人을 말함이다. 교종이란 것은 불타의 경전 중 어느 것이든지 경전이면 다 교종에 속하니, 강사 혹은 승려로서 어느 경전이든지 전문으로 지니고 다니며 외우는 이는 통칭 교종이라 한다. 사원에서는 선종과 교종인을 이판理判과 사판事判이라 하니 즉 선종은 이판이요, 교종은 사판이라 구별한다. 그리하여 이 선교 양 종을 통하여 각자의 자격 여하에 따라서 대선사, 대교사, 선사, 대덕, 중덕, 대선, 사미 등의 계단이 있으며 이러한 자격을 지닌 승려를 양성함에는 각기 세칙의 청규법에 의하여 가르치고 수련하고 있다.

먼저 선종의 일상 생활을 들어 간략히 말하면 그들의 생활은 모든 것이 규율적이다. 일 년 열두 달을 통하여 각 절의 선원에서는 결제와 해제법이 있어 그에 따라 하안거, 동안거가 있다. 음력 4월 15일부터 결제하여 7월 15일에 해제하는데 그 사이 석 달 동안은 전심으로 참선하니 이를 하안거라 하고, 음력 10월 15일부터 결제하여 1월 15일에 해제하니 그 사이의 석 달을 동안거라 한다.

안거 중의 일상 생활이란 매일 오전 3시면 필히 일어나서 노소를 가리지 않고 일제히 법당에 모여 불전에 향을 사루고 예식을 마친 후 새벽 6시까지 면벽 관심 하며 참선을 한다. 아침 공양을 하고 8시부터 10시까지, 오후도 역시 1시부터 3시까지, 다시 6시부터 9시까지 참선을 한다. 이와 같이 대중 수십 명이 동일한 규율 아래에서 똑같이 90일 동안 정진하는 안거를 종료하는 날이 해제일이다.

해제 후 다음 결제일까지 석 달 동안은 고행을 닦기 위하여 동거하던 선객들이 각자 걸망을 짊어지고 타처로 옮겨 발길 닿는 대로 다니며 고행을 닦는다. 혹은 성읍 부락을 지나기도 하며 혹은 명산 대찰과 이름난 성지를 찾아서 심신을 맑게 하기도 한다. 고행 중에서도 항상 도 닦는 것을 잊지 아니하고 화두를 참구하다가, 결제일이 되면 여전히 각처의 선원으로 입방하여 다시금 참선 공부를 시작하는 것이다.

교종인의 생활은 보통 오전 5시에 일어나서 곧바로 법당에 모여서 예식을 마친 다음에 각자 지송하는 경전을 외운 뒤에 6시 30분경이면 조반을 먹는다. 조반 후는 각자 임무를 좇아서 종일 일과를 한다. 그 중 대승경전을 연구하는 학인들은 조반 후 잠깐 휴식하고 나서 종소리에 따라 집합하여 논강을 시작하니, 논강이라는 것은 일종의 경전 연구이다.

학인이 3인이면 3인, 4인이면 4인이 그날 그날의 경전 연구를 위하여 과정을 정하되 저마다 그 날의 일과로서 맡은 불경의 분량을 동일하게 정하여 종일 각자의 견해를 좇아서 연구한다. 그것을 다음 날 조반 후에 논강하는데 서로 견해가 동일할 때에는 아무 문제가 없지만 만일 저마다 연구한 견해가 다를 경우에는 조실 스님의 말씀으로 판결을 한다. 이런 식으로 경전을 연구하는 가운데서 대제사, 대법사 그리고 포교사가 나오는 것이다.

하늘과 땅 그리고 사람의 삼계三界에서 큰 깨달음을 이룬 석가모니의 법 도량에서 청정한 몸으로 길들이는 승려 생활이란 참으로 신성한 가운데서 하늘과 사람이 큰 법의 그릇을 이루는 곳으로서 가히 부러워하지 아니할 수 없다.

나혜석

이 글은 1938년, 「삼천리」에 "海印寺의 風光"이라는 제목으로 실렸으며, 정월晶月 나혜석(1896-1948)이 쓴 마지막 글로 알려져 있다. 당시 그녀는 최린崔麟과의 염문으로 이혼한 상태였으며 덩달아 사회로부터도 도덕적인 지탄을 받으며 불우하고 외로운 말년을 지내고 있을 때였다. 경제적으로나 정신적으로 궁핍함과 황폐함에 찌들어 있었을 무렵이건만 그녀의 글에서 그런 면을 찾아보기는 힘들다.

그녀가 해인사로 가게 된 것은 지인이었던 일엽一葉 스님 때문이었다. 일엽과는 동갑내기이기도 했을뿐더러 이혼을 겪은 것과 글을 쓴다는 공통 분모를 지니고 있어 각별했던 듯하다. 1937년, 나혜석은 일엽이 출가한 수덕사 견성암見性庵으로 일엽을 찾아갔다. 그리하여 잠시 견성암에 머물던 나혜석에게 수덕사의 주지였던 만공滿空 스님은 '고근古根'이라는 법명을 지어 주었으며 그녀는 1939년까지 절 앞의 수덕여관에 머물렀다.

그러니 이 글은 수덕사 언저리에 머물던 그녀가 잠시 해인사로 자리를 옮겼을 때의 기록인 셈이다. 짧지 않은 시간을 머문 탓에 해인사를 포함한 일대의 암자 그리고 가야산에 대한 이야기까지 골고루 있어 고마운 글이다. 또 당시 스님들의 생활의 일면까지도 알 수 있게 배려한 글쓰기는 해인사에 대해 궁금한 사람들에게는 마치 종합 선물 세트와도 같다. 한편 조선 총독이 돈 10,000원을 내서 팔만 대장경을 복사하여 만주국 황제에게 헌상하려고 벌인 불사와 지금은 사라지고 없는 홍도여관에 대한 이야기는 더없이 흥미롭다.

몇 년 전에 그녀가 홍도여관의 주인에게 그려 준 그림이 발굴되어 화제가 되었는데, 합판에 유화로 그린 그것이 그녀의 마지막 작품이 되었다고 한다. 감당하기 쉽지 않았을 슬픔을 견디며 글을 남긴 그녀에게 무한한 고마움을 표하며 이 글을 읽었다. 그녀가 자식에게 말했던가. "에미의 묘를 찾아 꽃 한 송이 꽂아 다오"라고 말이다. 그녀에게 꽃 한 송이 드리고 싶다.

빡빡 깎은 중대가리 같은 돌집 | 권덕규

개벽
1921년

권덕규의 민족 문화에 대한 자긍심만은 화강암처럼 단단하다. 글 전체에 흐르는 우리 문화의 빼어난 아름다움에 대한 감탄이며, 다소 억지스러운 면이 보이기도 하는 신라 문화의 외국 전래에 대한 의견 등은 요즈음도 심심찮게 거론되고 있는 문제이다. 그런가 하면 유물들을 함부로 대하는 듯한 경주 사람들을 준엄하게 꾸짖기도 하고 석굴암 수리를 감독하던 감독관의 얼토당토않은 설명에는 코방귀를 뀌기도 한다. 이 글은 낡은 흑백 사진만으로 되새겨 보는 노스탤지어 지향적인 지난날의 경주가 아니라, 좀더 현실성이 드러나 있는 경주의 모습을 보여 준다. 1921년의 경주의 모습을 누가 이렇듯 자세하고 성실하게 남겨 놓았겠는가.

차차 경주가 가까워지고 신라의 옛적으로 들어가는 듯하다. 한밭(대전)을 지나고, 양반의 묘 자리라는 영동을 빠져서 황간 어디쯤인지 가니 집 뒤에는 솔밭이 있고, 울 밖에 대숲이 있고, 문 앞에 내가 흐르며, 내 건너 꽤 넓은 들에는 벼가 한참 익어서 황금으로 진을 친 듯한 마을이 있다. 차가 여기를 오면 가지를 못하고 헐떡헐떡거리기만 한다는 미신의 소굴인 추풍령을 지나는데 한 모롱이를 지나면 곧 내요, 내를 건너면 곧 들이며, 들 건너 산이요, 산 넘어 강이라. 차가 이리 가면 내가 저리 쫓고, 차가 저리 가면 내가 이리 돌아 마치 아이들 숨바꼭질하듯 앞서서 앙금질을 하며 나를 잡겠지, 잡겠지 하는 듯하다. 과하주 좋기로 유명한 김천을 거쳐 한 정거장, 두 정거장 세다가 대구에 내리기는 해가 기울어서다.

중앙 경철도로 갈아타니 어쩌면 그다지 다를까. 아주 딴판이로다. 정차장마다 머리 덥수룩한 상투쟁이와 고깔 수건을 쓴 총각 아이가 혹은 모판, 혹은 둥우리에 연초나 과실, 과자를 가지고 "궐련 사소", "과자 사소" 하며 맘에 맞지 아니하면 "왜 이렇게 하는 게요" 하는 것이 특별히 눈에 들어 참으로 옛 도읍 구경 길인가 싶다.

날이 차차 저물어 간다. 하양 근처를 지나니까 해가 아주 서산 밑에 보금자리를 쳤다. 비록 차를 탔다 하여도 종일 달려온 몸이라 피로를 못 이겨 잠깐 다른 세상에 쉬려 했더니 승객들이 퉁탕거리고 역부가 "영천, 영천" 하는지라. 아아, 이 영천이 고려 충신 포은 정몽주를 낳은 땅이로구나. 거룩한 사람을 내어 거룩한 땅이로다. 달은 가을 달을 치거니와, 파란 하늘에 밝은 달이 또렷이 비치어 서늘한 저녁 하늘을 장식하는데 차는 「어부사漁父詞」의 "앞산을 지나니 벌써 뒷산前山忽後山"이라는 구를 우르릉 우르릉 읊으며 씩씩거린다. 아화阿火를 지난다. 옆에 앉은 사람이 지명도 이상하다고 묻는다. 나는 실없이 그에게 이것이 경주가 가까운 전조라고 하였다. 경주역에 다다랐다. 차에 내려 보니 영접하는 이는 별로 없고 정차장조차 쓸쓸한데 밝은 달만 교교하다.

경주를 들어서면 제일 먼저 엄청난 것이 하나 있다. 조금만 거짓말을 보태면 한양의 남산만큼 한 산더미가 만두 모양으로 여기저기 들어박혔다. 누구든지 그것을 처음 보고는 무덤이라고는 생각할 리가 없다. 아무리 보아도 천연의 산더미이다. 도저히 사람의 손으로는 그렇게 만들 수가 없을 것이다. 사람이 모든 것을 다 생각하고 만들지마는 땅덩이야 새로 만들 수가 있으랴. 그러나 신라의 사람은 땅덩이를 만들었다. 봉황대를 올라 보았다. 그 ‘대’ 라고 이르는 산도 또한 누구의 능묘인지는 모르나 반드시 누군가의 능묘일 것이라고 추정하는 바이다. 여기에 대해서는 맹랑한 이야기 하나가 있다.

태초에 말이 있으니 하는 때인지는 모르되, 아주 옛적에 봉황이 내려와 놀았다. 그 봉이 놀던 터가 봉황대이다. 천하가 태평하면 봉이 보인다는데 지금은 천하가 어지러워 그러한지 봉황은 아니 보이고 대만 남아 쓸쓸한데 부질없는 까마귀가 봉황을 대신하여 “까아— 깍” 할 뿐이다. 그 후에 언제인지 풍수쟁이 하나가 이 대에 올라 보고 말하기를, 봉황은 알에서 태어나는 법인데 그 봉이 노는 터만 있고 알이 없어서는 못 쓴다며 묘를 무수히 이 곳으로 몰아 놓으니, 지금에 이 대를 중심하여 사면으로 보이는 산더미가 그것이라 한다.

풍수쟁이의 이런 거짓말은 이를 것도 없거니와 나는 풍수 지리인 감여술을 확신하는 자는 모두 경주로 보내고 싶다. 그들의 말이 음택의 자리는 용이 나오고 어쩌고, 향이 어떠하며, 무슨 혈에 바람이 드나들어야 한다고 하것다. 그러하면 이 산과 같은 능들은 그 모든 조건을 구비하였는 가. 그것은 몰라도 경주 전체가 그 조건에 부합한다고는 못 할 것이다. 이 묘들의 자리를 보아라. 밭 기슭이나 논 기슭, 마른 곳, 진 곳 할 것 없 이 아무렇게나 묻지 아니하였는가.

아무리 하여도 경주의 고분을 보고는 이른바 풍수를 보는 이가 36계 줄행랑을 놓을 것이다. 그러지 아니하고 그래도 뻔뻔하게 주장한다면 먼 저 말한 경주 전체가 모든 조건에 부합한다고밖에는 못 할 것이다. 말짱 한 풍수쟁이의 거짓말이요, 신라 때의 말이 아님을 어림으로라도 짐작하 겠다. 이 고분들을 경주 사람들은 '독메'라고 하며 쌍분을 '형제 독메'라 고 하나니 이 메(山)라는 말만 들어도 남산만하단 말이 과히 거짓말 아닌 것은 변명이 될 것이다. 여하간 30명씩이나 되는 사람들이 묘 동쪽 위에 올라서면 서에서 아니 보이고, 서쪽 위에 올라서면 동에서 아니 보이나 니, 그러하면 이 분묘가 실재에 얼마나 큰 것임을 짐작할 것이다.

아무튼, 경주 고도의 형식은 이 고분들이 반 이상을 꾸리나니 그 형식 으로든지, 그 고분 배 속에 감춘 유물로서든지 과연 사람으로 하여금 입 을 딱딱 벌리게 하는도다. 요즈음에 유물이 발견되었다고 떠드는 것이 이 고분에서 나온 것이며, 경주 고적보존회에 있는 무수한 유물들이 절 반은 다 이 고분 속에서 나온 것이다. 이 능들은 분묘의 형식을 보아 두 가지로 구별하나니, 그 내부로 봐서는 현실玄室을 돌로 상자를 만든 것 과 돌로 쌓은 것 둘이며, 그 외부로 봐서는 병풍석과 함께 다른 석물들이 있는 것과 그것이 없는 것 둘인데, 없는 것은 통일 전의 것이요, 그것이 있는 것은 통일 후의 것이다.

무열왕릉비의 이수와 귀부가 지금에 와서 경주의 네 가지 보물의 하나라고 일컫는 것이려니와 이것이 곧 삼한을 통일하던 태종 임금의 능에서 부터 비롯된 것이다. 그리하여 태종무열왕릉 앞의 김양묘와 송화산 중턱에 있는 김각간묘를 바꾸어 생각하는 것도 이 까닭이니, 김양묘를 무열왕릉 바로 아래에 쓸 리도 없는 것이요, 혹 쓰더라도 무열왕과 김양과의 서로 떨어진 거리가 겨우 백 보가량인즉 그 석물을 무열왕릉과 똑같이 비 하나만 세울 리도 없는 것이다.

김각간묘, 곧 김유신묘라는 곳에는 병풍석에 석물을 갖추었으니 반드시 통일 그 후의 능묘임이 분명한데 김양도 각간위를 지냈으니 각간묘라 하였을 것이 또한 분명하다. 신라의 각간이라 하면 김유신이 대표가 되었으며 뒷사람이 '각간'이라는 두 글자에 눈이 어두워 김유신묘라 억지로 말하기도 했을 것이다. 김각간묘야 누구의 묘이든지 김양묘라는 것은 아무튼 김양묘는 아닌 것이요 무열왕릉과 같은 시대의 분묘일 것은 분명하다 한다.

안압지를 거쳐 반월성의 석빙고를 보고 돌아오다가 첨성대를 구경하였다. 안압지는 신라가 통일의 업을 이루고 얼마 되지 아니하여 무열왕의 다음 임금인 문무왕이 대업을 이어 가지고 한참 흥청거리며 판 못이니 못 가운데는 크고 작은 섬을 모으고, 푸른 하늘에 놓인 무지개 같이 돌다리를 놓고, 사면에 돌로 산을 쌓아 무산巫山 12봉을 만들고, 갖가지 진귀한 꽃과 화초를 심고, 희귀하며 보기 드문 새와 짐승을 기르고, 그 서쪽에 임해전을 지어 계절을 가리지 않고 좋은 시절을 보냈으니 임금이 탄 수레가 한 번 뜨면 산천을 오가는 것이다.

은근히 예를 드리는데 만조 백관이 머리를 조아리고 읍揖하는 모양이 눈을 감으면 즉시에 보인다. 지금의 전 터에 있는 석조와 석함은 그 때의 광경을 다 보았으리라. 여기에서 가까운 거리에 동서로 갈고리같이 구부정한 산이 동서로 길게 누웠는데 반월성이다. 이 성은 하나하나 떼어도 반월이요. 전체로 합해 보아도 반월인 것이 매우 흥미를 일으킨다. 반월半月은 원만을 기약하는 뜻으로 더욱이 생각은 멀리 내다보며 꾸준해야 함을 가르친다.

이 아래가 왕궁 터라, 군데군데 나자빠진 주초가 비록 말은 없으나 1,000년 전 역사를 분명히 설명한다. 이 주초뿐 아니라 경주평야에 그득히 깔린 기왓장, 돌조각 하나라도 범연한 것이 없으니 혹은 연꽃, 혹은 구름 무늬, 혹은 국화를 새겨, 어느 것이라도 사람의 손을 거치지 아니한 것이 없다. 돌도 호강이 한때인가 보다. 그러한 돌들이 지금은 뒷간 돌이 되고, 개천 막이가 된 것이야 오죽 슬프랴.

반월성 허리에 남쪽으로 석빙고가 있다. 이 빙고가 처음 만들어진 때는 알 수 없으나 「삼국유사」를 보면 유리왕 때에 장빙고를 처음 만들었다 하였고, 「삼국사기」에서는 지증왕 6년에 빙고의 일을 돌보는 사람을 처음 임명하여 얼음을 보관하였다고 했으니 얼음을 보관하던 기원이 오랜 것을 알 수 있다. 빙고의 입구 문 위에 가로지른 돌에 "숭정기원후재신유이기개축崇禎紀元後再辛酉移基改築"이라고 했으니 조선 영종 17년에 개축했다는 문자다.

처음에는 돌문을 단 듯한 흔적이 있으며, 빙고의 넓이는 한 20척가량이나 되며, 높기는 너덧 길 되는데, 천정은 둥글둥글하여 마치 갈빗대마냥으로 길쭉길쭉한 돌로 쌓았다. 경주 고적 안내를 펴 보니까 이 빙고에 사용된 돌이 약 1,000개이다. 또 갈빗대처럼 긴 돌로 둥글게 쌓은 구조이므로 동양에서 이런 종류의 석조 건축물은 귀중한 것이라 한다.

나는 다시금 신라의 호강을 생각하였다. 겨울에 문천강의 얼음을 떠서 이 빙고에 쟁였다가 삼복 중 끓는 듯한 전각을 서늘하게 식혀 그만 수정궁을 만들었을 것이요. 속이 답답하여 비명을 지르게 되었을 때라도 얼음물 한 모금을 기울이며 "아아, 시원해" 하고 즐겼으렷다.

첨성대는 반월성의 북쪽, 읍에서 시림始林으로 가는 길 곁에 있으니 신라조의 천문 관측하던 유물로서 동양의 최대 천문대이니 거룩한 건축물이다. 이는 신라 27세 왕인 선덕 조에 만들었다 하나니, 화강석으로 높이가 30척이나 되게 원통형으로 쌓아올렸고 맨 위에는 이중의 우물 도리를 얹고 중앙 남면에 방형方形의 창을 내어 출입구를 만들었다. 대의 내부는 오르내리는 계단이 없이 그냥 쌓았는데, 이를 두고 절기를 관측하는 긴급한 곳이라 시간이 허비되는 사다리를 썼을 리도 없고 아마 승강기를 썼나 보다는 의견을 가지는 이도 있다.

그도 그럴는지도 모른다. 1,000년 전, 그 때에 벌써 유리를 굽고, 오색모직을 짜고, 건축 조각이 그만하였으니 그 솜씨로 승강기쯤을 만들었다는 것이 그리 괴이한 것은 아니다. 신라의 여덟 가지 괴이한 것 중 하나라는 안압지의 부평초 따위도 아마 참으로 부평이 아니라 마른 잎같이 생긴 무엇을 만들어 띄워 사람이 가라앉지 않게 한 것은 아닐까.

남으로 남산 아래의 포석정 못 미친 곳에 창림사터가 있다. 신라 사람으로 글씨가 신의 경지에 이르렀다는 김생金生이가 이 절의 내력을 비석에 썼다는데 그 사람은 물론이거니와 그 비문까지 없어졌다. 고적보존회에 가면 김생이 쓴 '백월탑비문白月塔碑文' (태자사낭공대사비太子寺郎空大師碑의 탁본을 말하는 것이지 싶다)을 걸고 굉장히 설명하는데 김생의 글씨를 여기에서만 볼 수 있다는 것은 좀 심한 말이다.

방형으로 담을 두르고 그 안에 고목이 있으며 나무 밑에 전복 모양으로 둥글 길쭉하게 파인 돌로 만든 도랑 같은 것이 신라 최후의 장면을 연출하던 포석정의 유상곡수流觴曲水터다. 경애왕, 왕의 귀한 몸이 견훤의 사나운 칼에 하염없이 쓰러지며 꿈 속의 경애왕후, 한 나라의 국모로 가장 창피한 욕을 당하고 무서운 불길이 하늘에 닿았는데 문무 백관이며 삼천 궁녀가 밟히며 찔리며 허둥지둥 부르짖는 모양을 생각하면 곧 그려진다. 나는 정신 잃은 사람 모양으로 우두커니 서 있었다. "아아, 무상하다" 할 밖에 더할 말이 없겠다. 동행한 분이 병에 담은 술을 걸러 한 잔씩 돌리는데 유상流觴은 아니나마 그렇거니 하고 마셨다.

돌아오는 길에 문천 남쪽 언덕, 오릉의 동남쪽에 있는 알영정을 찾으니 우수수 하는 대숲 한 귀퉁이에 알영정이라고 쓴 나무로 만든 표지가 있고 그 앞에 알영정과는 아주 딴판인 흙무더기가 있다. 그 위에는 보기만 하여도 가슴이 다 답답하도록 큰 화강석 한 장을 눌러 놓았다. 아아, 이것을 누가 알영정이리라고 생각이나 하였으랴. 참으로 천만 뜻밖이로다. 그야 상전이 변하여 벽해가 되는 수도 있거니와 한 나라의 국모의 발상지가 변하기로 이렇도록 변하였으랴.

나는 경주 인사에게 한 마디 묻고자 한다. 그대들이 경주를 자랑하고 더불어 조선의 문명을 자랑하지 아니하는가. 그러면 국모의 발상지에 기념각 같은 것은 못 세운다 하더라도 정성만 있으면 나무로든 돌로든 표지 하나쯤 세우기는 그리 어려울 것이 아니거늘, 홀쭉한 나무때기에 '알영정' 석 자를 표한 것조차 고적보존회가 없었던들 얻어 보지 못하도록 내버려 두는 것이 어찌 한심하지 아니하리오.

또한 경주 인사는 교만이 많다. 고금을 막론하고 큰 나라의 국민은 으레 그러하거니와 과연 경주 인사는 삼국을 통일하던 그 때의 거드름이 있다. 경주 인사여, 그대들의 역사를 자랑하는 사람이 어찌 지금의 역사를 생각하지 아니하는가. 신라가 삼한을 통일할 때의 형편을 역사가들이 설명하여 가로되, 백제는 교만으로 망하고, 신라는 근면으로 흥하였다고 하지 아니하였는가.

다시 설명할 것 없이 교만하여서 무엇이 될 것인가. 그대들은 그대들의 직계 조상을 생각하여라. 2,000년 전, 그 때의 사람들이 머리를 부여잡고 눈을 감으며 어찌 하면 신라로 하여금 예술적인 나라가 되게 할까, 어찌 하면 더 부강하고 풍요로운 나라의 이름을 얻게 할까 하는 포부로 머리를 맞대던 생각을 하여라. 그대들은 없어진 신라를 자랑하지 말고 신라의 생각이 밴 경주를 사랑하여라.

이 우물은 다른 이름으로 부르기를 아리영정이요, 또는 계정이니 알영후가 탄생할 때에 계룡이 출현하는 상서祥瑞가 있었으므로 붙은 이름이며, 천하에 유명한 계림이라 불리는 것은 실로 이에 말미암음이라. 일설에 석탈해왕이 김알지를 얻을 때에 닭이 시림에서 울었다고 시림을 고쳐 계림이라 한다 하였으나 나는 이에 의심이 있다.

석탈해왕이 머물던 궁은 지금 창림사터요, 시림은 반월성 북쪽인즉, 그 서로 떨어진 거리가 닭 울고 개 짖는 소리가 서로 들릴 수가 없는 것이다. 임금 한 분만이 어찌 닭 울음소리를 들을 수 있으리오. 암만하여도 시림이 이 오릉의 송림일는지도 모르겠다. 그러하다면 닭 울음이 서로 들릴 만한 거리이며 시림이란 이름조차 들어맞을 듯하다. 이것은 한 의심으로 하는 말이다.

일행이 여럿이라 별소리가 다 나온다. 정말 이것이 우물일까 하는 사람도 있으며, 설령 우물이라 하더라도 사람이 우물에서 나올 리가 있나, 이 오릉의 전설도 비석에서 분명히 가르치듯이 시조, 알영후, 남해, 유리, 파사 오위의 능인 것을 시조가 승천한 7일에 오체가 이리저리 흩어진 것을 취합하여 묻으려 할 때 요망한 뱀이 있어 못 하였다는 말은 또 무엇이냐 하며, 이와 같은 전설을 만들어 낸 그 까닭은 생각하지 아니하고 자기 똑똑함에 자기가 도리어 되속는 헛똑똑이 소리만 한다.

그러나 그들을 책망할 까닭은 없다. 책망할 사람이 있다 하면 이는 고려의 사가들이다. 고려의 사가들은 몸은 조선 사람이면서 마음은 당나라 사람이 되어 아무쪼록 조선의 족계族係를 무시하고, 조선의 민성民性을 무시하고, 조선의 전설을 무시하고, 조선의 문명을 무시하여 조선으로 하여금 당나라가 되도록 적은 것은 모두 고려 사가들의 죄이다. 그러나 이 또한 고려 사가들의 죄라고만 할 수가 없다.

더 올라가 최치원 같은 사람은 신라 말의 학자이다. 스무 살 어린 나이로 고국을 떠나 해외에 유학하고 돌아온 이름난 학자이다. 아무리 어려서 고국을 떠나 자기 집의 사정을 모른다 하더라도 그래도 깊은 생각이 있으면 어떤 틈을 타서든지 자기가 생장하여 자기가 묻힐 그 땅의 사정을 적어 전하였을 것이 아닌가. 그러나 적어서 전하기는 고사하고 차라리 자기의 말마따나 미치광이 모양으로 산수에 방랑이나 하였으면 좋을 것을 제 깐에는 적는다는 것이 당나라 사람들의 발꿈치를 핥으며 주인을 위해 짓는 개가 되느라고 정성으로 애쓴 모습이 보이는 것은, 그를 위하여 가엾은 일이요, 신라를 위하여 원통한 일이다. 참으로 500년 모화가慕華家의 시조는 최치원이라 하여야 의당 옳을 것이다. 피아彼我를 구별할 줄 모르는 어린애를 유학시키는 일도 두려운 일이거니와 아마 나라가

이자
뉴 사진. 2005

분황사 탑이다. 본디 9층이었다고 하지만 지금은 3층만 남았다.
필자 권덕규의 말대로 수리를 한답시고 어설프게 건드리는 것보다는
그냥 이대로가 낫다. 9층을 눈앞에서 확인하는 것보다
"9층이었다더라"는 이야기로 남는 것이 한결 소중하다. 우리는 그것을
익산의 미륵사지 탑에서 확인할 수 있다. 전해지는 이야기는 그대로 둘 줄
아는 것도 문화를 사랑하는 마음이다. 무조건 복원만이 능사는 아닌 것이다.

망할 때에는 학자도 망할 학자만 나는가 보다.

어떤 사람은 쓰러진 대 한 가지를 얻어 들고 바람에 시달려 누렇게 된 얼룩 무늬를 어루만진다. 그러면서 "이것이 눈물자국과 같은 무늬가 박혀 있는 소상반죽瀟湘斑竹이라, 아리영의 눈물이 여기까지 비치었던가" 하는 이도 있다. 나는 아리영의 눈물이란 말에 그 눈물이 흐르는 피와 같다는 생각이 들며 이에 연상되는 것이 있다. 두견화는 촉나라 임금이 흘린 피눈물로 붉고, 소상반죽은 아리영의 피눈물로 붉은 것은 아닐까 하는 것이다.

읍에서 동쪽 5리쯤 떨어진 곳에 있는 분황사 9층탑에 절하였다. 탑은 안산암安山岩을 구운 기왓장 같이 다듬어서 방형으로 9층을 쌓았는데 어느 때에 3층이 무너지고 그 후에 절의 스님이 중수하다가 잘못하여 또 3층을 무너뜨리고 3층만 남았다. 그러한데 대정 4년인 1915년에 총독부가 다시 수선할 때에 그 안에서 석함을 발견하여 반달처럼 흰 구옥句玉, 유리, 금구金具, 방울 따위와 다수의 장식품을 발견하였는데 그 중에 고려 때에 주조한 숭녕통보가 나와서 고려 때에 중수한 증거를 얻었다. 이것이 스님이 중수하였다는 그 시대가 아닐는지도 모를 것이라. 지금 남아 있는 3층만으로도 그 웅대한 자태가 경복궁의 근정전을 쳐다보는 듯한 느낌이 있다.

어쩌면 그렇게 구상이 웅대하며 건축이 장대하였는고. 나는 남아 있는 3층으로 미루어 9층을 생각하였다. 이 탑은 신라의 활발한 생각이 천하를 통일하고 이웃 나라들에게 조공받을 뜻으로 제1층은 어떤 나라, 제2층은 어떤 나라, 제3층은 어떤 나라 하면서 국민에게 대국주의를 보이노라고 쌓은 것이다. 탑이 9층 그대로라면 경주를 둘러싼 산을 솟아올라 하늘을 뚫고 천하를 내려다보는 모양이 과연 대국의 이상을 대표하였을 것이다. 그러한데 수선을 더 하느라고 탑 위를 매만져 놓은 것이 형용할 수 없이 안되었다. 그 전에는 탑 위에 무너진 흔적이 그대로 있어서 9층 이던 것을 분명히 설명하는 듯하던 것이 이제는 어린애가 상투를 짠 모양으로 아주 웅태부리가 되어 버렸다.

불국사역에서 서남쪽 10리에 토함산 남쪽 기슭으로 보면 아래위 문이 모두 무너진 채로 허술한 절이 불국사이다. 이 불국사의 다보탑은 석굴 암과 아울러 천하의 빼어난 보배라는, 세키노(關野) 박사의 설명을 들었 다. 그는 말하기를, 이 불국사의 다보탑이나 석굴암과 비슷한 건축 조각 은 인도나 당나라에 없는 것이며, 설령 있다 하더라도, 그 곳의 것은 이 것과 같이 정교하지 못하니, 이 모양과 맵시는 오직 조선 사람의 생각으로 만들어 낸 것이라고 한다. 또 잇기를, 설령 인도나 중국에 이것보다 먼저 된 것이 있다 하더라도, 이것은 조선 사람의 손으로 된 것이매 이것 들이 조선의 보배가 되는 동시에 또한 세계의 보배라 한다. 특히 다보탑 은 형태가 더욱 수려하고 특이한 모양이 어느 한 쪽 가리지 않고 치밀하 여 화강석을 가지고 마치 나무를 마음대로 주물러 만들 듯이 정교한 손 재주를 베풀었다고 감탄의 말을 거푸 한다.

민간에서 무영탑이라고 하는, 다보탑과 마주 서 있는 석가탑도 수법은 간단하나 규모가 크고 균형이 알맞아 매우 경쾌하고 날렵한 아름다움을 보여주는 특징이 있다 한다. 헐어 버린 범영루 돌기둥을 가리키며 그것 은 단면 십자형을 만들어 아래는 넓고 위는 좁은 아름다운 곡선을 묘사 한 것이 실로 하늘이 내려 주지 않으면 할 수 없는 기발한 생각이며, 신 의 경지에 다다른 손재주라며 당시 장인의 영험한 손은 참 놀랍다고 감

불국사의 옛 모습

탄한다. 다시 법당 앞에 있는 석등을 가리키며 저것이 보기에 변변치 아니하나 저렇게 경쾌하고 아름답게 만들기는 참 어려운데 일본에는 오직 저와 비슷한 것이 나라(奈良)에 있는 절, 당마사에 하나 있을 뿐이라 한다.

우리는 공학의 지식이 아주 어두운지라 무슨 의논할 것이 없거니와 그 박사가 침이 마르도록 하는 설명에 어깨가 으쓱하였다. 불국사에 또 한 가지 유명한 것은 절 앞의 계단이다. 계단은 동서에 놓은 돌다리이니 동쪽 위는 청운이요, 아래는 백운이라. 백운교 아래는 마치 대나무를 뉘어 놓은 것처럼 둥글게 만들어 상부를 지탱하고 청운교는 책을 엮듯이 돌을 짜 맞추어 지탱하였으며 계단 양쪽에 돌로 만든 난간을 베풀어 놓은 것이다. 서쪽의 연화교, 칠보교도 그 결구는 대개 이들과 같다.

나는 여기서 이런 생각을 하였다. 연화, 칠보는 물론 불교의 문자이거니와 청운, 백운은 무엇을 의미함일까. 이는 필경 먼저 분황사 9층탑이

정치적으로 통일을 의미한 것같이 이 절의 돌다리는 종교상으로 통합을 의미함이라 한다. 그렇지 아니하면 유교에 마땅한 문자인 청운과 도교에 마땅한 문자인 백운을 취하였을 리가 없는 것이다.

절 뒤로 난 길을 따라 토함산을 넘어 좀 내려가다가 북쪽으로 길을 꺾어 얼마 들어가지 않아서 머리 빡빡 깎은 중대가리 같은 돌집이 있다. 이 것이 그리 유명한 석굴암이라, 토함산 동쪽 기슭의 끊어진 곳을 파고 화강석으로 굴을 짜 놓은 것이다. 터가 그리 높은 줄은 모르나 또한 어지간히 높으며, 앞으로 나지막한 산을 깔고, 멀리는 동해를 바라보는 그 위치부터가 그럴듯하다.

굴의 입구, 좌우의 벽면에는 사천왕과 인왕상을 도드라지게 새기고, 굴의 중앙에는 돌로 만든 연화대 위에 장륙불좌상을 모시고, 후면의 중앙에는 11면 관음 입상을 양각하고, 좌우로 각 다섯 구의 나한상과 두 구의 보살상을 만들어 놓고, 주벽 위에는 번갈아 좌우에 각 5처의 불감을 뚫어 그 왼쪽 방에 네 보살, 오른쪽 방에는 두 보살과 지장 보살, 유마 거사의 좌상을 모셨고, 천정은 하늘처럼 둥글게 만든 궁륭형穹窿形으로 하였는데 그 구축의 정교함, 의장의 기묘함과 더불어 그 아름다운 솜씨가 우아하고 수려한 특징을 발휘하여 실로 신라의 예술 중 황금 시대의 대표적 유물이라 할지로다.

그것을 보고서 일본의 학자 도리이(鳥居) 씨가 이렇게 말하였다. "조각해 놓은 상을 보면 그리 장중하고 숭엄한 생각이 나지 아니하고 사랑스럽고 정다운 생각이 난다. 말하자면 아주 여성이라. 만일 남성이라 하면 다정하고 사랑스럽게 생긴 남성이겠다." 이 굴이 요즈음에 들어 황폐해져 가고 그 무너짐이 날로 심해져 대정 4년에 수리를 하였다. 그러나 수리라 하면서 원형 그대로 하는 것이 아니라 입구의 천정을 헐어 없애 버려 동그란 석조 불감과 같이 되어 굴이라는 생각이 도무지 들지 아니한다. 그리하여 어찌하면 가마를 가져다 놓은 것 같기도 하며 또한 달마의 머리에 솟은 육계 같기도 하다. 게다가 수리하기 전보다 외려 빗물이 스며들어 샐 지경이 되어 조상에 하얗게 분을 발라서 아주 옛 빛이란 조금도 없다.

지금도 시멘트 칠을 자꾸 한다. 내 생각 같아서는 시멘트 칠만 하지 말고 근본적으로 원형대로 수리하여 보수하는 것이 좋을 듯하다. 원형을 잃은 보수는 개조일 따름으로 보수가 아니며 고적 보존의 본의를 잃은 것이라 한다.

수리 공사를 감독하는 기사가 우리에게 성실한 모습을 보여 주며 고적을 보존하는 자기로서는 고적을 아껴 구경 오는 여러분에게 감사를 하노라 하며, 연이어 시키지 아니하는 설명을 한다. 이 석굴암은 구축이 기하학적 구상이 아니고는 도저히 이에 이를 수가 없으며, 위치를 잘 가려 아침 해가 돋을 적이나 저녁에 달이 뜰 적이면 그 광선이 바로 굴 안에 비쳐 들어 참으로 장관이라 한다. 또 조선 사람들이 이 굴을 동해상에 쌓은 것은 일본을 정복하려는 의미로 하였다 하나, 나는 그같이 생각하지 아니한다. 그는 또 이 굴 자리를 여기에 잡음은 해와 달을 숭배하는 의미나 또는 항해선을 보호하는 뜻으로 한 것이라 한다. 더하여 사천왕 중 한 신은 신발의 뒤가 조선 짚신을 꾸민 듯하고 앞은 일본의 짚신인 '와라지'를 꾸미듯 하였으니 이것으로 보면 벌써 그 때에 일본과 조선이 융화한 것을 의미한다고 매우 만족한 모양을 한다.

나는 이에 딴 의견이 있다. 고대에 있어서 문물 제도가 대륙으로부터 섬나라에 수입된 것은 설명할 것이 없거니와 이 신발에도 또한 그 영향이 미쳤나니 그는 유재游齋 이현석의 「유재집游齋集」을 보면 일본의 짚신과 나막신 제도가 대륙으로부터 들어간 실증을 넉넉히 얻을 수 있다. 그리고 이 석굴암을 쌓은 연기緣起도 분황사 9층탑과 불국사 돌다리에 비추어 그 설명의 약함을 찾을 수 있다. 그렇다면 나는 석굴암을 쌓은 연기를 말할 때에 그 공사 감독 기사가 빼놓은 설명까지 넣어야 옳다고 본다. 물론 고대에 있어 해와 달 같은 자연물을 숭배함도 사실이거니와 9층탑을 쌓는 신라 사람, 불국사를 짓는 신라 사람이 석굴암을 지을 때에 또한 엉큼한 생각이 그 속에 들었던 것도 사실이 아니랴.

누구든지 옛적을 알려는 이는, 더욱이 삼국의 문화를 알려는 이는 가서 경주를 보아라. 가 보면 무슨 생각이 꼭 일어날 것이니, 고구려의 왕궁 중에는 수정성이 있었다는 역사를 보았다. 그러나 이는 지금에 상고할 수 없는 것이요. 나는 먼저 백제의 서울 부여를 보았다. 그러하나 그것은 경주에 비겨 손색이 있다.

여기에 와야 고대의 뛰어나고 큰 생각을 안다. 9층탑을 보아라. 불국사, 석굴암을 보아라. 그러면 신라 사람의 생각을 다 안다. 어쩌면 그렇게 웅대하고 장중하고 치밀하였던가. 나는 지금에 됫박만큼씩 한 무덤을 쌓는 조선 사람과, 산더미 같이 쌓는 신라 사람은 아주 딴판이어서 도무지 역사상 관계가 없는 듯하다. 나는 신라의 유물을 보고 신라의 생각을 짐작하고 신라의 옛적으로 들어가고 싶어 못 견디겠다.

국민의 사상은 지리에 따라서 다르거니와 신라 사람은 아마도 금강산의 아름다움과 창해의 넓음을 배워서 그러한 듯하다. 지금의 조선 사람도 그 산과 바다를 보건마는…. 그러나 신라의 쇠망한 원인도 이에 있다

이지누 사진, 2005

"머리 빡빡 깎은 중대가리 같은 돌집"이라는 필자의 표현이 참 마음에 든다.
그것은 멀리서 봤다는 것을 의미하기 때문이다. 대개의 사람들이 기억하는 석굴암은
그 내부일 뿐 바깥은 아니다. 그것의 관심이 석굴암 안의 부처님이나
화려한 조각에 머물러 있다는 것을 반증하는 것이다. 사진에 보이는 기와집 뒤의
민머리 같은 동산이 석굴암의 정수리이다.

할지니, 한창 때에 백제를 물리치고 고구려를 유린하여 나라의 기운과 문물이 절정에 달하였을 때에 벌써 한 옆으로는 자만과 사치가 따랐다. 성을 쌓는 대신에 탑을 세우고, 화랑을 뽑는 대신에 허무한 중을 높이고, 항해술을 연습하던 창해, 넓은 바다가 인도 파사로부터 상상의 동물을 나르는 항로로 변하고, 예술미를 배우던 금강산이 한가한 탕자들이 꽃놀이 하는 장소로 변하였다. 정녕코 신라 흥망의 경계선은 이처럼 된 후인 것이다.

경찰서에서 최근에 파낸 유물을 보았다. 썩 중요한 것은 무슨 관계인지 보여 주지 아니하고 약간의 것만을, 그것도 하루밖에는 공개하지 않았다. 보석류와 순금의 기구와 장식품도 많았는데 그 중에 제일 진귀한 것은 유리와 수정이라 한다. 수정 구슬 한 개에 10,000여 원 가치를 가진다 하니 얼마나 고귀한 것임을 짐작하려니와 더욱이 유리를 구운 것은 그 때로서는 희한한 것일뿐더러, 유리라 하여도 그냥 유리만 구운 것이 아니라 속에 사기질을 싸서 구운 것은 참으로 놀랍다. 또 하나 신기한 것은 금대金帶의 띠에 눌려 썩지 아니한 옷감을 볼 수 있음이다.

이 옷감은 굵은 벼 같은 것이 삼베 실로 짠 여름 양복과 비슷한 것이다. 손목에 두르는 금팔찌, 발목에 두르는 발찌도 나왔다. 그리하여 이 옷감과 팔찌 따위를 모아서 미루어 생각하면 그 때에 혹시나 지금의 양복 비슷한 옷을 입지나 아니하였는지, 또는 유리, 자기를 굽는 공학과 건축 조각 등 놀라운 예술을 합하여 보면 지금 서양의 문명이 동양의 신라 같은 곳에서부터 들어갔다가 다시 재연되어 나오는 것이나 아닌가 하는 생각을 가지는 이가 있다.

서 아라비아 등 서쪽 나라의 상인들이 신라에 들어왔다가 돌아가기를 잊어버렸다는 역사와 고구려와 중앙아시아와의 관계를 미루어 생각하면 어떠할는지. 서 아라비아 사람이 돌아가기를 잊었듯이 아무튼 경주를 본 이는 차마 돌아가기가 싫을 것이다.

경주의 맨 나중 구경으로 봉덕사 종을 울렸다. 이 종은 경덕, 혜공 부자가 양 대에 걸쳐 그 고조 선조가 되는 성덕 임금을 위하여 만든 것이니 들어간 물자가 황동이 12만 근이라. 금은을 잘 조합하고 그 위에 음통을 놓은 순 조선식 종으로 다시 얻을 수 없는 것이다. 한번 울리매 윙 하고 울다가 그 소리가 끊어질 만하여서 다시 윙 하고 음파를 계속하면서 옛 나라의 나머지 소리를 잔잔하게 전한다.

아아, 좋은 종이로다. 손끝으로 조금만 튕겨도 웅웅거리는 것이 수십 분씩 계속한다. 신라 사람은 9층탑, 장륙불, 옥대로써 세 가지 기이한 것이라 하였거니와 지금 사람은 석굴암, 다보탑, 무열왕릉비의 귀부와 이 종을 아울러 네 가지 보물이라 한다. 이것이 경주의 네 가지 보물만 될 뿐 아니라 우리 과거의 문명을 역력히 설명하는 보물이라. 만일에 이것조차 없었던들 우리가 무엇으로 자랑하고 위안을 얻었을까.

일행은 하루 먼저 보내고 나는 오뭇라는 벗과 경주에서 몇 군데 더 구경하고 하룻밤을 더 쉬었다. 먼저 이틀은 방이 좁아서 과연 고생하였다. 서로 베고, 서로 깔고, 아주 야단으로 지냈다. 이 날은 좀 깨끗한 여관을 얻어서 단둘이 편히 쉬게 되었다. 이 밤에 이런 노래가 생각났다.

동경 밝은 달에
새도록 노닐다가
들어와 자리를 보니

다리가 넷이로세.

이것은 처용가의 일절인데 우연하게 경우가 들어맞았다. 청천靑川 신유한과 두기杜機 최성대가 전생 부처로 우호하며 서로 가까이 지냈다더니 나와 오吳가 또한 그런 숙연이 있는지도 모르겠다. 날이 밝자마자 일찍 밥을 먹고 시가를 북으로 통하여 한참 거닐었다. 읍에서 북으로 포항에 닿는 길은 신라 적 길 그대로라 한다. 수년 전에 신작로를 낼 때에 길을 깔다가 신라에서 만든 도로의 양쪽 석축이 드러나 별로 힘들이지 아니하고 수리를 하였다 한다. 그렇겠지, 그 때에 길이 좁았을 리가 있나, 교통은 문명에 정비례하는데. 시간이 되어 자동차를 잡아타고 그 길을 뒤로 연장시키며 ,영지影池, 괘릉 이야기를 하는 가운데 경주 동쪽의 유명한 치술령을 바라보면서 울산으로 간다. 가기는 가면서도 생각은 차마 떨어지지 아니하여 마치 생장한 고향을 떠나듯 연달아 고개를 돌려 경주를 바라보았다.

이 글은 1921년 「개벽」 12월호에 "慶州行"이라는 제목으로 실렸던 것이다. 본디 글은 90매에 가까운 것이었지만 새로 읽기 좋게 다듬느라 20매 남짓한 양을 줄여야 했다. 하지만 처음 그대로의 글맛을 다치지 않으려고 애를 썼으며 특히 경주 지역에 대한 것은 모두 살려서 매만졌다.

글을 쓴 이는 호를 애류崖溜로 쓰던 권덕규(1890~1950)이다. 그는 한글 학자인 주시경 선생의 뒤를 잇는 국어 학자로 1921년 12월 조선어연구회朝鮮語研究會 창립에 참여했으니 이 글을 쓰려고 경주에 다녀오고 난 다음의 일이다. 또 「조선어큰사전」을 펴내는 데도 큰 몫을 담당했으

권덕규

며, 1932년 '한글 맞춤법 통일안'의 원안을 작성하기도 했다. 그런 덕분인지 이 책에 실린 그 어떤 글보다도 한글 표기가 정확한 원고이기도 했다. 이번에 이 글을 매만지면서 뺀 내용은 거의가 우리말 풀이에 대한 것들이었다. 그것은 경주와는 동떨어진 내용이기도 할뿐더러 좀 지루하기도 한 탓에 빠뜨리긴 했지만 그가 얼마나 한글에 대한 애착이 깊었는지를 넌지시 보여 주는 것이기도 했다.

필자가 글 말미에서 반드시 글 앞에 쓸 것이라고 해 놓았던 것이 있었는데 그것은 글은 이미 가을에 썼으나 겨울에 실리게 된 것에 대한 변이었다. 그것과 글 속에 등장하는 일본인 학자들의 이름이나 정황을 미루어 보면 혼자 간 것이 아니라 여럿이 함께 경주로 향했던 것으로 보인다. 또 우리 문화에 대해 해박한 지식을 지닌 일본인 세키노(關野) 박사가 동행하여 불국사에 대해 설명하는 대목은 인상적이기도 하지만 무척 정확하다. 글 전반에 걸쳐 나타나는 문화재에 대한 필자의 이야기들 또한 대개 정확하고 그를 보는 안목이 대단함을 느낄 수 있으나 분황사 9층탑에 이르러서는 착각이 있는 것으로도 짐작된다.

"…이 탑은 신라의 활발한 생각이 천하를 통일하고 이웃 나라들에게

조공 받을 뜻으로 제1층은 어떤 나라, 제2층은 어떤 나라, 제3층은 어떤 나라 하면서 국민에게 대국주의를 보이노라고 쌓은 것이다…"

라고 한 것은 황룡사 9층 목탑에 해당하는 것이기 때문이다. 안홍安弘이 쓴 「동도성립기東都成立記」에 따르면 황룡사 9층탑은 각 층마다 신라 주변의 나라를 상징한다고 되어 있다. 그 나라들은 제1층 일본, 제2층 중화, 제3층 오월, 제4층 탁라, 제5층 응유, 제6층 말갈, 제7층 단국, 제8층 여적, 제9층 예맥이다. 또 자장은 선덕여왕에게 이 탑을 세우면 그들이 모두 신라에 와서 항복을 하고 조공을 바치니 왕업이 길이 태평할 것이라고 했다.

　어쨌거나 권덕규의 민족 문화에 대한 자긍심만은 화강암처럼 단단하다. 글 전체에 흐르는 우리 문화의 빼어난 아름다움에 대한 감탄이며, 다소 억지스러운 면이 보이기도 하는 신라 문화의 외국 전래에 대한 의견 등은 요즈음도 심심찮게 거론되고 있는 문제이다. 그런가 하면 유물들을 함부로 대하는 듯한 경주 사람들을 준엄하게 꾸짖기도 하고 석굴암 수리를 감독하던 감독관의 얼토당토않은 설명에는 코방귀를 뀌기도 한다. 또 유물의 보수에 대한 의견도 정확하여 요즈음 사람들이 새겨 읽어야 할 것이라는 생각이다.

　이 글은 낡은 흑백 사진만으로 되새겨 보는 노스탤지어 지향적인 지난날의 경주가 아니라, 좀더 현실성이 드러나 있는 경주의 모습을 보여 준다는 생각이다. 오래 된 사진은 그저 객관화된 장면만을 추억하게 하지만 글은 그렇지 않다. 1921년의 경주의 모습을 누가 이렇듯 자세하고 성실하게 남겨 놓았겠는가. 그의 글을 따라 이리저리 휘둘리다 보면 1921

년 그 때의 경주 모습이 선연하게 머리에 떠오른다.

이는 교과서에 실리며 널리 알려진 소설가 현진건의 '경주 기행' 보다도 10여년 이나 앞선 기록물이다. 현진건은 1929년 8월, 동아일보에 '고도 순례 경주' 라는 제목으로 연재하기 시작했으니 말이다. 비록 문화재 전문가가 다녀온 답사기는 아니지만 그에 못지않은 답사기이니 감사한 마음으로 읽어야 할 글이다.

백제 궁궐터에는 보리만 누웠더라 | 이광수

삼천리
1933년

해거름에 자전거를 타고 능산리 고분으로 달려가는 모습, 그리고 지금은 보물 194호로 지정되어 박물관 마당에 있는 석조 두 구가 옛 동헌 터—일제 강점기에는 헌병대가 된 곳— 마당에 있었다는 것과, 백마강의 규암진에서 배를 타고 논산의 강경읍에 다다랐다는 것들은 눈길을 끄는 대목이다. 지금은 나라 안에서 배를 타고 다닐 만한 곳들이 없게 된 형편이다. 춘원이 누렸을 그 풍경이 새삼스러운 것이다. 고작 한강에 떠다니는 유람선이 아니면 강에서 배를 탈 수조차 없는 요즈음, 사공이 노를 젓는 배를 타고 백마강을 떠 가는 정경은 독자 여러분의 상상에 맡긴다.

퍼붓는 비를 무릅쓰고 아침 일찍 이인利仁을 떠났다. 이인에서 부여까지의 50여 리 길은 대개 좁은 산길이었다. 탄탄한 신작로가 좁고 긴 산속의 좁은 길로 달아난 것이 마치 맑은 물줄기와도 같았다. 게다가 도로 좌우 옆으로 아카시아가 쭉 늘어서서 그 풍치 있음이 비할 데가 없었다.

나는 산 속 비탈 속으로 터벅터벅 혼자 걸어간다. 좌우 청산에는 빗소리와 벌레소리뿐이로다. 1,250년 전, 백제의 서울 반월성이 나당 연합군의 횃불에 흔적도 없이 재가 되던 날 밤, 대왕포에서 놀던 흥도 깨지 못한 임금, 의자왕께서 태후 태자와 함께 대천으로 몽진하던 길이다. 그 때가 7월이라니까 아마 이와 같이 벌레 소리를 들었을 것이다. 지팡이를 멈추고 우뚝 서서 좌우를 돌아보니 예와 다름없을 푸른 산에서 말굽 소리가 들리는 듯하여 흔연한 감회를 금치 못하였다.

신지경고개라는 고개 마루턱에 올라설 적에 문득 들리는 두견새 소리는 참말 나그네의 애를 끊는 듯하였다. 이리 돌고 저리 돌고, 이 고개 넘고 저 고개 넘어, 늘어진 버들 그늘에 띳집 서너 채가 해거름에 내리는 비에 잠겨 있음을 보았다. 막걸리 파는 미인에게 물은즉 이 지명은 '왕자 터'요, 부여에서 20리라 한다. 목도 마르고 시장도 해서 메기 안주에 막걸리 한 잔을 마셨다. 문 앞에 청강이란 강이 있으매 메기가 많이 잡힌다 한다.

거기서 약 10리를 걸으면 부여군 현내면 가증리에 유명한 유사 이전의 묘지가 있다. 몇 년 전, 총독부의 촉탁을 받은 구로이타(黑板) 박사의 감정에 의하건대 적어도 4천 년 전 것이라 한다. 그 때 어떠한 사람들이 어떻게 살았는지 물어도 고분은 대답이 없건마는 난리에 잃어버렸던 선조의 분묘를 보는 듯하여 잠간 거닐며 차마 떠나지 못하였다. 부여 나복리라 하는 곳에도 4천 년 전 주민의 유적이 있다 한즉 이 지방에는 퍽 고대부터 문화가 열렸던 듯하다.

차차 앞이 툭 터지며 안계가 넓어 간다. 대체 그 굉장한 문명을 가졌던 백제의 서울이 어떠한 것이던가 하는 생각에 자연 걸음이 빨라진다. 동시에 이 고개를 넘어서면 취타가 들릴 듯하고, 하늘로 날아오르는 반월성의 높고 찬란한 궁전과 백마강 물 위에 관과 현에서 흘러나오는 태평곡이 맑게 들릴 것 같다. 그러나 그 고개를 넘어서도 여전히 거친 여름풀과 모 심는 농부뿐이로다.

길가에 말없이 누운 주춧돌과 낡은 비석이 행인의 눈물을 재촉할 뿐이로다. 눈을 깜빡이며 거니는데 감개무량하다. 부소산 동쪽 모퉁이를 돌아 초가집 이삼천 채가 적적히 누워 있는, 소위 부여 읍내에 다다랐다. 아, 이것이 부여이던가 함은 처음 오는 사람이라면 누구나 말하는 감탄이라 한다. 이것이 일찍 백제의 서울 터라고 뉘라서 믿으리오. 사람의 일을 믿을 수 없다 하건마는 이렇도록 심하랴.

이튿날 아침, 백제의 유적들을 구경하기 위해 나섰다. 바로 옛 헌병대 구내에 석조 두 개가 놓였다. 이것은 백제의 귀인이 목욕하던 것이다. 하나는 다리 뻗고 앉기 좋을 만하고, 하나는 반듯이 눕기 좋을 만하다. 나는 한창 적 로마 사람들을 연상하였다. 그렇게 백제인은 번쩍하게 살았

부여박물관에 전시 중인 보물 194호 석조.

다. 부소산은 산이라기보다 망강岡이다. 로마의 칠망산七岡山이란 어떤 것이지 모르나 아마 이러할 것이다. 길에 기와 조각이 한 벌 깔렸다.

그 날 밤 화염에 튄 것이다. 궁중의 향내 맡던 것이오. 남훈태평가를

듣던 것이다. 여기는 대궐 자리요, 저기는 비빈이 있던 곳이오. 달맞이하는 영월대, 달 보내는 송월대도 여기요, 공 차던 축국장이 여기, 가무하던 무슨 전각이 여기, 150년의 영화가 하룻밤에 사라질 때 부소산 전체가 온통 불길이 되어 7월의 밤하늘과 백마강의 물을 비칠 때 그 때의 비장하면서도 처참한 광경이 눈을 감으면 보이는 듯하다.

그 때의 영화로운 꿈에 취하였던 구중 궁궐이 온통 놀라움과 두려움으로 가득 차 울며불며, 엎어지고, 자빠지며, 이리 뛰고, 저리 구르고 하던 모습, 꽃같이 아름답고 가는 버들가지처럼 연약한 수백의 비빈이 검은 연기를 헤치고 송월대에 비낀 달빛 속으로 낙화암으로 가던 모습, 숫고개와 백마강 물 위로 폭풍 같이 말 달려오던 나당 연합군의 기세 오른 고함 소리가 귀를 기울이면 들리는 듯하다.

나는 푸른 풀 위에 털썩 주저앉아서 힘껏 그 때 일을 상상하려 하였다. 내 눈 앞에는 그 때의 반월성이 있다. 그 때의 궁전이 있고, 그 때의 사람이 있다. 그 때의 색채가 보이고, 그 때의 음성이 들린다. 나도 그 때의 사람이 되어서 노래하고 춤춘다. 그러나 황량한 반월성 연못의 거친 풀이 보일 뿐이다. 부소산의 모양도 얌전하거니와 비스듬히 저리 이리 흘러 돌아가는 백마강도 좋고 멀리 눈썹 같이 둘러선 청양의 연이어지는 산봉우리도 좋다.

강산은 좋은 강산이다. 그러나 그 강산도 그 주인을 얻어야 빛이 난다. 부여의 강산은 암만 해도 시를 알고 풍류를 아는 백제인을 얻고 나서야 비로소 빛이 난다. 지금은 백제인이 없으매 뉘라서 그 강산을 빛낼까. 부소산 동쪽에서 해맞이를 하던 앙일대 너머에 있는 창고 터를 보았다. 아직도 쌀과 밀과 콩이 까맣게 재가 되어 남아 있다. 거기서 다시 발을 돌려 문자와 같이 벼와 기장이 기름지게 무르익은 밭을 지나서 송월대 자리에 한참 발을 멈추고 있었다. 이윽고 궁성의 서문을 빠져 돌아가 빙글빙글 돌며 절벽을 내려가니 백마강 물 소리가 들리는 반석 위에 있는 것이 유명한 고란사다.

문 앞, 절벽에 선 노송에는 까치 둥지가 있어 지저귀고 또 그 밑으로 보이지는 아니하나 아마 수양버들 속에는 꾀꼬리가 있는 듯 울음소리가 울려 올라온다. 이 절의 내력은, 참고할 사료가 불에 타 버려 없었으나 아마도 불법을 존경하고 숭배한 백제 왕실의 수호 사찰일 것이다. 연꽃을 아로새긴 주춧돌이며 빤빤히 닳아진 섬돌에는 당시 귀인의 발자국이 있을 것이다. 낙화암 위에서 꽃다운 넋이 스러진 궁녀들도 아마 이 법당에서 최후의 명복을 빌었을 것이다.

거기서 푸른 쑥을 잡으며 층층인 바위를 안고 돌아 수십 보를 가면 까맣게 하늘을 폭 찌르고 우뚝 선 울퉁불퉁한 바위가 낙화암이다. 설마 그때 궁녀의 피는 아니지만 바위틈으로 물방울이 뚝뚝 떨어지고 발 아래에서는 소용돌이치는 장마 물이 성난 듯이 흘러간다. 행여 꽃 한 송이나 얻을까 하고 사방을 살폈으나 오직 독사가 튀어나올 듯한 이름 모를 풀이 있다. 나는 위로 바위를 보고 아래로 물을 보다가 차마 오래 머물지 못하여 급히 발을 돌렸다.

백마강 흘러내리는 물에 석양이 비낄 제
버들 꽃 날리는데 낙화암이란다.
모르는 아이들은 피리만 불건만
맘 있는 나그네의 창자를 끊노라.

낙화암, 낙화암 왜 말이 없느냐.

7백년 내려오던 부여성 옛 터에
봄 만난 푸른 풀이 예같이 푸르렀는데
구중의 빛난 궁궐 있던 터며, 대며
만승의 귀하신 몸 가신 곳 몰라라.
낙화암, 낙화암 왜 말이 없느냐.

어떤 밤 물길 속에 곡소리 나더니
꽃 같은 궁녀들이 어디로 갔느냐.
임 주신 비단치마 가슴에 안고서
백마강 깊은 물에 던진단 말이냐.
낙화암, 낙화암 왜 말이 없느냐.

　곤한 다리를 잠간 쉬여 조금 떨어진 푸른 대숲 속에 평제탑(정림사터 5층탑)을 찾았다. '대당평백제탑大唐平百濟塔'이란 이름은 수치이건만 이와 같은 만고의 대걸작을 후세에 남긴 우리 선조의 문화는 또한 자랑할 만하다. 석양을 비껴 받은 탑은 즉시 날개를 버리고 가을 하늘로 솟아오를 듯하다. 어떻게 저러한 구상이 생기고, 어떻게 저렇게 기술이 능한고. 저렇게 조화롭고, 장중하고, 그러고도 미려한 형상을 생각하여 만들어 내는 그 대예술가의 정신은 얼마나 숭고하였던고.
　또 그러한 대예술가를 배출하던 당시의 우리 선조의 정신은 얼마나 숭고하였던고. 역사의 모든 기록이 다 연기처럼 사라지고 말더라도 평제탑이 의연히 백제의 옛 도시에 서 있는 동안 우리 겨레의 정신이 숭고하고 세련됨은 잊히지 않을 것이다. 지금 우리 몸의 혈관 중에도 이 선조의 혈액이 방울이 되어 흐를지니 이것이 새로운 옥토를 만나고 새로운 햇빛을 받으면 반드시 찬연히 꽃을 피울 날이 있을 줄 믿는다.

요즈음의 조선 건축과 공예를 보여주는 조선인이 백제탑을 만든 조선인의 자손이라 한들 뉘가 곧이들으랴. 요즈음의 조선인은 쇠퇴하였고, 타락하였고, 추악하고 무능하며 무기력하게 되고 말았다. 고려 중엽 이후로 이씨 왕조에 이르는 칠팔백 년 동안에 삼국 시대의 용장하고, 건전하고, 숭고하던 정신은 온통 소멸되고 말았다. 편벽하며 소견이 좁아터진 유교 사상은 조선인의 정신적 생기를 말끔히 사라지게 하고 말았다. 공자의 유교가 퍼진 지 이천여 년에 그것으로 망한 자가 있음을 들었으나 흥한 자 있음을 듣지 못하였다. 유교 사상은 일부 몸을 닦고 마음을 가다듬는 데 자료가 되는지는 모르되 결코 치국 평천하의 도는 아니다. 유교는 진실로 발랄한 정신의 활기를 죽이고, 모든 문명의 새싹을 말라죽게 하는 뜨겁기만 한 태양과도 같은 것이다. 삼국 시대의 조선인으로 하여금 금일의 조선인이 되게 한 것은 그 죄가 오직 유교 사상의 전횡에 있다.

나는 조선사에서 고려와 조선을 지우고 싶다. 그러고 삼국으로 거슬러 올라가고 싶다. 그 중에도 이씨 왕조의 조선사는 결코 조선인의 조선사가 아니요, 자기를 버리고 중국처럼 되고 말려는 어떤 노예적 조선인의 조선사다. 그것은 결코 내 역사가 아니다. 나는 삼국 시대의 조선인이다. 고구려인이요, 신라인이요, 백제인이다. 고려를 내가 모르고 이씨 왕조를 내가 모른다. 서양의 신문명이 옛 사상의 부활에 있다는 것과 동일한 의미로 조선의 신문명은 삼국 시대의 부활에 있을 것이다. 아이구, 나는

망국의 슬픔인가. 부여에 머무는 사흘 내내 비가 내렸다.

정림사 터에는 백제의 기상이 잘 드러나 있는 이 탑 말고도 석불 좌상 한 분이 계신다. 나는 그분을 볼 때마다 가슴이 아프다. 15년 전만 하더라도 그 분은 햇볕 가득한 절 마당에 계셨지만 어느 날부터 크고 우람하게 지어진 집 안으로 들어가셨기 때문이다. 그 날부터 그분의 얼굴에 피어나던 미소를 가늠할 길 없게 되었으니 슬픈 것이다.

사비성의 옛날로 돌아가고 싶어 못 견디겠다. 나는 평제탑을 바라보고 다시 바라보며 옛 선조들을 연모한다.

부소산 위에 걸린 태양은 핏빛같이 붉다. 백마강 가에 늘어진 버드나무에는 저녁 안개가 꼈다. 반월성 위로 울며 돌아가는 까마귀는 무엇을 한탄하는고. 저녁을 먹은 후에 자전거를 빌려 타고 반월성 동문 밖의 백제 왕릉과 백제 시대의 묘지를 찾았다. 황혼의 풀숲 속에 묻힌 세 왕릉 앞에 회고의 뜨거운 눈물을 뿌리고 겹겹이 놓인 돌무덤 앞에서 무상의 감정을 돋우었다. 아, 그리운 백제의 서울. 잿더미가 된 백제의 서울. 참담한 백제의 서울. 황량한 백제의 서울. 천 년 후 어린 시인의 애를 끊는 백제의 서울아.

나는 배를 탔다. 우리 배는 규암진을 떠났다. 옛날 백제의 상선과 병함이 떠다니던 곳이요, 당나라, 일본, 안남(베트남)의 상선이 각색의 물자를 만재하고 다투어 모이던 곳이다. 자온대의 기암은 지금에는 의자왕이 한가롭게 놀이를 즐기던 터로 알려져 있지만 당시에는 아마 이별암으로 더 유명하였을 것이다. 진취적이고 활발한 백제인이 요즈음의 일본인들이 서쪽으로 천하가 좁다하고 횡행할 때에 이 바위 위에서 뜨거운 눈물을 뿌리던 미인도 많았을 것이다.

나도 백제인이 당나라를 향해 떠나는 마음으로 규암진을 떠났다. 감회 많은 부소산을 다시금 바라보며 일엽편주는 노 젓는 소리 한가하게 백마강의 중류로 흘러내린다. 한 점 바람과 구름도 없어 파도조차 구경할 수 없는데 강 양쪽의 버드나무만 안개에 묻혔다. 이따금 이름 모를 고기가 뛰어 강물에 비친 산 그림자를 깨뜨릴 뿐이다. 물도 좋고, 청산도 좋고, 청천에 뜬 흰 구름도 좋다. 모두 그림 속에서나 볼 만한 풍경이요, 시 가운데 한 장면이로다.

　마침 같은 배에 탄 세 명이 다 비범한 자다. 퉁소 부는 소경 노총각과 휘날리는 백발에 다 부서진 삿갓을 쓴 해금 긋는 노인도 신기하거니와 단정하게 소복을 차려입은, 나이가 스물여덟 살이나 넘었을락 말락 한 미인이 함께 배를 탐은 더욱 기연이다. 나는 악기를 들고 있는 두 분에게 한 곡을 청하였다. 그들은 흔연히 허락하고 아름다운 곡을 연이어 연주한다. 눈물 자국이 그득한 미인도 눈썹을 움직이며 이윽히 듣더니 솟는 흥을 못 이김인지 두드려 박자를 맞추며 '장생술長生術 거짓말이' 한 곡을 부르고, 다시 내가 청하여 더 불렀다.

　반월성 깊은 밤에 화광이 어인 일고
　삼천 궁녀가 낙화암에 지단 말가.
　물가에 푸른 버들아 너무 무심.

　강산은 좋다만은 인물이 누구냐.
　자온대 대왕포에 새 울음소리 깃들이니
　지금에 의자왕 없음이 못내 싫어

　백제 궁궐터에 보리만 누웠으니
　당시 번화를 어디 가 찾을까.
　동문 밖 겹겹한 무덤에 석양만 비껴라.

　미인은 소리를 떨어가며 세 곡을 연이어 불렀다. 노를 젓던 사공도 어느덧 노를 쉬고, 배는 물을 따라 저 혼자 흘러간다. 이윽고 강 위에 갑자기 부는 바람이 돌아가니 천 년 동안 수중에서 졸던 낙화암의 아름다운 넋이 이 노래에 깨어남이런가. 배가 또한 물 구비를 돌아가니 책상 위에 올려놓고 싶은 조그만 봉우리가 보이고, 거기는 바위에 굴이 달라붙듯이 초가집이 눌려 붙었다. 사공의 말이 강경에 다다랐다 하더라.

이 글은 1933년 「삼천리」 4월호에 "文人의 半島 八景 紀行 第一篇, 아아- 落花岩"이라는 제목으로 실렸던 글이다. 제목으로 봐서도 알 수 있겠지만, 삼천리사에서 여러 문인들에게 물어 새롭게 뽑은 나라 안 팔경 중의 한 곳을 다녀와 쓴 글이다. 당시 낙화암을 포함한 부여는 세 번째 승경으로 꼽혔다. 글쓴이는 춘원春園 이광수(1892-1950)이며, 워낙 알려진 인물이니 따로 설명을 보탤 까닭은 없겠다.

이광수

글쓴이는 충남 공주의 이인면에서 부여로 걸어갔다. 그는 이인에서 부여까지의 거리가 50리 남짓 하다고 밝히고 있으며 그가 걸은 길은 동학농민군이 마지막 힘을 다해 공주로 걸어오던 길이기도 하다. 농민군은 이 길을 걸어 이인면과 공주읍의 경계인 우금치에서 마지막 전투를 치르며 피눈물을 흘리지 않았던가. 전봉준과 손병희가 지휘하던 2만여 명의 농민군은 1894년 11월 8일 공주성을 공격했으나 역부족이었다. 화력이 월등한 총으로 무장한 일본군의 저지선을 뚫기에는 무리였던 것이다. 이 전투에서 패한 동학 농민군은 뿔뿔이 흩어졌으며 사실상 해체된 것이나 마찬가지가 되었던 것이다.

그러나 필자의 글 속에서는 단 한마디도 동학 농민군의 이야기는 나오지 않으니 그것은 부여에만 천착하기로 한 때문일까…, 글 속에서 유교가 조선을 망친 가장 큰 원인이라고 강도 높게 비판하는 것과 견주어 보면 어쩔 수 없이 쓴웃음이 나온다. 당시「삼천리」는 그 편집 방향이 다분히 황국 신민화 운동에 동조를 하고 있었으며, 뒤에 1942년에 제호를「대동아」로 바꾸면서부터는 본격적인 친일의 길을 걸었다.

글은 그저 덤덤하다. 다만 해거름에 자전거를 타고 능산리 고분으로 달려가는 모습. 그리고 지금은 보물 194호로 지정되어 박물관 마당에 있는 석조 두 구가 옛 동헌 터─일제 강점기에는 헌병대가 된 곳─ 마당에 있었다는 것과, 백마강의 규암진에서 배를 타고 논산의 강경읍에 다다랐다는 것들은 눈길을 끄는 대목이다. 지금은 나라 안에서 배를 타고 다닐 만한 곳들이 없게 된 형편이다. 일제에 의한 강점이 시작되면서 신작로가 개설되고 자동차가 생기면서 나라 안 곳곳을 이어 주던 물길은 그 기능을 잃게 되었다. 또 북한강과 같은 곳은 같은 시기에 댐이 만들어지면서 아예 물길마저 막히게 되었으니, 춘원이 누렸을 그 풍경이 새삼스러운 것이다. 고작 한강에 떠다니는 유람선이 아니면 강에서 배를 탈 수조차 없는 요즈음. 사공이 노를 젓는 배를 타고 백마강을 떠 가는 정경은 독자 여러분의 상상에 맡긴다.

바야흐로 두어 줄기 접시꽃이 피던 안심사 | 한용운

삼천리
1935년

이 글에 나온 경판을 지금에 와서 볼 수 있으면 더욱 값진 글이었을 테지만 안타까운 마음이 크다. 경판이 보존되어 있던 안심사의 2층 법당은 한국전쟁 당시 불에 타 경판도 함께 사라져 버렸다. 글 성격이 기행문보다는 회고담에 가까운 것이긴 하지만 기행문의 느낌이 곧잘 살아 있어서 이 책에 포함시켰다. 길을 떠나게 된 동기와 여정 그리고 목적지에서의 행동과 돌아오는 길의 모습들이 잘 녹아 있는 글이다. 특히 연산역으로 가는 도중 호남선을 갈아타야 하는 대전을 지나쳐 추풍령까지 가서 당황하는 한용운의 모습은 흥미롭다. 세상살이의 경험이 없거나 아니면 너무도 반듯하여 경직된 지식인이다. 연산역은 지금도 있으며 그 곳에 있는 증기 기관차의 급수탑은 근대 문화 유산으로 지정되기도 했다.

지금으로부터 4년 전인 1931년 7월 2일 오후 두시, 나는 경성역에서 호남선 연산으로 가는 차표를 사 가지고 부산행 차를 타고 전주 안심사를 향해 출발하였다. 그 때 나는 김종래 씨와 한상운 씨로부터 안심사에 한글 경판이 있다는 말을 듣게 되었다. 한상운 씨가 옛날 서적들을 탐색하기 위하여 절집을 다니다가 안심사에 한글 경판이 있는 줄을 알고 대략적인 것은 탐사하였으나 그 종류와 수량에 대한 상세함은 알지 못하였던 것이다. 그들이 그 일을 나에게 말하게 된 것은 그것을 한 벌 찍어 보자는 계획 때문이었다.

나는 그 말을 들은 뒤에 나의 일생에 그렇게 크게 받아 본 기억이 없을 정도의 충동을 받았다. 세계적 위인이신 세종 대왕께서 여러 나라의 어느 문자와 견주든지 우수한 지위를 점령할 만한 한글을 만들었다. 그리고 그 글로 가장 먼저 번역하고 또 그 번역한 글을 목판에 새겨 인쇄본으로 펴내고 따라서 영원한 세상까지 보존하게 한 것은 불경 및 불교 서류이다. 그러므로 한글의 유적은 대개 사찰에 보관하게 되었던 것이다.

그러나 쇄국 시대에 있어서 우리나라 삼천리를 대우주로 인식하여 각국과의 문화 비교를 꿈도 꾸지 못하였다. 다만 중국 문화를 존숭하는 사대 사상의 유교가 국가 정신의 중심이 되어서 한문을 존숭하고 한글을 가리켜 한문보다 낮추어 언문諺文이라고 하거나 혹은 내서內書라 일컫던 시대였던 것이다. 그로 보아 아무리 불세 위인의 특별한 안목과 고민의 결과로 창조된 거룩한 한글이라도 그 때의 민중에게서 존경을 받지 못하게 된 것은 그다지 괴이한 일이 아닐 것이다.

그리하여 한글은 보편으로 인식되지 못하는 동시에 불교가 점점 쇠락하여짐에 따라 사찰이 퇴폐에 퇴폐를 계속하게 되었다. 그러므로 다종 다

량으로 새겨져 있던 한글 불경판은 사대주의에 빠져 스스로를 업신여기는 유교적 사상과, 보관하였던 사찰의 퇴폐에 따라서 점점 이리저리 흩어지고, 유실되고, 부패되고, 혹은 아직 발견되지 못하였다. 지금까지 그 존재를 알게 된 것이 한 질秩에서 군데군데 이가 빠진 「월인천강지곡」 네 권의 판이 있을 뿐이요, 그 밖에는 실로 그 귀하고 아름다운 모습을 볼 수 없었다. 이 얼마나 통탄할 일이었으랴.

그리하여 나는 이 말을 들은 그 이튿날 곧 떠나려 하였으나 부득이한 사정으로 여러 날을 지체하는 동안에 신경이 거의 변태 작용을 일으킬 만치 마음이 긴장되고 초조하였다. 그러다가 아무도 모르게 슬며시 안심사로 가던 때의 기억은 지금 생각하여도 긴장하게 된다. 그 때 나는 차를 타고 얼마 되지 않아서 피곤하여 누웠더니 그대로 잠이 들었다. 조금 있다가 깨서 사위를 살펴보니 조치원에 도착하였으므로 아직 시간의 여유가 있음을 생각하고 도로 누웠더니 그대로 꿈나라에 깊이 들어갔다.

그러다가 문득 깨어 차창으로 내다보니 추풍령이라고 쓴 역의 게시판이 보였다. 당황히 행장을 수습하여 가지고 차에서 내렸다. 그 찰나의 심리 상태는 빠른 속도로 이상하여졌다. 한말로 말하자면, 차를 타고 자다가 자기의 도착지를 지나간 것이 아무리 일시적 과오라고 할지라도 자기의 존재를 인식하는 긍정율의 불충실한 표현 행동이 아니라고 할 수가 없다.

그로 인하여 일어나는 부작용의 심리 상태는 부끄럽고, 창피하고, 멋쩍고, 가로세로로 괴로웠다. 스스로 생각하기를 나의 과오가 철도 규정에 있어서 중대 사실이 될 것인즉 적어도 이 사유를 역장에게 말하는 것이 옳을 일이라고 생각하여 개찰구에 나가기 전에 역장의 면회를 청하였다. 개찰구 계원이 역장 면회 이유를 묻기에 나의 사연을 말하니 계원은 "그런 일은 역장에게 말하는 것이 아니오. 여기 서 있는 사람에게 말하는 것이오" 한다.

나는 거듭 창피를 당하였다. 그 사람을 향하여 나는 "기왕 일이 이렇게 되었은즉 벌금이라도 물고 차표를 다시 사야 하겠지요. 대단히 미안합니다" 하였다. 그 사람은 "자다가 지나온 것이니 관계 없소. 나가서 조금 기다리면 대전 가는 차가 있으니 도로 타고 가시오" 하고 차표를 받고 내보낸다. 나는 또 창피를 당하였다. 약 두 시간을 기다리니 4일 상오 여섯시경에 대전 가는 차가 떠나게 되는데 개찰구 계원은 아까 나에게서 받은 차표의 뒷면에 "잘못 탔음〔誤乘〕"이라는 장방형의 도장을 찍어 도로 준다. 그 표를 받을 때에 또 한번 창피하였다.

아홉시 반에 연산역에서 내려서 곧 자동차를 타고 목적지인 안심사에 도착하니 자정이 바로 넘었다. 눈에 띄는 모든 것이 황량한 폐허에 겨우 절이 남아 있었다. 그 경색이 실로 100퍼센트 역사적 과정에 따른 찰나의 실재였다. 좌우에 잡목이 우거진 숲 속에서 고요한 산곡山谷 간의 공기를 흔들어 놓는 새 울음소리조차 슬픈 생각을 금치 못하게 하였다. 나는 이 절의 한창 때의 번영도 한갓 어제의 꿈으로 돌리지 않을 수 없는 것이 무한히 애통하였다. 법당 마당에서는 보리 바슴(타작)을 하는데 그 옆의 들에는 불두화가 피었다가 떨어진 쇠잔한 흔적이 아직도 남아 있고, 두어 줄기의 접시꽃은 바야흐로 피는 중이다. 모든 풍상을 지나면서 값을 가늠할 수 없는 보물인 한글 경판을 감추어 두고 높이 솟아 있는 이층 법당, 마침 내리는 가는 비를 맞으면서 어느 사람을 기다리고 있는 것 같다.

안심사 가는 길에 부러 연산역에 들렀다.
혹 그 때의 모습들이 남아 있을까 싶어서였다.
역 앞의 정경은 퇴락한 모습이었으며
적산 가옥인 듯한 건물이 두어 채 있었다. 그리고
역 오른쪽으로 증기 기관차에 물을 대 주던
급수탑이 고스란히 남아 있으니 만해 또한 이것을
봤지 싶었다. 안심사는 비구니들이 머물고 있다.
사진은 보물로 지정된 계단이며 절에서는 한용운이
묘사한 모습은 찾을 수가 없었다.

나는 점심을 마친 후, 곧 경판을 배관하였다. 경판은 한글 경판뿐만 아니라 다른 경판도 있었는데 되는대로 섞여 질서 없이 쌓여 있었다. 경판은 약 50년 전까지는 판전에 봉안하였다가 판전이 없어진 뒤로 법당 불단 뒤의 마루 밑 땅바닥에 쌓아 두었던 것이다. 그러다가 최근에 비로소 마루 위로 옮겨 봉안한 것이다. 곧 서너 명이 힘을 합해 한글 경판의 정리를 시작하였는데 모두 해서 약 2,000판이나 되는 경판이 마구 뒤섞여 있는 중에서 종류와 순서를 찾아서 정리하기는 여간 곤란한 일이 아니었다. 그러나 나의 손이 경판에 접촉될 때마다 어찌할 바 모르는 감개가 섞인 기쁜 마음이 움직였다. 동시에 1판, 2판 순서를 찾아 정리할 때에 만일 낙질落秩이 되었으면 어찌하나 하는 염려로 마음이 긴장에 긴장을 거듭하였다. 다음 날은 아침부터 대여섯 명의 힘을 얻어 경판의 정리를 계속하여 땅거미가 어둑할 때에 마쳤다.

한글 경판을 정리한 결과는 이러하였다. 경 하나에 2판 이상의 결판이 생기지는 않아서 모두 650여 판 중에 7판 반의 결판이라면 다소의 유감은 있지만 실로 완벽이 아니라고 할 수 없다. 극히 희귀하고 완벽하며 더구나 여러 종류의 한글 불경판을 발견하여 나의 손으로 정리해 놓은 것은 나의 일생의 더할 나위 없는 기쁜 일이다. 거기에서 얻은 쾌감과 환희는 말로 할 수 있음을 초월하였다.

나는 다시 이렇게 회상하였다. 아, 세종 대왕은 예지자요, 굳센 넋의 소유자요, 위대한 신교자이셨다. 그리하여 한글을 창조하시고 위업인 동시에 신앙적 큰마음의 움직임인 불경의 번역과 판각의 큰 업적을 이루었다. 그런 위대한 인물과 거대한 사업을 너그러운 품에 품었던 불교는 과연 얼마나 성하였었는가. 그러한 위대한 흔적을 보존하지 못한 300년 동안의 조선 불교는 얼마나 깊이 가라앉으며 쇠락하였는가. 그나마 남아 있는 경판을 발견함으로써 일생의 큰일을 감당한 나의 감개는 경판을 정리하고 최후로 법당을 나오다가 다시 돌아서서 경판을 향하여 두어 줄기의 눈물을 뿌린 것으로 끝을 맺었다.

다음 날에 어제부터 내리던 비가 개이지 아니함에도 불구하고 떠나기로 결정하였다. 경판을 감추고 있는 법당을 향하여 예를 올리고, 주지 스님에게 경판의 수호를 재삼 부탁하고, 비를 맞으면서 떠났다. 비로 인하여 정기 자동차가 운전을 중지하였기에 도보로 연산역까지 와서 기차를 타고 상경하면서 생각하였다. 조선 전 국토에 한글 경판은 「월인천강지곡」의 산질散秩된 서너 판에 불과하다. 그 외는 찾아볼 수 없는 이 때에 3종의 경판과 「천자千字」, 「유합類合」을 합하여, 모두 5종, 550여 판의 완벽한 것을 발견한 것은 기꺼운 일이 아닐 수 없다.

그러나 지금의 안심사의 현상은 도저히 국보적인 한글 경판을 수호할 만한 힘을 갖지 못하였다. 안심사는 폐허로 변한 고찰로 절의 재산이 없어서 주지 한 명이 산에 붙은 밭을 직접 일구어 생활을 근근이 꾸리는 상태다. 그러니 그러한 중대한 보물을 온전히 수호할 수 없는 것은 명료한 사실이다.

값 없는 보배란
띠 글에서 찾느니라.
띠 글에서 찾았거니
띠 글에 묻을소냐.

두만강에 고이 씻어
백두산에 걸어 놓고
청천 백일 엄숙한 빛에
쪼이고 다시 쪼여

반만년 살아오는
사랑하는 우리 겨레
보고 읽고 다시 써서
온 누리의 빛 지으리라.

　　　　　　　　　　　⚛

　이 글은 1935년 7월, 「삼천리」에 "名山大刹巡禮 1"이라는 제목으로 실렸던 것이다. 필자는 만해卍海 한용운(1879~1944)이며 제목 뒤에 1이라는 숫자가 있어 다음 글도 있으리라 생각했으나 찾을 수가 없다.
　글의 무대인 안심사安心寺는 전북 완주군 운주면 완창리 대둔산 서남쪽 기슭에 있다. 사적비에 따르면 신라 선덕여왕 7년인 638년에 자장 율사가 창건하였으며, 헌강왕 7년인 875년에 도선 국사에 의해 중건된 고찰이다. 얼마 전, 경내에 있는 계단戒壇이 보물 1434호(234쪽 사진)로 지정되었으며 1945년 초, 일제에 의해 군수 물자로 공출되었던 범종을 되찾아 화제가 되기도 했다.

1931년, 한용운이 정리한 불교 경판은 「원각경圓覺經」, 「금강경金剛經」 그리고 「은중경恩重經」이며 나머지는 한자 입문서라 할 수 있는 「천자문」과 「유합類合」이다. 본디 글에는 글 판수에 대해 치밀하게 조사한 것을 기록하였지만 다시 매만지면서 뺐다. 또 본디 글의 말미에 이를 보존하기 위해, 세 가지 방법을 제시하기도 했는데 안심사의 당시 상황이 워낙 황망하여 보존하기 어려우므로, 경제적인 지원을 하거나, 혹은 형편이 넉넉한 곳으로 이안하거나, 마지막으로 서울로 보존각을 지어 옮기거나 하자는 제안을 했던 것이다. 그러나 그것은 제안에 그쳤을 뿐 실현되지 못했고 경판이 보존되어 있던 안심사의 2층 법당은 한국전쟁 당시 불에 타 경판도 함께 사라져 버렸다.

글 성격이 기행문보다는 회고담에 가까운 것이긴 하지만 기행문의 느낌이 곧잘 살아 있어서 이 책에 포함시켰다. 길을 떠나게 된 동기와 여정 그리고 목적지에서의 행동과 돌아오는 길의 모습들이 잘 녹아 있는 글이다. 특히 연산역으로 가는 도중 호남선을 갈아타야 하는 대전을 지나쳐 추풍령까지 가서 당황하는 한용운의 모습은 대단히 흥미롭다. 세상살이의 경험이 없거나 아니면 너무도 반듯하여 경직된 지식인의 모습이 보이기 때문이다. 연산역은 지금도 있으며 그 곳에 있는 증기 기관차의 급수탑은 근대 문화 유산으로 지정되기도 했다.

이 글에 나온 경판을 지금에 와서 볼 수 있으면 더욱 값진 글이었을 테지만 안타까운 마음이 크다. 하지만 그 대신 한용운이 지녔던 우리 문화에 대한 정열의 편린을 엿볼 수 있어서 고마운 글이다. 글 말미에 그가 쓴 시에서 '띠 글'이란 원문에는 '띄글'이라 했던 것을 고쳐 쓴 것이다. '띠'란 너비가 좁고 기다란 물건을 이르는 통칭이므로, '띠 글'이란 경판에 글자가 한 줄 한 줄, 세로로 새겨진 모양을 이른 것이 아닌가 싶다. 다음 연의 맥락을 짚어 보면 두만강 물에 씻고, 백두산에 걸어, 햇볕을 쪼인다고 했으니 그것이 아마도 한글로 쓰인 경판을 말하는 것이다 싶어 그리 고친 것이다.

군산 스케치 기행 | 최영수

동아일보
1931년

군산은 고종 3년인 1899년에 개항한 항구 도시이다. 그러나 군산항이 본격적으로 개발되기 시작한 것은 일제 강점기였다. 일제는 군산항을 통해 호남평야에서 생산되는 쌀을 반출해 나가려고 끊임없이 투자를 했다. 군산항을 통해 나간 무역 액수가 개항 당시 12,000원이던 것이 35년 후인 1934년에는 7,400만 원으로 무려 6,159배나 신장되었다고 하니 얼마나 많은 쌀이 군산항을 통해 빠져나갔는지 미루어 짐작할 수 있을 것이다. 그러니 글 속에도 나오듯이, 군산의 경제권은 당연히 일본 사람들이 장악하고 있었으며 지금까지 남아 있는 당시의 흔적들은 근대 문화유산으로 지정되어 있는 것이다.

01 군산공원에서

군산으로 길을 떠나기는 8월 15일, 홍염紅炎이 끓어오르는 날이었습니다. 땀을 식히기 위하여 공원에 올랐습니다. 송백이 우거진 사이로 서쪽 해안을 바라보았습니다. 바람에 부딪치는 주인 없는 쪽배. 산은 파랗고 땅은 붉으니 물은 희고 누렇게 보이더이다. 한두 줄기 구름덩이는 수평선에서 그다지 멀지 않은 곳에서 졸고 있고, 외로운 등대는 그 그림자만이 잔물결 위에서 춤추더이다. 여름의 시詩는 외로운 등대지기의 하품 소리를 몰라주더이다.

02 군산 우리 시가

군산은 신흥 항구인 만큼 크고도 정돈되어 있더이다. 그러나 우리 시가市街를 찾기에는 수고가 되더이다. 산 밑, 또는 뒷골목, 또는 바닷가 이러한 곳에서 찾을 수 있는 외에 우리 시가는 상점 몇 개가 영정榮町과 명치정明治町에서만 볼 수 있더이다. 쫓겨나는 우리 형제들의 슬픈 모습들을 동정하고 싶더이다. 쓸쓸한 시가에는 오가는 사람조차 없더이다. 다만 한 덩이 길 잘못 든 구름만이 떠 있을 뿐….

03 돛단배

물은 황토 빛으로 누렇게 물들고 빠르게 흘러갑디다. 금강의 하류는 넓더이다. 멀리는 황해 바다의 수평선이 보이는데 흰 돛, 누런 돛 돛단배들

이 바람을 따라 밖으로 안으로 드나드는 풍경은 시흥을 느끼게 하기에 충분하더이다. 그보다도 높은 산과 넓은 들판 사이로 보이는 금강 위에 점점이 보이는 돛단배들이야말로 강 위 풍경의 백 퍼센트이더이다. 오! 여름에 바다를 보고 또 바다에서 돛단배를 보는 신비로움이여….

04 대천을 지나며

대천을 지나서부터는 바닷물을 보겠더이다. 몇 그루의 고송孤松이 운치를 내더이다. 길 잘못 든 고아마냥 아무 색이 없는 바닷물이 힘없이 넓은 들 한 구석에서 우는 듯이 보이더이다. 여름의 색채! 그것을 말하기에 충분한 녹색의 넓은 들! 황적색 산등성이의 푸른 소나무! 그리고 짙고 푸른 하늘! 실로 델리케이트를 표현한 색채의 조화로움으로 단상이 절로 일어나더이다.

05 차창을 열고

험한 산도 많거니와 넓은 들도 많더이다. 넓은 들에 나타난 겹겹한 산과 산 사이로 보이는 들, 그리고 바다. 넓은 바다를 보는 것보다도 산과 산 사이로 바다를 보는 것은 담 너머로 이웃집 새아씨를 보는 듯하더이다. 비교적 나무가 많더이다. 비단 방석 같은 누런 전답 위에 백로 떼가 날더이다. 그리고 허수아

비는 마치 재즈 음악에 따라 춤추는 흑인같이 보이더이다.

06 썰물의 해안

 돌아오는 날, 장항 부두에서 썰물이 빠진 해안을 스케치했습니다. 어린아이들이 바구니 또는 치마폭을 쥐고 무엇인지 줍고 있더이다. 그 곳에서 즉각적으로 어촌에서 살아가는 사람들의 노고를 깨닫겠더이다. 밀려나온 듯 돛을 걷은 배들은 어부들이 손질을 하고 뜨거운 태양 아래서 낮잠 자는 무리도 볼 수 있더이다. 고요한 바다와 살아 움직이는 대륙은 서로 균형을 이루고 있더이다. 낙조를 찬미하는 갈매기 소리만이 서정적으로 들릴 뿐….

07 장항

 장항은 경남선의 종점이외다. 황량한 벌판에 장차 큰 항구가 될 것을 보는 이로 하여금 의심하지 않게 하더이다. 부두에는 군산항으로 향하는 연락선의 기적 소리가 들리고 수백 명 노동자들이 북적거리더이다. 노동자 휴식소를 찾아갔더이다. 그리하여 그들의 노동을 스케치하는데 어느 노동자 한 사람이 와서 그림을 달라고 하더이다. 그림을 주었더니 퍽 기뻐하는 그의 얼굴은 지금껏 잊을 수가 없나이다.

이 스케치 기행은 호를 일송—松으로 쓰던 최영수가 1931년 9월 8일부터 9월 16일까지 모두 일곱 차례에 걸쳐 동아일보에 연재했던 것이다.

당시 조선일보에는 석영夕影 안석주, 동아일보에는 최영수였다. 그가 주로 활동한 1930년대에 그는 동아일보의 기자로 평택 지국과 안성 지국에서 일했으며 군산에 간 것은 안성지국에서 일할 때였다. 처음엔 글만 쓰다가 "군산 스케치 기행"을 시작으로, 연이어 일곱 차례에 걸쳐 "송도를 찾아서"(1931년 10월 28일-11월 6일), 1932년에는 "한양춘색漢陽春色"(3월 18일-3월 30일) 일곱 차례, 다시 "주마간산기走馬看山記"(1932년 9월 2일-9월 3일)란 제목으로 삼방 약수터와 원산 해수욕장의 모습을 두 차례, 그리고 11월 18일부터 "화성 옛터를 찾아서"를 모두 세 차례에 걸쳐 연재를 하며 만문만화가漫文漫畵家로 이름을 날리기 시작했다.

그 후, 1933년에는 경성 거리의 쓸쓸한 모습들을 다룬 "도회都會의 비가悲歌", "봄이 쓰는 만문", "봄이 그리는 만화", "도회인과 그늘", "도회가 그리는 만화풍경漫畵風景", "모가행각暮街行脚"을, 1934년에는 "춘광점묘春光點描 프롤로그", "탄식하는 서울 거리", "다도해 순항巡航", "금강산 만화행각漫畵行脚"을 연재했으며, 그 해 11월 6일부터 동아일보에 연재된 김삼용이 쓴 "무하선생 방랑기無何先生 放浪記"에 삽화를 그렸다. 1935년에는 몸이 아파 잠시 쉬면서도 "춘풍소풍春風笑風", "추광곡秋狂曲"과 같은 만문만화와 수필을 발표하는 등 의욕적으로 작업을 했다. 이때까지가 그가 가장 왕성한 활동을 한 시기이다.

1936년과 1937년에는 주로 피서지들을 찾아다니며 그림과 함께 그곳의 정경을 묘사하는 수필을 연재했으며, 1937년 가을에는 "렌즈에 비친 가을의 표정"이라는 제목으로 잠시 사진을 찍기도 했다. 1938년에는 "뚱딴지 영감님"이라는 제목으로 당시의 세태를 다루는 만화를 연재하기 시작했으며 그 캐릭터는 위에 보이는 것이며 뚱딴지 영감과 그 손자가 주인공이었다. 그러니 그는 화가이자 만화가였으며 수필가이자 사진가이기도 했던 셈이다.

뚱딴지 영감

군산은 고종 3년인 1899년에 개항한 항구 도시이다. 그러나 군산항이 본격적으로 개발되기 시작한 것은 일제 강점기였다. 일제는 군산항을 통해 호남평야에서 생산되는 쌀을 반출해 나가려고 끊임없이 투자를 했다. 군산항을 통해 나간 무역 액수가 개항 당시 12,000원이던 것이 35년 후인 1934년에는 7,400만 원으로 무려 6.159배나 신장되었다고 하니 얼마나 많은 쌀이 군산항을 통해 빠져나갔는지 미루어 짐작할 수 있을 것이다. 그러니, 최영수의 글 속에도 나오듯이, 군산의 경제권은 당연히 일본 사람들이 장악하고 있었으며 지금까지 남아 있는 당시의 흔적들은 근대 문화유산으로 지정되어 있는 것이다.

다도해를 찾아서 | 최영수

호남평론
1936년

글 속에 나타난 다도해 정경은 1934년 8월 24일부터 27일까지 3박 4일 동안의 기록일 것이다. 3박 4일 동안 신안군의 죽도와 소흑산도 그리고 매화도를 찾아 그 곳에 머물렀으며 자연 풍경뿐 아니라 섬사람들의 생활까지도 자세하게 기록했다. 글은 뛰어난 문학성을 지녔다고 할 수 있고 은유와 비유가 넘쳐나며 아름답다. 글을 전문적으로 쓰지 않는 화가가 쓴 것이라고는 도저히 생각할 수 없을 만큼 빼어나다. 당시의 만문만화를 이끌어 나가던 석영夕影 안석주 또한 수필이나 소설을 마다하지 않으며 글을 썼으니 최영수 또한 마찬가지였다.

며칠 동안 수은주가 보란 듯이 33도에 걸터앉았던 폭양도 구름 속으로 사라지고, 억수 같은 비가 어제 하루, 그리고 이날 밤이 깊도록 쏟아지는 8월 14일 밤. 나는 다도해 순항을 목적하고 목포를 향하여 떠났다. 강경江景 평야 먼 지평의 외줄기 선 위에 햇살이 퍼지자 차창에 반영되는 풍경은, 비에 부딪혀 아직도 그 빗속을 벗어나지 못한 산, 들, 집 그리고 누렇고 새파란 얼굴들의 무색한 표정들뿐이다. 어느새 차는 정읍을 지나고 송정리를 뒤로 둔 지도 얼마쯤 되자 마치 "더 못가겠다"는 듯이 "푹" 하고 한숨을 내쉬니 목포. 비는 여전히 쏟아진다.

비가 오는데야 다도해고 무엇이고 배를 타고 떠날 수도 없는지라 여관 구석에 몸을 놓고 앉았노라니 스르르 눈만 감긴다. "낮잠 자러 목포까지 왔는가?" 하는 이중 심리의 항의를 받고 부슬부슬 내리는 비를 맞아 가며 부둣가를 거닐었다. 오고 가는 선박의 기적이 너무 처량하게도 작은 길손의 가슴을 울렸고, 유달산의 기묘한 모습이 마치 남극이나 북극, 어떤 벽지에 몸을 둔 것과도 같은 생각을 일으킨다.

어디고 간에 항구란 것이 그렇지만, 유달리 이 곳엔 술집과 여자가 많다. 저녁 거리에 나서매 농채濃彩로 몸을 감고 후장厚粧으로 얼굴을 덮은 여인들이 술집, 카페, 바 앞에서 연달아 앉아서는 오고 가는 사람에게 수작을 건네고 앉아 있는 풍경도 좀체 다른 곳에서는 얻어 보기 어려운 것의 하나이다. 그러고 보니 목포가 아니라 주포酒浦나 여포女浦라고 부르고 싶은 것도 망상 아닌 망상의 하나이다.

저녁의 해안은 고요하다. 멀리 흑막 속에서 번뜩이는 유달산 위, 인가의 불빛이 물 깊이 반영되고 잿빛 공간에 꺼먼 섬, 그 너머로 멀리 가물거리는 등대불만이 보일 뿐이다. 내일 아침 7시, 다도해 순항의 출범을 앞둔 하룻밤! 이리하여 비 내리는 목포의 부둣가에서 나는 새로운 정서에 취한 채 지도를 펴 들고 한 밤을 고이 새웠다.

비는 걷히고 날은 밝았다. 예정보다 한 시간 늦어서 아침 8시에 34톤의 조그만 발동선 '희구환喜久丸'은 목포항 밖으로 나섰다. 퐁퐁퐁. 배는 간다. 그러나 작고 큰 섬들이 장난이나 하려는 듯이 앞길을 가로막고 옆으로 붙고 뒤에서 춤을 춘다. 가고 가도 섬, 돌아서도 섬, 지나가도 섬, 앞뒤의 것이 겹쳐 나타나매 육지에서 배를 타는 것과 같고, 갈래갈래 떨어져 나타나매 섬 밖으로는 망망대해가 있을 것 같으나 그 밖에서 그 밖으로 섬은 또 쌓여 있다.

물은 호수와 같이 고요하고, 뜨거운 한낮의 볕이 내려 쪼이는 곳에 맑은 바람을 타고 이 섬에서 저 섬으로 나룻배가 돌아다닌다. 물결이 없는 바다는 호흡을 잃은 사람과 같다. 그러나 티끌 없는 새파란 색유리 위로 고무 배를 타고 미끄럼 타는 듯한 유락柔樂한 맛이 없지 않다. 너무나 고요하기 때문에 혹시나 다칠세라 바람조차 맘대로 불지 못하는 그 위로 배는 지금 어룡도魚龍島를 지나 노화도蘆花島의 중간을 꿰뚫고서 항문도港門島로 키를 돌린다.

독자여! 나는 여기에서 쓰던 붓을 창 밖으로 팽개치고 싶다. 내 눈 앞에 보이는 수많은 섬들의 그 미려함, 그 장엄함, 그 괴이함을 또렷한 선과 점으로 표현할 수 없는 무능력한 나의 가련한 심사이다. 우리가 넉넉히 상상할 수 있는 범위 안에서라면 모르겠으나 그것은 과연 육지의 산하에서는 볼 수 없는 풍광을 보았기 때문이다. 마치 산악 전람회를 구경하듯이 넓은 바다를 시비 없이 차지한 산(섬)들, 그 속에 갖은 선악이 다 있다고, 원각圓角의 조화가 무궁함을 느끼게 한다.

눈앞을 막던 귀단섬이 물 속에 빠진 듯이 별안간 없어지고 거침없는 바다에서 솟은 듯이 없던 산이 나타난다. 사람에게는 얼굴이 있지 않은가? 그러나 다도해의 섬(산)은 십산십색十山十色인 것이 틀림없는 사실이다. 일명 자지도者只島라 불리는 항문도! 동백나무가 섬을 덮고 갈매기가 날아든다는 다도해, 동방의 여왕인 항문도 석벽 밑에 배를 대니 네 시 반. 나는 선랑船廊에 앉아 '피죤' 연기를 힘껏 내뿜었다.

때가 아니었으매 나는 빨간 동백꽃도, 갈매기도 보지 못하고 배는 항문도를 끼고 돌아 하조도下鳥島로 이 날 하룻밤의 잠자리를 구하러 달음질친다. 바른편으로 서로 절경을 다투는 수많은 섬들이 앞길을 막아 가며 자랑을 하는가 싶은데, 왼편으로는 티끌만한 섬 하나 없는 망망대해이다. 아롱진 수평선이 있을 뿐, 그 곳에는 중국의 대련大連과 일본의 대판大阪 사이를 항해하는 수천 톤의 큰 배가 구름 없는 하늘에 연기를 뿜는다. 바람은 없건만 물결은 세다.

밤이다. 하늘과 바다 사이에 충만한 것은 오직 흑색 공기뿐이다. 그러나 배는 여전히 밤바다의 검은 물결을 헤치고 달아난다. 그러고 보니 오늘이 칠석이다. 이레 동안 자라난 어린 달이 나지막한 곳에서 별에 싸여 반짝이고 있다. 로맨틱한 심경에 들어 우뚝하니 있을 즈음 배는 마침내 농무濃霧에 싸여 방향을 잃고 말았다. 낮도 아닌 밤! 코앞이 안 보이게 둘러싼 안개, 암초 많기로 유명한 곳. 아무리 작고 가벼운 배이기로서니 운행할 도리가 없는지라 선장은 상을 찡그리고 얼굴이 새파래지면서 발동을 중단하라는 명령을 내린다. 승조원乘組員은 긴장된 얼굴로 뱃머리에 모여들어 앞을 뚫어져라하고 응시하며 섬을 찾느라고 애를 쓴다.

"뿌~우~0, 뿌~우~0" 하고 부는 호적성號笛聲은 너무나 처량하여 몸서리가 쳐질 지경이다. 물결은 탕탕 하고 배를 친다. 흔들리는 배 안에서는 긴장된 얼굴이 번갈아 가며 석유 불에 번뜩인다. 이제는 달마저 지고 우주에 남은 것이라곤 별과 조그만 배 한 척뿐이다. 한 시간, 두 시간. 아무리 찾아도 섬은 보이질 않고 기운 찬 서릿발이 뺨을 시원하게 칠 뿐이다.

"더 이상 갈 수가 없다. 닻을 내려라!" 벽력 같은 선장의 명령이다. 그 때이다. 선두에서 "섬이 보인다"라는 소리가 났다. 일동의 고개가 그 쪽으로 쏠렸다. 안개는 점점 걷혀 들어가는 모양으로 우리는 바로 섬 밑에 와서 섬을 찾았던 것이다. 일동은 웃었다. 맘 놓고 닻을 내렸다. 요람을 흔드는 자장가와 같이 출렁이는 배 안에서 곤한 잠들이 한숨을 뿜었다.

독거군도獨巨群島 저 편에 진홍의 아침 햇볕이 바다를 붉히는 아침 7시. 다시 배는 죽도竹島를 향하여 거차군도巨次群島, 수많은 섬 사이를 새겨 가며 달아난다. 의심스러울 만치 잔잔한 바다 위, 아직도 걷히지 않은 아침 안개가 야트막하게 깔려 있는 곳에 오고 가는 두어 척 쌍돛 배들이 한적한 풍경화를 그리고 있다. 야자수 비슷한 이상한 나무가 남국 정서의 기염을 토하는가도 싶다. 오전 9시, 배는 죽도에 닿았다.

죽도는 다도해 중에서 제일 중요한 등대의 소재지요, 가장 오래 된 역사를 가진 곳이다. 선장의 안내를 받아 등대로 올라가서는 오랜 동안 등대수와 이야기하고 또 등대의 장치를 시찰하였다. 그러나 지면 관계로 그 이야기의 기록은 옆으로 미루고, 우선 등대의 기구와 조직을 들은 대로 쓰고자 한다. 등대의 촉광은 9만 5천 촉인 바, 사실인즉 본광本光은 1천3백 촉인데 반사 작용으로써 그만큼 굉장한 촉광을 만들어 내는 것이며 빛이 닿는 거리가 23해리 반이라고 하니 약 150리나 되는 먼 곳까지

무척 흐린 날, 청산도에서 찍었다. 글 속에 청산도는 나오지 않지만
청산도로 가는 바닷길 또한 다도해의 언저리쯤은 된다. 최영수가 죽도나 소흑산도를
향해 가며 봤던 정경이나 별반 다르지 않을 듯해서 그냥 이 사진을 쓴다.

이지누 사진, 2005

불빛이 가는 모양으로 그것은 날씨에 따라 일정하지 않다고 한다.

매일 밤, 일년 365일, 하루도 빼놓지 않고 이렇게 등대의 불빛은 어두운 바다를 지키며 반짝이는 바 그 속도는 등대마다 다르다. 죽도의 것은 24초를 격隔隔하여 16초 동안 세 번 번쩍인다고 한다. 그러나 짙은 안개가 낀 날은 낮이고 밤이고 간에 코앞도 보이지 않으니까 사이렌을 울린다고 한다. 이러한 작은 섬 속에 그렇게도 굉장한 기계 설비가 있으리라고는 꿈에도 생각하지 못할 설계가 되어 있는 바 그것이 사이렌을 울리는 기계라고 한다. 30초를 사이에 두고 5초 간씩 부는데 그 소리는 약 6해리 밖에서도 들린다고 한다. 오늘도 안개는 끼어 사이렌 소리가 처량하게 들린다.

무변대해無邊大海 속의 고도孤島. 수없이 운항하는 배를 위하여 허구한 날, 허구한 시간, 비, 바람, 안개와 싸워 가며 친절한 안내자 노릇을 하는 그들의 생활은 우리가 육지에서 로맨틱하게 생각하는 그것과는 너무나 거리가 먼 것이다.

안개는 죽도를 에워쌌다. 내가 앉아 있는 등대 사무실 안으로 뭉게뭉게 안개가 들어온다. 나는 숨이 차게 등대수의 말을 듣고 있을 뿐이다.

"당신은 등대수이기에 제일 괴로운 것은 무엇입니까?"

"말하자면 안개가 끼었을 때와 집안 사람에게 병이 났을 때이지요. 안개가 없을 때는 밤에만 등대가 불을 비추지만 안개가 끼었을 때는 낮이고 밤이고 일분 일초도 쉬지를 못하고 사이렌을 울리게 되니까요. 그것이 스위치 하나만 틀어 놓으면 밤새도록 제대로 소리가 나는 것이 아니라 꼭 한 사람이 세 시간씩 교대를 하니까 우리는 먹는 것보다도 잠을 먼저 자 두려고 애를 쓴답니다. 그뿐입니까! 이틀씩, 사흘씩 무거운 안개 속에서 지내려면 기분이 침울한 것은 물론이고 이불에 곰팡이가 슬게 되니 말할 게 있습니까. 여기저기서 방향을 찾는 수천 톤의 큰 배들이 '부~0, 부~0' 하고 기적을 울릴 때면 신경이 극도로 뾰족해지고…."

주임 되는 이가 매우 처참한 자기의 생활 일부를 힘있게 말하여 준다.

옆에 앉았던 간수 한 사람이 그의 말을 받으며 "병이 급작스레 났을 때는 지나가는 아무 배에든지 신호를 합니다. 공통되는 신호가 있지요. 그러면 그 신호를 받은 배에서는 무전이라든지 또는 다른 방식으로 어떻게든지 '목포해사출장소木浦海事出張所'까지 가서 알려 줍니다. 그러면 거기서 급히 발동선 같은 것을 보내지요." 그러나 그렇게 하는 길이 있어도 그것은 그다지 효과적이지 못하다는 것을 표정으로 말해 준다. 주임은 두어 모금 담배를 빨다가 "그야 괴로운 일이 그뿐입니까. 한 달에 잘해야 두 번 배가 오는데 그 배가 안 오는 동안 식량이 떨어지면 큰일이지요. 신문이 있습니까, 편지가 있습니까. 한 달에 두 번 들어오는 배를 오늘이나 내일이나 하고 눈이 빠지게 기다릴 때는 참말 자신이 불쌍하지요. 일전에도 반찬거리가 떨어져서 수일 전 폭풍에 소채蔬菜가 없어진 다음이라 풀뿌리를 캐러 다니기까지 했습니다그려."

나는 말이 안 나왔다. 네, 네 하고 말끝마다 내놓던 대답도 쏙 들어가고 이제는 어안이 벙벙하여 그들의 말, 아니 하소연만을 들을 뿐이다.

"비가 쏟아지고, 바람이 몹시 불면 집이 날아갈 것 같이 지붕이 들먹덜먹하지요, 또 우리가 유일한 위안으로 삼는 라디오의 안테나까지 부러지지요."

과연 창 밖을 보니 안테나가 부러진 채로 매달려 있다. 간수는 주임의 말을 이어 "육지 사람들은 등대수라고 하면 퍽 로맨틱하게 생각하지요.

물결과 갈매기 소리를 동무 삼아 할 일 없는 한적한 시간을 낚시질, 해수욕, 산보, 창작 등에 소비하는 줄로만 알고. 혹 소설이나 영화 같은 데도 등대의 로맨스니 뭐니 하여 아주 로맨틱하게 취급하지만 로맨스고 뭐고 있을 수가 없습니다. 어디 깨끗한 옷 한 벌 입고 지내는 줄 아십니까?" 하며 소매를 쳐든다.

과연 공장 직공 이상으로 기름과 때가 묻은 작업복을 입고 있다. 그 때 주임은 아침을 좀 먹고 나오겠다고 안으로 들어가니 때는 오전 11시 반, 밥 한 끼마저 때 맞춰 못 먹는 그들에게 불쌍함을 느껴 마지않았다. 간수는 침을 삼키며 "오뉴월 삼복에도 좁은 등대 속에서 석유 때문에 담배 한 모금 못 먹고 세 시간씩 들어앉았으려면 살이 쭉쭉 빠집니다. 사실 육지에서 생각하는 것하고는 너무 딴판이지요. 그리고 객관과 주관에는 너무도 거리가 머니까요."

간수는 몹시 흥분하였다. 수백, 수천만의 인명이 바다 위를 오고 갈 때 그들의 가장 친절한 안내자가 되어 주는 자기들의 생활을 너무나 몰라주는 육지 사람을 원망하는가 싶게도 보였다. 아직도 안개는 끼어 사이렌 소리가 "붕~붕" 하고 울린다. 보이지 않는 바다에서 물결 소리는 철썩거리고 소리를 낸다. 아, 이리하여 무제한의 공간으로 등대수의 한숨은 흐르고 있는 것이다.

안개는 바람을 타고 서진西進한다. 나는 힘있고 뜨거운 악수를 남기고 등대를 내려왔다. 밤은 또한 고요히 배 그림자를 지워 버린다. 밤 11시 정각. 큰 바다 중의 외로운 섬인 소흑산도를 향하여 배는 떠났다. 주야로 이틀 동안에 생긴 듯한 피로가 내 뺨을 가볍게 스치고 달아난다. 그러나 나는 밖으로 나가서 갑판 위에 버티고 서서는 보이지 않는 방향을 보이는 듯이 바라보고 있다. 얼마나 자유스러운 풍경이냐. 세상이 내 세상이요. 천지가 내 것인 모양으로 달아나되 막는 자, 붙드는 자, 다치는 자가 하나도 없지 않은가. 망망대해 중에 참으로 일엽편주이다. 지금 34톤의 작은 배는 소중관군도小中關群島를 희미한 안개 속으로 지나가려고 아침 7시 소흑산도에서 배꼬리의 닻을 내렸다.

푸른 숲이 울창한 큰 산, 그 밑에 바다를 대항하는 제2선의 용사인 암벽, 색도 곱거니와 그 소리조차 아름다운 이름 모를 산새들이 그리고 너무나 맑기 때문에 오히려 의심이 날 만한 물, 그 물 속으로 용궁같이 들여다보이는 암초 위에서 유유히 헤엄치며 흩어지는 물고기 떼, 그리고 저편 바닷가 아름다운 돌 위에서 섬 처녀들이 목욕하는 반나상半裸像, 그들의 등 뒤로 귀도 위를 달음질하는 듯한 흰 돛배, 조개, 새우를 잡으러 다니는 백사장의 어린애까지…. 오! 이 곳을 말하여 선경仙境이랄까? 천당이랄까? 파라다이스랄까? 아니, 그러한 문자가 당치 않다. 너무 기쁠 때, 너무 서러울 때 웃음과 눈물이 오히려 당치 않은 것과 똑같은 이치다.

4백 미터나 되는 산꼭대기에 올라서니 동서남북 할 것이 없어지고 앞 뒤와 좌우가 또한 없다. 그리고 천지의 경계선이 없다. 바다는 땅에만 있는 것이 아니요 하늘에도 있고, 하늘은 위에만 있는 것이 아니요 아래에도 있는 것임을 또한 알았다. 아름다운 곳! 소흑산도의 절경. 너무나 아름답기 때문에 이 곳에서 허락할 수 있는 한도의 시간을 모두 보내고 11시나 되어서 배는 다시 매화도梅花島로 키를 돌렸다.

벽해碧海요, 창파滄波다. 배는 물결을 친다. 공허의 시간을 달음질한다. 하늘은 부지런한 집 뜰 앞같이 맑고 깨끗하며 재주 없는 사람 모양으

이지누 사진, 2005

청산도로 가는 바닷길에서 찍었다. 뱃전에 부서지는 바닷물이
여간 아름답지 않았다. 배는 익숙하지 않은 탈것이어서인지 섬이 보이지 않으면
무료하기 짝이 없다. 그나마 섬이라도 하나 보이면 다행이지만 그렇지 않으면
바닷물이나 바라볼 밖에 다른 수가 없다.

로 아무런 표정도 없다. 어데서 왔는지 잠자리 한 마리가 동행이라도 하려는 듯이 배 창에 멈춘다. 뻥 둘러보아도 아무것도 하나 없는 바다라, 운동장으로 쓰면 시원스럽게 공을 찰 수도 있고, 홈런도 맘껏 낼 수 있겠다고 생각하였다. 물 속의 민어, 대구들이 잡힐 듯이 눈앞에서 헤엄을 친다.

오후 4시 30분, 배는 하룻밤을 쉬고 가겠다는 듯이 길다란 한숨을 내쉬면서 매화도 턱밑 우묵하게 들어간 곳에 주저앉았다. 여러분, 지금 나는 나도 모르게 붓끝이 떨려지는 야릇한 감정을 느낀다. 도대체 이 세상에서 아름답다는 것이 무엇인가? 어데 있는가? 뒤미처 들리는 대답이 있다면 그것은 금강산이라고 외칠 것이 아닌가. 그러나, 여러분, 우물 안 개구리(井中蛙)란 아마도 금강산만이 아름답다는 여러분에게 고이 싸서 보내는 가장 귀중한 선물의 라벨이 아니겠는가.

매화도를 보지 않은 이로 어찌 조선의 산수를 노래할 것인가? 매화도를 가 보지 못한 이가 어찌 진선미한 풍광을 보았다 하리오. 노래도 시도 글도 그림도, 매화도에서는 그것의 극치가 있고 절대가 있고 최고가 있는 것이니 이렇게만 말하고 마는 것이 오히려 황공惶恐의 지대를 떠나는 선위善爲의 표현일 것 같다.

물이 맑은 것도 그 속으로 보이는 수중경水中景의 절호絶好도, 암벽의 장관도, 기암괴석의 나열도, 다시 그것을 말하고 싶지 않다. 그러나 매화도만이 갖는 특유의 이경異景, 그것은 해녀가 있고, 암벽이 뚫려 들어간 곳이 있어 그 안으로 일엽편주의 노를 저을 수 있는 것과 그리고 산에서 쏟아져 내려와 바다로 직접 떨어지는 폭포가 있는 것이다. 그리고 터널 같이 뚫어져 있는 기암이 이곳 저곳에 있는 것은 아마도 절대의 이 곳이 가진 특별한 경치일 것이다. 나는 일일이 구경을 하려고 작은 보트를 바꿔 타고 경험 많은 수부와 같이 노를 저었다.

오색 해초가 수경水鏡 중에 율동하고 아름다운 새들이 짝을 지어 노래하는데, 제멋대로 뚫린 바위굴을 지나 폭포에 올라 민물에 몸을 적시고 다시 물 속의 고기와 동무 삼아 바위 절벽을 감돌며 남으로 키를 돌리니, 징황색澄黃色 암벽에는 제멋대로 자리 잡은 수천 명의 해녀가 있고, 바닥까지 보일 듯한 물 속에는 활수活水하는 해녀가 있고, 물가에는 반라半裸를 드러내 놓고 숨을 쉬는 해녀의 입에서 새소리 같은 멜로디가 흘러나온다.

거기에는 노파도, 청순한 처녀도, 발육기의 소녀도 다 있다. 우리가 흔히 그림에서 보던 해변의 인어와 같이 그들의 천지는 육지에만 있는 것이 아니라 바닷속에도 있는 것이다. 구릿빛으로 그을린 육체가, 힘껏 발육된 근육이 태양 광선을 타고 작은 내 눈에 반사한다. "재주꾸러기여! 그대의 이름은 사람." 날개 없이 하늘로 날 수 있는 재주를 가졌거니와 지느러미 한 쪽 없이 물 속을 헤엄칠 수 있는 재주도 또한 사람의 것이 아닌가!

너무나 자연스럽고, 너무나 용감스럽고, 너무나 재미스러운 해녀 풍경. 그들은 좁다란 속바지 하나밖에 몸에 감지 않고 아침부터 저녁까지 물 속을 헤매는 것이다. 그리하여 세상에서 가장 귀중한 진주를 따고 말만 들어도 입맛이 도는 생전복을 따는 것이다. 하루의 수입이 적어도 23원, 한 달이면 수백 원을 넘는 것이 평균이고 보통은 그 이상이라고 하며 가정 경제의 절대적 권리가 있다는 것이다. 재미있는 이야기로는 이 곳 여자들은 사내놈 두세 식구 먹여 살리지 못할진대 시집을 못 간다는 것을 모토로 삼는다는 것이다.

그들의 살이 검붉은 데에 비하여 눈은 맑고 이는 희다. 혹 금니가 번뜩이는 여자도 있다. 어린아이를 데리고 나와서는 젖을 먹이고 하는 것을 볼 땐 불쌍한 생각이 들었다. 이 곳에선 생전복만을 딴다고 하며 그리고 우리에게 전복을 사라고 모여드는 것이었다. 이리하여 해녀의 그 아름다운 모습을 나는 스케치할 수가 있었다. 저녁때가 되니 해녀들도 배를 타고 집으로 돌아간다. 나는 보트를 돌려 다시 폭포가 있는 곳으로 가 보았다. 갈매기조차 제 집을 찾아 들었음인지 보이질 않는다. 바람도 자고 시간은 침묵의 침대로 찾아 들어 지금 정적의 잠을 이루려 한다.

섬의 폭포! 그도 깊이깊이 들어가서 발조차 들여놓을 수 없는 깊은 계곡의 낙숫물이라면 있을 수 있는 것이려니와 이 매화도의 폭포라는 것은 절벽의 고랑에서 하얀 물이 힘차게 흘러내려 그대로 바다 위로 떨어지는 것이다. 어찌 보매 바닷물이 산으로 기어 올라가는 것도 같고, 어찌 보매 산 너머 저 편 바닷물이 이쪽으로 넘어오는가도 싶다. 만조의 물 바닥을 두드리는 낙수 소리조차 아름답게 앞뒤 바위에 반향되나니 나는 여기서 더 입을 벌리지 않겠으며 붓을 놀리지 않으려 한다.

밤! 내가 배를 타고서 세 번째 동무하는 밤이다. 그리고 내가 바다에서 가질 수 있는 최후의 밤인 것을 알았다. 어느덧 등대에는 불이 붙고, 하느님은 서천에 붉은 연필로 낙서를 해 놓고는 자랑을 하느라 빛을 낸다. 저녁밥을 마치고 난간에 걸터앉아 물 속에서 부서진 달을 바라본다. 퇴조退潮의 물결이 배를 흔든다. 먼 곳에서 불배가 떠 온다. 기름 솜을 태우는 불길이 미친년 글씨 쓰듯이 꾸불거린다. 어부가 내 곁으로 와서 저 배가 멸치를 잡는 배라는 것을 일러 준다. 그 배에서 가끔 요란한 소리가 난다. 그것은 멸치를 잡으려면 될 수 있는 대로 소리를 질러 떠들썩해야 멸치가 모여들기 때문에 배 안의 사람들이 바닥 마루가 빠져라 하고 발을 구르며 소리를 지르는 것이라는데, 처음 듣는 이야기이거니와 이 곳에서 처음 보는 모습이었다.

시상을 초월하고 악상을 초월한 그 곳에는 무엇이 있느냐. 사람의 눈동자로서는 용납할 수 없는 풍경이 있다면 그것은 어디에다 용납할 것이냐? 너무나 좁은 사람의 머리와 가슴을 넘쳐흐르는 상찬賞讚의 감동은 어디에다 받을 것이냐? 지금 매화도 앞에 있는 내 마음은 오직 소경이 되고 싶고, 귀머거리 그리고 벙어리가 되고 싶다는 것뿐이다.

문득 놀라서 깨니 아침 5시! 아직도 잠을 깨지 못한 안개가 섬 가에서 졸고 있는데 내 심호흡이 끝나기도 전에 배는 매화도 한 폭의 그림을 안개 속에 지워 버리니 지금 나는 망망대해에 앉아 있다. 배는 가는 것으로써 제 사명을 다하고 날은 해 돋는 것으로써 제 사명을 다하는지라 나는 이 시간의 사명을 다하기 위하여 밥을 먹었다. 물결은 자고 바람조차 고요한 큰 바다의 정적은 과연 이른 아침에 있는 것을 알았다.

사람에게 지지 않으리만큼 하느님도 장난꾸러기인가 보다. 우리의 배는 지금 다시 명랑한 아침, 정적의 바다를 잃고 침울한 안개 속에서 광란하는 강한 파도 위에서 떨고 있다. 배에 비해서 너무나 무거운 긴장이 주저앉는다. 발동을 꺼라. 다시 발동을 켜라. 지도를 펴라. 지금 방향이 어디이냐? '노~오스(north)' 다. 저기 섬이 보인다. 아니다. 그것은 구름이다. 몇 시냐? 12시가 넘었다. 선장, 항해사, 기관장 이하 선부船夫들에게서 쏟아지는 말들이다.

아! 그러나 안개는 넘칠 만큼 우주에 가득 찼다. 옷은 푹 젖었다. 눈뜨고 못 보는 이의 속 답답함이 안개 속의 내 가슴보다 더하지는 못하리라.

역시 방향을 찾는 큰 배들의 기적이 바리톤 가수의 저음으로 울려 온
다. 몹시 힘들고 어려운 시간이 흐른 지 얼마 후, 가슴을 졸일 대로 졸이
고, 태울 대로 다 태워 놓고서야 안개가 걷히기 시작하매, 멀리서 들리는
사이렌 소리에 구명의 줄이나 잡은 듯이 배를 달리니 때는 오후 1시. 칠
발도七發島에 닿았다. 이 곳은 다른 모든 섬들과 달라서 참으로 주먹 만
하게 솟은 지극히 작은 바위 하나뿐이다. 그 위에 바람만 불어도 날아갈
듯한 등대 하나만이 있을 뿐, 아래는 깎아지른 듯한 절벽이다. 이 절벽에
는 특히 갈매기의 굴이 많다고 하나 앞길이 바빠서 우리는 내리지 못하
고 그대로 배를 돌려 목포로 향하였다.

목포를 떠나던 첫날, 항문도에서 수많은 섬 속을 잠시 벗어나 큰 바다
로 나가는 맛을 보았던 것이, 오늘은 큰 바다로부터 섬 속으로 기어드는
귀한 맛을 보게 되었다. 지긋지긋이도 섬이 많다. 섬이 너무 많아서 신기
한 맛이 없어야 할 것이 원칙이다. 그러나 그와 반대로 많고 많은 그 섬
들이 다 제 자랑을 버젓이 하고 있다. 자랑거리도 못 되는 것을 자랑하기
좋아하는 사람과는 다르다. 배는 지금 섬과 섬 사이를 간다. 그리하여 다
도해 순항의 코스를 그린 연필의 선이 끝을 막았다.

이 글은「호남평론」1936년 4월호에 "호남의 영역靈域, 다도해를 찾아서"라는 제목으로 실렸던 것이다. 필자는 이 책의 앞에 나오는 "군산스케치 기행"의 필자이기도 한, 당시 만문만화로 성가를 높이던 일송一松 최영수이다. 원문에는 등대가 우뚝 선 죽도의 모습, 그리고 칠발도의 그림이 곁들여져 있다. 물론 최영수가 직접 그린 것들이다.

원문의 글머리에 2년 전에 다녀 온 것을 이제야 쓴다고 밝히고 있으니 글 속에 나타난 정경은 1934년 8월 24일부터 27일까지 3박 4일 동안의 기록일 것이다. 그는 3박 4일 동안 신안군의 죽도와 소흑산도 그리고 매화도를 찾아 그 곳에 머물렀으며 자연 풍경뿐 아니라 섬사람들의 생활까지도 자세하게 기록했다.

글은 이 책에 실린 것들 중 가장 뛰어난 문학성을 지녔다고 할 수 있고 은유와 비유가 넘쳐나며 아름답다. 글을 전문적으로 쓰지 않는 화가가 쓴 것이라고는 도저히 생각할 수 없을 만큼 빼어나다. 당시의 만문만화를 이끌어 나가던 석영夕影 안석주 또한 수필이나 소설을 마다하지 않으며 글을 썼으니 최영수 또한 마찬가지였다. 만문만화라는 것이 글을 제외하고는 존재할 수 없는 것이었으니 그들은 그림과 글이라는 두 가지의 표현 매체를 사용하는 남다른 인물들이었던 셈이다.

한라산 모험기 | DK생

호남평론
1936년

배로 일고여덟 시간이나 걸렸던 제주도 가는 거리를 지척이라고 하고 있으니 두 배로 빨라진 요즈음과 비교해 보면 격세지감을 느낄 수 있다. 한라산은 등반이라고 하기보다는 실로 무모하기 짝이 없는 행동이었으며 그에 따라 한라산의 아름다운 정경을 묘사하기보다 제 앞가림을 하기 급급한 상황에 대한 글이 되고 말았다. 그러나 이 또한 기행문의 매력이다. 일상에서 벗어나지 않고서는 이와 같은 무모한 행동을 일삼지 못하기 때문이다. 일정에 쫓기고 경비에 쪼들리다 보면 무리한 선택을 하게 되고 또 그것이 성공을 하든 실패로 돌아가든 소중한 경험이 되는 것이 곧 여행이니까 말이다.

교통이 발달된 오늘 목포 제주간은 지척이라 해도 과언이 아니겠다. 그러나 우리는 바로 눈앞에 있는 이 제주도에 대하여 아무런 예비 지식을 갖고 있지 않았다. 우리가 동경하던 꿈나라를 찾기로 하고 떠난 날은 8월 9일, 아주 쾌청하던 날씨로 조금도 기후가 불순하리라는 것은 예상조차 하지 않았다. 설혹 날이 궂다 할지라도 지나가는 소낙비에 그치리라는 단순한 생각이었으므로 별로 그에 대한 준비가 없었다. 그래서 동행한 S군은 신사 양복에 유카타 한 벌을 갖고, 필자는 등산하기 편한 옷만으로 몸단장을 했을 따름이다. 말하자면 신사 유람객의 차림이었다. 목포를 떠난 태서호가 제주의 산지 포구에 배를 갖다 댄 것은 10일 오전 3시. 하늘은 쾌청하다. 한라산의 묵직하고 듬직한 자태가 바로 눈앞에 서 있음을 보게 되었으니 이야말로 우리에게는 다시없는 절호의 날씨라 해서 퍽 기뻐했다.

성 안에 들어서서 부족한 잠을 채우고 조반이니 시장 거리 구경을 하느라고 거의 아침참 때도 넘어서 등산과 도내 탐승의 안내를 들었다. 등산은 이틀을 소요하지 않으면 안 된다는 것, 또 서귀포에서 오르는 것이 쉽다는 것이고, 또 배에서 흔들린 몸으로 바로 등산하기도 무엇 하고 해서 우선 자동차로 섬의 동쪽으로 돌았다. 들은 바대로 서귀포에서 등산할 플랜을 세운 다음, 오후 2시 차로 우선 성산포까지 가기로 했다.

이 날만은 과연 맑은 날씨였다. 한라산을 뚜렷하게 바라다보고 또는 연안의 바다를 들여다볼 수가 있었기 때문에 궁둥이가 까불리는 자동차였지만 그 두세 시간이 퍽 유쾌했다. 성산포에서 하룻밤을 자고 나니, 어제 그리 좋았던 날이 어쩐 셈인지 해변만은 쾌청이나 한라산의 위용은 구름에 송두리째 가려서 어느 방향에 있을 것인지조차 모르게 되었다.

무라야마 지준 사진, 1931

산지 포구의 모습으로, 무라야마 지준村山智順(1891-1968)이라는
일본 사람이 찍은 것이다. 그는 1919년부터 1941년까지 한국에 머물렀으며
총독부의 촉탁으로 한국의 민속을 조사했다. 그 결과로 "조선의 복장,"
"조선의 습속," "조선의 귀신," "조선의 풍수," "조선의 무격," "조선의 점복과
예언"과 같은 조사 자료를 발표했으며 후에 단행본으로 묶기도 했다.
제주도는 1931년에 방문한 것으로 되어 있으니 이 사진 또한 그 때 촬영한 것이지
싶다. 사진 뒤에 '산지 포구'라고 간단하게 설명이 붙어 있다.

말을 들으니, 이 여름 내내 한라산을 쳐다볼 수가 없었고 어제는 처음 보는 쾌청이었다는 것, 여름에는 산 위에 구름 갤 날이 없다는 것 등 우리에게는 반갑지 않은 말만이 귀에 들어오게 된다. 좌우간 나선 길, 서귀포를 향해서 떠났다. 산은 구름에 쌓였을망정 해안은 맑은지라 서귀포의 반나절은 마음껏 즐길 수가 있었다.

자고 나니 12일, 오늘이 등산할 날이건마는 날씨는 어제보다 더욱이 흐리다. 그러나 웬 조화인지 해안만은 태양을 볼 수 있으니 기괴한 일이다. 우리는 산의 기후를 경험하지 못한지라, 좌우간 비가 오지 않으니 무엇이 걱정할 것 있으랴 싶었다. 안내자를 앞세우고 도회지에서 온 세 명의 발은 서홍리西烘里에서부터 한라산 구름 속으로 감추기 시작했다. 이로부터는 선계라 할까, 쳐다보이지도 않고, 내려다보이지도 않는 구름 속에서 산골짝 또는 잡목과 숲 사이를 꿰고, 꺾고 해서 위로, 위로 올라가게 되었다. 이 날 계획은 산 중턱에 있는 버섯밭까지 오르기로 하고 거기서 하룻밤을 묵고서 다음 날에 정상을 정복, 그러고서는 줄곧 성 안으로 내려가자는 것이었다. 구름 속을 걷기는 걸었으나 그리 고통스러운 점 없이 무사히 버섯밭까지 당도하니, 상상하지 않은 가랑비가 내리고 운무가 휘휘 바람과 같이 날리니 이것이 괴이한 날씨가 아니고 무엇이랴. 지금도 해안 지방은 청천백일일 것을 생각하니 더욱더욱 괴이한 느낌이 든다.

소위 초기밭이라고도 하는 버섯밭은 소림小林이라는 일본인이 경영하는 곳이다. 해발 1,000미터 높이의 산 중턱에 초가집이나마 넓고 큼직한 집을 세우고 근방 일대에 초기버섯이 생장되게 설비해 놓은 곳으로 절간 같은 곳이다. 주부의 친절한 접대로 하룻밤을 감사히 안식했음은 물론 버섯국으로 밥을 먹게 되었으니 의외의 대접이었다. 우리의 애초 생각에는 술막에서 자고 밥은 지어먹을 것으로, 쌀까지 준비했었던 것이 이부자리에 누워서 차를 마셔 가며 밤을 쉬었으니 이는 평지의 일등 호텔 이상의 가치라 하겠다.

내일 날씨가 어찌 될 것인가 하고 졸이던 가슴 그대로 든 잠이 깬 것은 13일 아침 7시. 하늘이 우리를 탓하심인가. 운무는 더욱 깊고, 바람은 더욱 심하다. 가다가는 큰비도 내리고 또 그러다가는 맑아지기도 하는 것이었다. 비 한 방울에 슬퍼하고, 또 맑으면 웃었으니 사람 마음의 변덕스러움을 스스로 체험한 바도 되었다. 동행한 S군은 등산 중지를 역설하고 주장하였다. 하지만 가만히 생각하니, 예정한 날짜도 있고 또 주머니도 무겁지 않은 데에다 산 위의 날씨가 맑아지는 것을 기다림은 황하 강물이 맑아지기를 기다림이 아닌가 하는 생각도 들었다. 그러나 또 한편은 흐렸다 갰다 할 것이 아닌가. 올라가다가 비를 맞는다 할지라도, 등산 자체가 애초의 고행이라, 고생을 함이 제대로 된 것이라는 담대함이 농간을 부렸다. 필자는 S군의 반대를 물리치고 안내자를 다그쳐 9시 남짓해서 불길한 등산의 길을 감행했다. 점심으로는 주먹밥 여섯 덩이를 얻어 가지고….

가지 않겠다는 S군을 끌어낸지라, 그 비위를 맞추려고 없는 아양을 떨며 버섯밭을 나선 후 불과 수십 분 만에 굵은 빗줄기가 모로 때리며 지나간다. 산 정상인 백록담까지는 이 곳에서부터 1,000미터 높이로서 목포 유달산의 세 곱절 이상의 높이다. 자, 비가 큰 줄기로 내리니 유카타 차림으로 나선 S군은 참다 참다 못 참음인지 발길을 돌이키자고 몇 번을 권하더니 나중에는 "돌아가세" 한마디만 남기곤 그저 쏜살같이 내려간다.

개었다, 내렸다 하는 비인지라 기왕에 젖은 옷 어찌 나선 길인데 돌이킬 것인가 하는 생각도 들고, 안내자와 필자가 그대로 내처 간다면 S군도 할 수 없이 따르리라는 생각으로 앞으로, 앞으로 전진했다.

비의 정도는 더욱 심해졌다. 그러나 가다가는 또 훤해지는 맛으로 줄곧 30분 동안을 걸어가니 비는 더욱 맹렬하게 사격을 한다. 하는 수 없이 굴 속에 들어가 비를 피하니 얼마 지나지 않아서 또 좀 훨씬 훤하게 갠다. 이만하면 괜찮다 하고 사람을 시켜서 S군을 데리러 보내니, 또다시 S군이 할 수 없이 굴 속에까지 당도한 때는 벌써 정오가 가까운 때이다. 점심을 먹는다는 것이 겨우 주먹밥 한 덩어리 반, 먹은 동 만 동 점심을 끝내고 시간도 늦었으니 백록담을 향하여 돌진을 시작한 것이 정오였다. 이 때만은 비가 그리 안 내렸으나 저것이 백록담이라고 가쁜 숨을 내쉬며 걸어간 지 불과 몇십 분 만에 또 그 비가 시작한다. 좌우간 이제는 할 수 없는 일, 정상을 밟는 것만이라도 좋다는 의지로 전진하고 또 전진할 뿐이었다.

그런데 이에 좀 마음에 걱정되는 것은 햇살이 비쳐드는 곳에 다다르니 금강산의 비로봉을 오를 때와 같이 구상나무와 진달래나무만 깔렸을 뿐 길이 없음이다. 안내자보고 그 연유를 물으니, 본래 길이 없고 목표와 어림짐작으로 걸어간다는 데에는 마음이 흠칫하였다. 그러나 할 수 없는 일, 안내자만 졸졸 따라가는데 비는 또 시작했다. 비는 옆을 모로 때리고 또 바람조차 매우 차가워서 마치 서릿바람 같고 옷까지 젖었으니 춥기 짝이 없었다. 그러나 그리 큰 무엇이 있으랴 하고 백록담을 향하여 올라가는데 때로는 불과 20보 앞만 보일 뿐 방향 분간을 못하게 된다. 올라만 가면 되는 것, 별다른 곤란은 없었으나 점심을 먹은 굴 속에서 나와 걸은

지 1시간 만에야 백록담 턱 밑에 당도는 했다. 불과 50미터 밑이지만 비가 우박으로 변해 가지고 때리니 그것은 차마 견딜 수가 없었고, 눈물이 나올 지경으로 50미터를 더 올랐댔자 보통 날씨에도 안 보인다는 백록담이 이 험한 날씨에 보일 가망도 없고 해서 내려가기로 했다.

그러나 여기서부터 사선死線이 될 줄이야 누가 예측인들 했으랴 말이다. 생각하여 보니, 길은 없고 운무로 방향을 찾을 수가 없다 치더라도 바로 돌아서서 줄곧 내려가기만 하면 머물렀던 버섯밭까지 돌아가는 것은 30여 분 시간이면 무난하겠다. 그러나 이 상상봉에서 서귀포로 도로 내려가나, 성 안으로 내려가나 이 상봉이 분기점이 될 뿐 같은 수고이니 같은 값이면 예정대로 성 안 쪽으로 내려가려는 것이 사람의 욕심이다. 더욱이 재삼재사 다지고 다지니 안내자 말이 성내 쪽 길도 안다고 한다. S군이 이제는 기운을 되찾았음인지 죽든 살든 목적대로 성 안으로 가자는 것이다. 안 가겠다는 사람을 두 번이나 채찍질한 필자인지라 아무리 친구 사이라 할지라도 체면도 체면이고 해서 따랐던 것이다.

평지에서 쳐다보면 외봉우리 같은 산이 올라와 보니 수십, 수백 봉우리나 되는 듯 운무와 비가 쏟아지는 가운데 한 봉우리를 넘으면 또 봉우리, 좌우간 산허리를 몇 번을 감고 돌고 해도 항상 구상나무 지대이고 길은 나서지 않는다. 시간은 점점 흘러 벌써 이렇게 돈 것이 두 시간이나 넘어 오후 3시이다. 산정에서 불과 삼십 분이면 소위 장군목이라는 길 뿌리가 나온다는데 두 시간을 걸어도 나오지 않는 것이다. 또 그뿐이랴. 내를 건너고, 산을 넘고 해도 나오는 것이 점점 험한 골짜기뿐 비는 여전히 내리고 운무는 걷히지 않는데 춥기까지 하다. 조금만 서 있을 것 같으면 몸이 덜덜 떨리는데 필설로는 형언하지 못할 정황이었다.

앞의 사진과 같은 무라야마 지준이 찍은 것으로 사진 앞에
'제주도 화전민의 풍속'이라고 써 있고 뒤에는 '산촌의 농부'라고 써 있다.
또 농부가 걸친 옷을 '계 가죽옷'이라고 써 놓았는데 '계'는 아마 '개'가 맞지 싶다.
쓰고 있는 모자는 '천땅 벌립'이라고 해 놓았는데 이는 제주도의 전통 모자인
'정당 벌립'을 말하는 것이며, 신발을 두고 '가죽 보선'이라고 했는데 이는
'가죽 버선'일 것이다.

무라마 지존 사진, 1931

안내자한테만 자꾸 길을 찾아내라 하지만 그 역시 캄캄한 모양으로 마음을 졸이는 모양이 명연히 나타난다. 이러니 이제는 불안의 도수가 높을 대로 높았는데, 왈, 전선 혼란 상태가 되었다.

"여, K군, 탈났네. 길 모르는 게로구만. 이 사람아, 이러다가는 죽네, 죽어."
"그래, 아닌 것이 아니라, 탈났네, 길이 나와야지."
"여보 박서방. 길을 아나, 모르나?"

이럴수록 박서방은 마음을 졸이는 모양이다. 뉘 얼굴 할 것 없이 긴장된 그 얼굴이란 그 무엇으로도 형언을 못한다. 그래도 길이 나올까, 나올까 하고 불안에 싸인 마음으로 앞으로 가고 또 가니 나서는 것은 아무것도 없었다. 한 발 엇디디면 천길 만길 흰 안개만이 가득히 쌓인 골짝이 나선다. 자, 이제는 전진할 길조차 막혔다. 단지 비탈로, 봉우리 위로 향할 길 위에는 전진하기 위하여 바라볼 땅조차 막혔으니 기가 딱 질린다.

이 때가 시계는 오후 3시. 이제는 할 수 없다, 온 길로 돌아서는 수밖에는. 춥네, 어쩌네 해도 희망을 가지고 길을 찾으려 전진할 때는 다소 마음이 놓였으나 할 수 없이 돌아서는 길에는 맥이 풀리는 것이었다. 그러나 저러나 온 길을 그대로 되짚어 간다면야 불과 서너 시간 걸린 길, 그 무엇이 걱정이 되랴마는 이제는 돌아서는 길조차 분간을 못하게 되고 어디로 가야 하는 것인지조차 모르는 채 돌아서 오게 되니 이 어찌 보통 마음이었으랴.

진퇴양난이란 이를 두고 한 말일 것이다. 마음은 긴장될 대로 긴장되었다. 산 위의 괴이한 날씨가 어찌 우리 마음을 헤아리랴. 비는 또 억수로 퍼붓는다. 앞으로는 못 가게 되었으니 할 수 없이 지금까지 온 땅을 되밟을 뿐이었다. 무엇 하나가 봤던 것인지 아닌지도 분간을 못하겠고 또 그 길도 아니다. 방목을 해 놓은 소와 말들이 허공에 대고 소리를 내뿜을 뿐 그들조차 보던 우마도 같고 아닌 것도 같으니 어찌 수천 마리의 우마가 지침이 될 수도 없다. 다만 앞에 닥친 봉우리만을 넘기고 넘겨 온 안개 속의 길이었는지라 되 뿌리 또한 어찌 지침이 될 수가 있으랴. 춥기는 하고, 팔다리는 곤할 대로 곤해서 굳어지고, 설상가상으로 시장하기 짝이 없다. 생각하니 꼭 죽은 목숨이었다. 해는 저물어 가니 길이 있어 좋은 날씨라 할지라도 늦은 시간이거늘 산 위에서 헤매는 지금에 시계는 4시를 가리키니, 어찌 되랴, 죽을 목숨이라는 조건은 다음과 같았다.

첫째, 날은 저물어 가니 산 속에서 밤을 새울 것 같고,

둘째, 춥고 시장하니 얼어 죽겠고,

셋째, 안 얼어 죽으려고 밤 산을 헤맬 테니 음습한 골짜기에 떨어져 죽겠고,

넷째, 산 속의 계곡물은 빗물로 인해 급작스레 불어난 것으로 잘못하다가는 내에 갇혀 꼼짝 못하다 죽든지, 그렇지 않으면 흘러가 죽겠고,

이 네 가지였다. 그런데 이 네 가지가 바로 지금 각각으로 임박하니 마음은 초조할 대로 초조해지는 것이었다. 세 사람의 얼굴에 모두 노란 꽃이 피어 사색이다. 이 초조한 마음이 두 시간 동안, 즉 오후 5시까지 계속되었으니 말이 아니었다. 이런 데서 죽는다면 죽었는지 살았는지 뒤의 소식까지도 암연할 것 같고, 또 죽더라도 억수로 퍼붓는 우중에서 최후까지 몸부림을 하고 죽을 일을 생각하니 앞이 캄캄해지기도 하였다.

시장하기 짝이 없어 나중에는 안내자의 등 봇짐에 들어 있는 생쌀을 주먹으로 이 입, 저 입에 퍼부어 가지고 씹으면서 걷기까지 하였다. 이 생쌀의 효험은 지극히 큰 바가 있었다. 이렇게 불안과 최후의 각오로 헤맨 지 두 시간쯤 만에 하늘이 무심하지 않아 우리에게 광명을 주셨다. 그것은 바로 우리가 선 자리에서 바라보이는 아래쪽 산모퉁이가 기적적으로 10분 동안 말갛게 갠 것이었다. 멀리 해변의 돌 뿌리에 파도가 부딪쳐 옥가루가 되는 것까지 환히 볼 수 있게 구름이 걷힌 것이었다. 우리는 이 틈에 내려가는 방향과 길을 짐작할 수 있고 자신을 얻게 된 것이다. 그러나 이 길은 우리가 오를 때의 길과 방향이 다른 길이다. 그 때야 우리는 소생한 감이 있었다. 재생의 기쁨이란 이를 두고 한 말이리라. 세 사람이 서로 바라보며 숨을 내뿜던 그 때의 눈동자, 그것은 삶의 기쁨이었다.

사람의 마음은 퍽 간사한 것이다. 조금 전까지 사선에서 헤매던 이들이 바로 눈앞에 전개된 한 폭의 그림을 대하게 될 때는 이제는 길을 알았으니 우리 저 경치나 마음껏 바라보고 가자는 것이었다. 과연 그림 같은, 아니 한 폭의 그림이었다. 산기슭 아래의 평야, 섬같이 떠 보이는 이름모를 산, 또 검푸른 바다의 물결이 바위에 부딪쳐 피는 꽃, 하얀 파도를 경계로 휘돌아 있는 모양을 직관한 자 아니고는 말과 글로 그 아름다움을 알아낼 수가 없는 것이다. 서운하여 몇 번을 바라보고 또 바라보는 동안에 어느덧 운무가 덮이기 시작하니 구경도 구경이지만 갈 길이 도로 걱정되어 내려가기 시작했다. 또 비는 내린다. 이제는 송림 잡목 가운데 들어섰고 또 협로나마 사람의 발로 난 길을 잡게 되었으니 모든 걱정이 사라진 뒤였다. 그러나 돌이 어찌나 미끄러운지 툭하면 한번씩 궁둥이방아를 찧는데 눈에서 불이 확확 나게 된다. 내려오면서 서로들 말했다.

S군 "미안하기 짝이 없네. 자네 말을 들었더라면 그런 고생을 면했을 텐데."

K군 "남 말도 들어야 하느니, 그러나 돈 주고도 못할 경험을 했고, 우리가 옳게 한라산 구경을 했으니 다른 한이 없네."

S군 "그건 참 그랬네. 생사경에서 헤맨 그 경험이라니 말할 수 없고 좌우간 죽는다는 마음을 가져 본 것은 이번이 처음이니까 다시 말할 것 있나. 그 구경은 자네 말대로 옳게 했어. 온 산을 다 밟고 게다가 아까 그런 경개를 관망했으니. 날만 좋았으면 섬 전체를 내려다보는 맛이 도대체 어떠할꼬."

K군 "한쪽을 모으면 전체가 아닌가. 아까 그 경개를 모아 놓은 것이다 생각하면 그만이지. 좌우간 다시 태어난 듯하고 구경 잘했으니 여관에 가서 다시 태어난 축하나 하세."

K군 "박서방, 참말로 말해 보아. 당신도 죽었느니 했지?"

박서방 "손님들도. 거기서야 누가 산다고 생각한 사람 있겠소."

S군 "그것 봐. 그렇다니까. 박서방 믿었다가는 죽었어."

이처럼 희비가 오갔던 이야기를 하면서 두 시간을 걸은 후에 비로소 평지에 당도하였으나 아직도 인가까지는 멀고 또 비는 내리는데 괴롭기 짝이 없다. 내친걸음에 서귀포로 도로 가자 해서 그 비를 맞아 가며 밤 9시 반에야 서귀포에 당도했다. 지금 생각하면 꿈결 같다.

이 글은 「호남평론湖南評論」 1936년 10월호에 "한라산 모험기"라는 제목으로 실렸던 것이다. 10월에는 '모험편', 11월에는 '직관편'으로 모두 두 차례에 걸쳐 실렸다. 11월호에 실린 '직관편'은 인문지리적인 정보에 대한 것이다. 필자는 DK生이다.

필자는 경성에서의 생활을 접고 목포로 내려간 지 10년 만에 제주도로 향했다고 한다. 배로 일고여덟 시간이나 걸렸던 거리를 지척이라고 하고 있으니 두 배로 빨라진 요즈음과 비교해 보면 격세지감을 느낄 수 있다. 목포에서부터의 동행은 S군이었으며 한라산 등반에는 박서방이 안내를 맡았다. 등반이라고 하기보다는 실로 무모하기 짝이 없는 행동이었으며 그에 따라 한라산의 아름다운 정경을 묘사하기보다 제 앞가림을 하기 급급한 상황에 대한 글이 되고 말았다.

그러나 이 또한 기행문의 매력이다. 일상에서 벗어나지 않고서는 이와 같은 무모한 행동을 일삼지 못하기 때문이다. 일정에 쫓기고 경비에 쪼들리다 보면 무리한 선택을 하게 되고 또 그것이 성공을 하든 실패로 돌아가든 소중한 경험이 되는 것이 곧 여행이니까 말이다. 나 또한 고등학교 시절인 1974년, 목포에서 '안성호'라는 배를 타고 제주도로 간 적이 있다. 방학을 하자마자 지리산 종주를 마치고 목포에 다다랐던 나는 태풍이 닥쳐서 제주도는 가지도 못한 채 사나흘을 목포에서 보내야 했다. 드디어 제주도에 닿아 아흔아홉 골로 한라산에 올랐다가 돈내코 코스를 통해 서귀포로 내려왔지만 이미 돈은 10원도 남아 있지 않은 상황이었다. 당시의 무모하고 터무니없던 이야기는 책 한 권으로 써도 모자란다. 방학을 하고 이틀 만에 지리산으로 떠났던 내가 한라산을 거쳐 돌아온 것은 개학을 하루 앞둔 날이었으니 말이다. 하지만 그 무모했던 길 떠남이 지금껏 나에게 큰 동력이 되고 있으니 그 고마움은 말로 다하지 못한다.

이 글의 필자가 1,000미터 고지에서 들린 초기밭이라는 것은 한라산의 고산지대에서 나는 버섯을 재배하는 농장을 말하는 것이다. 초기는 귤과 함께 조선 시대의 진상품이기도 했다. 필자는 '직관편'에서 제주도를 맞닥뜨린 후 가장 먼저 눈에 띄는 것은 섭시澁柿 염색복이라고 한다. 감물을 들인 거친 옷이라는 말이니 요즈음도 제주도에서 흔히 보는 작업복인 황갈색 갈중이를 말하는 것이다. 그 다음으로는 밭에서 일을 하는 여인들이 치마를 입지 않고 바지를 입은 것이며, 물동이를 머리에 이고 다니는 것이 아니라 대나무 바구니에 담아 등에 지고 다니는 것 그리고 물동이를 담는 대나무 바구니인 구덕이 외출할 때 도회지 여성들의 핸드백처럼 사용되는 것과 아이를 업은 모습이 일본의 그것과 같다는 것이다.

눈에 걸리는 것은 이러하지만 귀에 걸리는 것 또한 있었으니 그것은 방언이었다고 한다. 또 도로 사정이 좋지 않아 자동차로 섬을 일주하는데 이틀이 걸리며 가장 좋은 방법은 자전거를 빌려 타는 것이라고 한다. 이렇듯 자신의 실제 체험과 인문 지리적인 정보를 같이 쓰는 것은 당시 기행문의 독특한 서술 방법이었다. 그것은 지금처럼 정보가 넘쳐나지 않고 귀한 탓이어서 국토에 대한 바른 이해를 돕고자 했던 것으로 보인다. 그 같은 시도의 시작은 「개벽」으로, 국토 전체에 걸쳐 문화 답사를 하며 각 필자가 보고 느낀 것 그리고 사전적인 인문 지리 정보를 같이 싣기 시작했었다.